逆　　　旅　　　飞　　　鸿

献词 | 谨以此书致敬"京漂""沪漂""深漂"等"漂一族",并把它献给千千万万生于困厄、长于逆旅、擘画生命彩虹的有志青年!

赵建军 / 著

逆旅飞鸿
——一位翻译哥的跋行漫记

合肥工业大学出版社

跟着也要成长

余传明题

书法作者介绍

　　余传明（1944—2023），安庆师范学校毕业，供职于安徽省太湖县寺前镇文化站，曾被评为全国文化系统劳动模范，其供职的文化站被评为全国优秀文化站。为整理赵朴初家族资料及纪念、研究赵朴初做了大量工作，多次受到赵朴初先生接见。热爱文学、书法；继学赵朴初书法，形成特色。

图书在版编目(CIP)数据

逆旅飞鸿：一位翻译哥的跛行漫记/赵建军著.--合肥：合肥工业大学出版社，2025.5.--ISBN 978-7-5650-3366-7

Ⅰ.I267

中国国家版本馆CIP数据核字第2024BR2057号

逆旅飞鸿——一位翻译哥的跛行漫记

NILÜ FEIHONG——YI WEI FANYIGE DE BOXING MANJI

赵建军　著

责任编辑	疏利民（24小时咨询热线13855170860）	
出　版	合肥工业大学出版社	
地　址	（230009）合肥市屯溪路193号	
网　址	press.hfut.edu.cn	
电　话	理工图书出版中心：0551-62903018	
	营销与储运管理中心：0551-62903198	
开　本	710毫米×1010毫米　1/16	
印　张	17	
字　数	219千字	
版　次	2025年5月第1版	
印　次	2025年5月第1次印刷	
印　刷	安徽联众印刷有限公司	
发　行	全国新华书店	
书　号	ISBN 978-7-5650-3366-7	
定　价	68.00元	

如果有影响阅读的印装质量问题，请与出版社营销与储运管理中心联系调换。

序一

沈喜阳

偶然的指爪与必然的印迹 >>   >

    李白曾对人生于世大发感慨说："天地者，万物之逆旅；光阴者，百代之过客。"人生天地间，纵然寿长百龄，亦不过如旅人寄居在宾馆中，终归要成匆匆过客。既然意识到个人身处这种客旅匆促之中，李白唱出了"莫使金樽空对月"和"行乐须及春"的纵酒狂欢之歌。这是天才对无情流逝的时光的无奈。但是苏轼不同，他知道人生许多时候东奔西走身不由己，"应似飞鸿踏雪泥"，鸿飞处处，人生无从掌控，无法计较东西南北。但回首过往，即使是雪泥上偶然留下的爪印，也最终是人生必然的印迹。正是这些偶然中充满必然的印迹，使我们知道我们来过这个世界，曾经是一段客旅的主人。这是贤哲对自身存在的境况的洞明。太白诗是对人生有限产生的苦闷，东坡句是对超越有限体现的睿智。

作为平常人，我们都不免对人生有限产生恐惧，也都有努力超越有限的渴念。这种恐惧和渴念，其本质就是对偶然指爪的扬弃和对必然印迹的证成。我读《逆旅飞鸿》，不禁常常废书而叹。作者赵建军先生坎坷困顿与踔厉奋发交织而成的人生之旅，何尝不充满着对人生有限的恐惧和对超越有限的渴念，何尝不体现出对偶然指爪的扬弃和对必然印迹的证成。建军兄 1996 年毕业于合肥联合大学（合肥大学前身），当时国家包分配，建军兄以优异的成绩毕业后完全可以过一份旱涝保收、平和安逸的幸福生活。但他那颗驿动的心不愿就此平息，无论外面的世界是精彩还是无奈，他都想出去闯一闯，看一看，见识见识。他抛开了有稳定收入的公职，开始了鸿飞那复计东西的雪泥鸿爪之旅。从南下深圳到北上京华，从西出敦煌到东进上海，从打工仔到志愿者到创业家到英日德翻译哥，其间的挣扎、彷徨、焦虑、苦痛，不足为外人道，也是外人所无从想象和体会的。一篇《从大上海到小上海》，写出了长路漫漫上下求索的无尽辛酸血汗，读得我热泪几欲夺眶而出。建军兄今日有多么淡定，当初就有多么彷徨；今日有多么决断，当初就有多么挣扎；今日有多么成功，当初就有多么失败；今日有多么平顺，当初就有多么坎坷。建军兄最终定居无锡，依靠翻译笔耕谋生，已出版 62 册共计 350 万字的译作，成为名副其实的英日德翻译达人。

难得的是，作者虽然对人生逆旅中所经历的受骗和打击心有余悸，对人生逆旅中的陷阱和灾祸避之唯恐不及；但是作者对于人生逆旅中的一盏盏明灯，总是怀着感恩和感念，以深情的文字再现那些感人肺腑的灯光之明亮和温暖。他把启蒙恩师许嘉庆先生的大学临别赠语揣在心里，无论走南闯北都不敢忘记，在多少个凄怆无助的暗淡时刻，这些话语如明灯放射光辉、如火焰发出温暖，支撑着作者从跌倒中站立、从软弱中坚强。外教加藤实先生不仅在作者离校后义务辅导他学日语，还联系日本友人为作者争取十万日元的奖学金。这盏明灯，如同暗夜的灯塔，照亮着作者前行的路线；又如同沙漠的甘泉，滋润着作者苦涩的心田；更是能量的本源，支撑着他走向更阔大的世界。而故乡和父母，则是作者人生之旅上时刻闪耀的明灯，是随时可以停泊的宁静的港湾，也是随时可以倚靠的坚实的臂膀。当作者经商创业时，退休的父亲与年迈的母亲到上海来帮衬他。他们跟随儿子一同吃苦受累不算，还要担惊受怕。当作者到市区送货回来，夜幕早已降临，院门前父亲伫望的身影中包含了多少没见到儿子时的焦灼和祝祷，以及见到儿子时的欣喜和庆幸！每一个从乡村走向城市的漂泊者，即使在城市落地生根购房入户，也永远无法消除与生俱来的乡愁。《山窝窝里的童年》以回望的姿态，省思已然消逝的童年和山村，挥之不去的忆念和无法挽回的童趣正是另一种精神上的明灯，滋养着作者成为一个朴实的人，一个勤勉的人。

从作者的人生逆旅中，我们还可以找到两种动力——儒家的刚健之志和佛家的解脱之心，看似相反实则相成，如车之两轮鸟之双翼，共同推动着作者的前驱和高飞。正因为有了自强不息的刚健之志，作者才能在别人早已躺平的阶段，仍然不断进取不断新生自我，勇猛精进是一切成大事者必备之素质。作者不断游历语言的海洋，在汉语、英语、日语、德语这四种文字间，像一尾鱼在四大洋中，自由畅快地游弋，见识海洋的丰富与深邃。然而无论翻译何种语种，最终必须以纯熟的汉语展示给国人。作者行文中信手拈来的中国古典诗文名篇佳句绵绵不绝，显示出作者深厚的中国文化功底，这使他在语言文字的劈波斩浪中游刃有余。也正因为有了不沾不滞的解脱之心，才能使作者看淡得失，才能心无旁骛地做自己的事，才能以出世之心境做入世之事业。佛者，觉也；禅者，悟也。大千世界，滚滚红尘，芸芸众生之所以有前赴后继的烦恼和才灭又生的痛苦，就是因为他们不觉不悟。有觉悟，烦恼即是菩提，痛苦即是智慧。无觉悟，顺境也是毒药，幸运也是考验。《划痕人生里的哲学》就是觉悟的哲学，就是修炼成"万花丛中过，片叶不沾身"的不沾不滞之心。如果能做到"安耐毁誉，八风不动"，所谓千人厌的烦恼、痛苦和万人迷的顺境、幸运，在觉悟者眼里，不都是毫无分别的人生馈赠？刚健之志和解脱之心，正好对应了"因上努力，果上随缘"。

当苏轼26岁写出"应似飞鸿踏雪泥"时，对命运的不由自主尚处在彷徨挣扎之中；当66岁写下"春来无处不归鸿"时，苏轼已完成人生的蝶变，所有人生中无法掌控的东奔西走的飞鸿，都转化为命运中行有定所、心有着落的归鸿。从踏雪泥的飞鸿，到有归宿的归鸿，这也是每一个普通人在经历人生逆旅之后的最大心愿。当然这个世界上有太多的人，从生到死，都在身不由己的偶然的指爪中打转，他们的人生如同一叶缺失舵盘的小舟，随人世之风飘荡，生不知因何而来，死不知为何而去。他们可能获得世俗的荣耀，但是他们绝没有内在的安宁。只有那些把身不由己的偶然的指爪转化为命由我主的必然的印迹的人，也就是经历飞鸿到归鸿的升华的人，才是自己生命的主人。他们不一定取得外在的成功，但是他们一定找到了内心的自我，他们不能掌控自己因何而来，但是他们一定洞彻自己为何而去。我不敢说建军兄已经完成从飞鸿到归鸿的升华，或者说已经把偶然的指爪转化为必然的印迹；但通读这本书，我敢说建军兄正走在这条升华和转化之路上，这是一生的修持。牟宗三先生说："人虽有限而可无限。"愿以此与建军兄共勉。

泏上蜀望楼

2023年8月29日

序文作者简介　　沈喜阳，安徽池州人，河南平顶山学院文学院教师，副编审职称。华东师范大学思勉人文高等研究院中国古代文学专业学术型博士，获得博士生国家奖学金和上海市优秀毕业生称号。在《文艺报》《中华读书报》《文汇报》《文汇读书周报》《文学报》《南方周末》和《世界文学》《香港文学》《当代文坛》《俄罗斯研究》《九州学林》《古代文学理论研究》《文化与诗学》《文化研究》《中国文化》《文化中国》《艺术评论》等报刊发表文章多篇，在上海科学技术文献出版社、上海教育出版社、安徽文艺出版社和安徽少年儿童出版社出版图书多种，在合肥工业大学出版社出版《两地书　父子情》和《一位博士生父亲写给本科生儿子的48封信》《漫漫考研路》。

序
二

张公善

做一个有故事的人 >> >

　　建军兄寄来打印并装订整齐的书稿《逆旅飞鸿》，嘱我作序。我一年前就欣然答应为他的书写序。这于我而言是少有的事。

　　与建军的缘分，起于十年前。2013年春天，我去太湖参加朱湘学术研讨会。本以为在太湖花亭湖可以和昔日硕士同门正国兄把酒论道。可惜正国因故缺席。不过倒是见到了不少正国兄的好朋友。朋友的朋友，一见如故。我和建军兄同住一个房间。那几天我们夜夜长谈，谈正国，谈各自人生路。当时建军兄给我的印象非常深刻。直觉告诉我，这是一个有故事的人，一个有追求的人，一个有情怀的人，最主要的是，一个有锲而不舍精神的人。如今，当我看完建军兄的这本"跛行漫记"，更是证实了当年的印象。

我痴长建军一岁，但他总让我有兄长的感觉。这不仅仅是身材高大。2014年我去上海开会，顺便去拜访他。那天下午坐了一个多小时地铁。建军开车接我去他租住的房子。屋内设施简陋，很像大学生宿舍，还有高架床。这既是他们一家四口的栖息地，也是他们夫妻在沪打拼的"工作坊"。建军就像接待家乡来的小弟弟一样，想得非常周到。因为离开会地方太远，担心回去太晚，在看到他两个天真烂漫的女儿放学回来后，我执意回会务组安排的酒店。回程途中，内心颇有感触。建军兄过的是一种与我不同的生活！在生活面前，建军永远是我的兄长呀！流自己的汗，吃自己的饭，不妄自菲薄，不违背良心，从容，谦和，永远做生活的主人。而我却做不到这样洒脱，这样任性，这样自信。

阅览《逆旅飞鸿》，既是在回忆同龄人所经历的同样的时代风云，也不时让我回想起自己当年考研考博读研读博的艰难岁月，更是在咀嚼建军字里行间所透露出来的经验和智慧。建军的成长经历和我的成长经历虽然各异，却"英雄所见略同"。此书有三点引发我深深的共鸣。

一是坚持自我教育的成长理念。建军大学毕业后，不愿让"铁饭碗"束缚自己，离开体制，走南闯北，最终走出一条属于自己的人生大道。他回顾自己的成长道路，提炼出一个有普遍意义的教育理念，那就是"跛着也要成长"的"自我决策和自然生长"观。我将之细化为三个要点，即目标明确，锲而不舍，不断拓展。建军南下谋生不久，就发现外语的重要性，从此走上以外语打天下的崎岖之路，最终把自己打造成"英日德翻译哥"。如今年过五十，建军还在规划"余生攻略"，即强化德语回归母语之路。从毛头小伙到知天命大叔，建军一如既往，不断将自己的自我教育领域向外拓展。英语之外，又添日语，后又再添德语。其间的酸甜苦辣，虽点缀于书中各个角落，但可能只有他自己最清楚个中三昧。

二是博采他山之石的愿望。建军另辟蹊径，用英语、日语和德语叩开了三扇通往世界的大门。也许建军自己都没意识到，这三种语言之于他成长的意义。语言绝不仅仅是交流工具，更是让我们博采各国文化精髓的媒介。站得高才能看得远，见多必识广。学历之所以敌不过阅历，就在于境界（视野）往往能决定一个人的胸怀和智慧。我欣喜地看到，建军与他翻译的英日德作品之间形成了一种良好的互动关系。建军将它们引入中文世界，它们也同时哺育了他。他山之石，可以攻玉。我认识建军的这十年，应该是他进步最快的十年。其中，通过翻译接触异域文化当是其最重要的催化剂。

三是拥有一份超越情怀。建军最打动我的是其自始至终秉怀一颗悲悯之心。也许是在大漠敦煌工作长时间浸润于佛教氛围的潜移默化，也许是在人世红尘跌打滚爬的经验体悟，建军也自然而然带有佛心。我本人是一个不相信宗教的人，但我却非常羡慕拥有宗教情怀的人。宗教情怀说到底是一种超越情怀，而艺术情怀也是一种超越情怀。在这一点上，宗教情怀也可以说拥有一份艺术性。令人高兴的是，建军并非执着于彼岸世界，相反，他更热衷于过好此生。当坐在阳台，在"死而复生"的爬山虎营造的绿色可人的当下世界里，我相信此时的建军是幸福的人。我们悲悯之物，往往正是能带来至福之物。

愿我们每个人都能像建军这样，努力自我决策自我成长，最终成为一个拥有好故事的人！

最后奉上一首小诗《植物生活》，献给所有认真生活的人：

> 开自己的花
>
> 结自己的果
>
> 让云说去吧

如果不开花

也不结果

那就跟着春秋冬夏

仰望太阳

一天天拔高吧

哪怕是灌木

也要潜行大地

根系天下

即便是草

也从不草率一生

纵被踩踏

也会擎着露珠

挺起胸膛

随风而舞

是为序。

于芜湖龙窝湖畔

2023年4月28日

序文作者简介

张公善，1971年生，安徽巢湖人，安徽师范大学文学院副教授，致力于探究生活诗学、推广儿童文学，著有《生活诗学》《小说与生活》《整体诗学》《植物生活》《生活批评》等。

目录 Catalogue

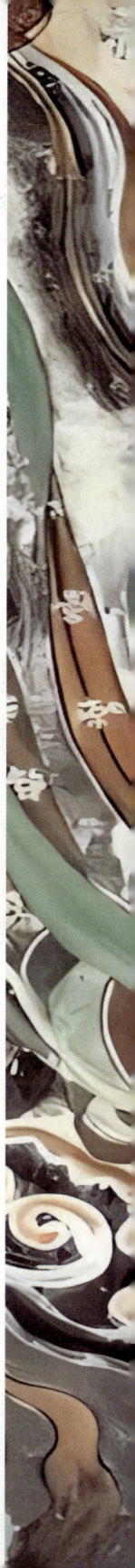

第一辑

饮水思源篇

问渠那得清如许
为有源头活水来

最后的握手

——谨以此怀念许嘉庆先生

作家曹文轩曾说过这样的话：在我们成长的道路上，站满了我们的恩人。"早岁那（通'哪'）知世事艰，北望中原气如山。"的确如此，人生只有在迈入中年，历经曲曲折折起起落落之后，方才觉得曹氏之辞实乃一句至诚恳切的大实话。

初识许嘉庆老师，是1994年秋季新学期伊始。那是合肥联合大学校园北面的一幢教学楼里的一幕：一位清瘦细长，戴着眼镜，衣着朴素的先生健步走进了一间教室。这便是我们大二时新的精读老师。也许真的是因为他不修边幅的缘故吧，有位学长戏说许老师给人的第一印象颇像个"账房先生"。不过对我来说，很快感受到的却是他的那一股浓浓的书卷气：在开学的头两个星期，许老师便把自己严谨的治学态度和独特的教学方法展露无遗，这让全班同学眼前一亮，很多人对他都有相逢恨晚的感觉。

精读教材第2课是一篇叙事性散文——《在阿加西斯教授的实验室里》。(Take this fish and look at it) 美国著名昆虫学家塞缪尔·斯卡德在这篇文章里记叙了自己在哈佛读书，初入指导老师门下的一段难忘的学习经历。凭借老师对这篇散文重点词句的逐一剖析，以及对原文流畅而优美的朗读，哈佛大学师生间的教学场景便活灵活现地展现在大家眼前。这真是一篇一旦学习就终生难忘的好文章，尤其是文中那句悖论 (paradox)，让我至今回味无穷：the odor had become a pleasant perfume；and even now，the sight of an old，six-inch，worm-eaten cork brings fragrant memories. 赏读着如此震撼人心的美文，外加老师入木三分的解析，可以毫不夸张地说，他在与1993级英语班各位同学的见面之初，就给大家献上了一份应该如何治学的终身受用的大礼。

在随后的两年，许老师教授完4册厚厚的精读教程。这种润物细无声的教学，让我和同学们对精读这门科目的特点以及如何解读英文复杂的长句有了更深一层的理解。现在想来，课堂上许老师最可爱的地方，还是他那自始至终"务必咬文嚼字"的鲜明态度，以及"必须破妄求真"的穷究精神。英文在读解时的大忌包括：骄慢心——对明明非常离谱的错解竟然毫不生疑；怠惰心——对一知半解的内容满足于似懂非懂；愚痴心——对同义词、近义词的细微差异视而不见。"三心不除，难成正果。"许老师反复强调，必须时时拜读身边那本又厚又重的辞典，并对照那些密密麻麻的义项逐一详查辨析。他还说，那些看似极其简单的几百个高频词，因为每一个词的义项多达近百，所以需要格外引起警觉。若不是他苦口婆心地深入阐释"要把辞典当成一本书来读"的个中道理，我想我这辈子也不可能具备朝更深层次的语言部分迈进的自学能力。

"未觉池塘春草梦，阶前梧叶已秋声。"英文书还远未觉得念得充分呢，一转眼却要毕业了。我们也不管学得是好还是坏，接下来呢，令人期待的"英文大专毕业"的满师仪式就要来临了，大家在心中或庆幸或难舍地以一个大而有力的挥手动作，默默地与各门学科以及担任那些课程的老师们先后告别——Ciao，再见了，Bye-bye，沙扬娜拉！

记得好像是在最后一堂精读课上吧，教室里弥漫着师生话别的忧伤气氛。许老师随圆就方，伺机而动，他忽然要以出人意料的"测字算命"的独特方式，向每一位同学送出他心里的毕业赠言。

我写了一行十分工整的字给他：疏影横斜水清浅，暗香浮动月黄昏。字条被他拿到手之后，许老师看了良久，随后又沉吟了半晌，他忽然起了疑心。

"赵建军，这是你写的字吗？"

"是的。"我立马应声道。

"嗯……今后的你，每迈出一步，都将几经周折，做起事来要比别人多费几倍的力气；但是呢，在你身上有一种特殊的东西，它会一直激励着你前进，从而最终还是会迎来属于你的成功的。"

这几乎是他的原话，也是毕业后这些年来在我耳畔一直回荡的一个声音。我无端地把这句话深深地印在脑海里。不论是当我漫步在冬天深南大道火红的木棉道上，还是徜徉于夏日戈壁沙漠的夕阳余晖中；也不论是彷徨于大上海东方明珠塔下的大街上，还是安住在小上海灵山大佛座下的莲台前，这句临别赠言都像是我人生逆旅中的一盏明灯，在那些远离师长的岁月里，它总在我行进的前方远远地放射着不可思议的光辉，照亮并温暖着我那一颗多半时候其实是凄怆无助的心灵。事实证明，前半句的"几经周折"确然早已得到应验，只有后半句的"迎来成功"却始终渺茫无期。我当然知道这是恩师对晚辈的劝勉之词——人生只要一息尚存，就得继续努力——唯有如此，才不至于辜负他对1993级英语班的殷殷厚望。

与许老师初次相识之际，我刚满22岁，先生44岁。没想到22年后，在我临近44岁的时候，他竟然驾鹤西归，过早地和我们永别了。呜呼哀哉，人生不相见，动如参与商；明日隔山岳，世事两茫茫。就在去年的端午节，我还随十几位昔日同窗一道去看望过病榻中的他。先生当时虽然消瘦，但精神面貌却很好。面对昔日学子，许老师起身相迎，从容淡定；面对病痛折磨，他侃侃而谈，语惊四座。"生固欣然，死亦无憾；花落还开，水流不断……"其超然物外的长者之风扑面而来，令在场的每一个人如沐春风，赞叹不已。

近6年来，我主要从事文学翻译工作。每当我攻坚克难的时候，总能从先生昔日传授的方法中获得一臂之力。也许正是这种藕断丝连般的牵扯，每当我在翻译的泥沼里向前艰难地迈出一小步时，打心底里会格外感念今生遇上了恩师的殊胜因缘。我的英译中代表作——美国作家吉姆·凯尔高的《迷路的骡车》，波兰文豪亨利克·显克维奇的《茫茫荒原》，是在见许老师最后一面，再蒙教诲之后译出的，但愿这些难入他法眼的文字，尚能静静地陪伴着他的在天之灵。

在那次端午节的聚餐会上，先生神色凝重地对我谈起了翻译，说这是一门"戴着镣铐舞蹈的艺术"，日琢千字，异常辛苦，继而又提起了译坛巨擘傅雷……聚餐会后，师生散场的时候，我紧紧握住先生的手，久久不愿松开……唉……在这一刻，他如何能觉察得出，在我心中默念的这师徒最后的两双手的紧握……

　　泰戈尔《飞鸟集》中有云："生如夏花之绚烂，死如秋叶之静美。"（郑振铎 译）这句诗用来描述许先生在我精神世界里的来与去，真的是再妥帖不过。啊，许嘉庆老师，我是如此深切地怀念您，您的名字将永远铭刻在您的学生的心中！

2016年8月

恩师难忘

在我的求学时代，有很多令我难忘的老师。其中最让我感念的，莫过于加藤实先生了。这段师生奇缘要从1997年7月，香港回归祖国的那段日子说起。

那是一个沸腾的夏天，人们都沉浸在喜悦之中。我在深圳已经工作了一年，此刻却要告别这座美丽的城市——为了谋求职场上的发展，我决定回母校合肥联合大学进修去。

秋季开学后，原本英语专业毕业的我重返外文系，成了日语专业二年级的一名旁听生。不久就见到讲授专业课的日籍老师——加藤实先生。先生走进教室的时候戴着口罩，步履蹒跚，身体左右摇晃。我颇感诧异，以为他的腿有什么毛病，后来才知道那只是年老体衰，行动不便所致。现在想来，先生其时不过花甲之年。但他看上去却很衰老，让人觉得比实际年龄至少得再添十几岁。他个头很高，白发稀疏，完全不是漫画中常见的戴着眼镜矮胖的日本人的模样。

"起立！礼！……着席！"班长发出口令。

这是日式课堂师生礼仪。第一次感受着这种氛围，并和同学们一起用日语向老师齐声问好，我除了一两分的紧张，还有三四分的不适应。这是一堂复习课。先生拿出自己编写的教材《卷一》，从中选出一课，便讲了起来。《卷一》是很薄很薄的一本小册子，大约不过四五十页的内容，不过听同学们说，他们大一时就已学完的这本教科书被老师沿用了数十年之久。我此前虽然有些日语基础，但那全是自学，所谓"野路子"出身，和读过一年专业课的科班同学相比，还是颇有些差距的。

几天之后，又听说有一个日本旅行团两三周后要来合肥联欢。一行有二三十人，都是先生国内的朋友，届时我们有机会和来客一对一地交谈。同学们为此忙碌有序地做着准备。班上男女生编成小队，向本校一位日本女留学生学习舞蹈，配以唱词，表现历史上日本矿工在恶劣条件下辛苦劳作的场景。这一切都给我带来了相当的心理压力。所幸的是，除日语外，我无须再上其他的课程。中午在食堂吃饭，等下午的课一上完，我就回到自己的住处补习起来。盼望中，日本客人终于来了。在盛大的联欢会上，我混迹其间，草草登场。在来宾面前，我有口难开，只能无奈地畏缩在一旁。所幸的是，当这毫无准备的高潮一幕过去之后，一切都归于素日的平静。

有了这次尴尬的经历，我只得在课下更加努力地补习那些我还缺漏的功课。如此过了两三个月的光景。合肥冬天的脚步近了。校园里夏日婆娑的树木慢慢枯黄，落叶满地，在冷风中等待褪尽生命最后的颜色。渐渐地，有三五同学开始缺课。我一人校外独居，冬日的生活也变得很不方便起来。为了尽快掌握基础日语，下课回来的路上，我常在街边买几个烧饼，再向房东讨点开水，一边吃一边学。生活虽然清苦，但学习热情却很高涨——青春的可贵之处，大约正是这种为了理想抱负而奋力追求的精神吧！

没想到针对加藤老师的怨言却慢慢散布开来。同学们受不了《卷一》一遍又一遍的复习。也许，当时的我们觉得，这些学过多遍的东西已经比较熟悉了，不如讲些新内容的好。然而加藤老师胸有成竹，全然不理会这些意见；天天手捧他的《卷一》，变着花样复习，让我们尽量掌握其中的每一个知识点。我也有瞥见先生不高兴的瞬间，那就是当他发现少数同学不够努力，或是不按他的要求来学习的时候。据此，我慢慢体会到了他对同学们的深切期待。

其实，先生也给我们讲《卷一》之外的东西，那就是《鰤》。可是大家又普遍觉得内容太深，一堂课听下来，如游黄山七十二峰，云天雾地，不知东西南北。先生早年毕业于东京外交大学汉语专业，中文说得不错，可是他却很少给我们完整的译文。我们虽然跟在他的后面朗诵《鰤》中的对话，但至于自己到底说了些什么，我想只有老天爷和他老人家才真正理解。于是，连我这个向来有些耐性的人，也开始变得焦躁起来。

此外呢，也不是没有惊喜。先生的夫人——加藤铃女士，教授我们口语。地道的东京话，生动活泼的课堂气氛，非常迎合同学们的口味。我想，当时她至多把我们当成日本"幼稚园"的小朋友看待，辅导我们开口说一些最常用最简单的句子。同学们时常出错，但总听到她不断地鼓励着："拿出勇气来，要抛开面子，不停地练习！"铃先生的话说得虽快，但非常清晰，我们都能听懂，练起口语来自然也就劲头十足。

班级的"日语之角"搞得有声有色。先生在合肥的友人当中，有日本来肥投资办厂的总经理，也有在华留学生，他们常受先生之约来和我们交谈。我于是活跃在校园的晚霞中……我在教室的长明灯下，面对日本人反复练习从书本中学到的内容，并渐渐品尝到了运用一种新的语言的快乐。

转眼寒假就要到了。我从语音室里走出来，心里犯了嘀咕。

"哎呀，这个加藤老师！他的听力课也没有什么新鲜内容。还是就着那本《卷一》小册子，听他自己朗诵的录音。要不就是听着默写，或者一个一个站起来背诵几组相关的句子。以前，我在学英语的时候，在同一间语音室里，播放的是BBC早新闻，政治、经济、军事、文化，内容无所不包，现在却始终与这个《卷一》缠磨下去，这真的能学好日语吗？"

也就在这时，我从一位同学那里得知山东大学日语专业颇负盛名，还有诸如某某人从那里毕业后就如何了得的传言。我于是开了小差，想在来年秋季开学后，离开这位加藤老师，前往那所知名学府深造去。

第二学期，大体还是如此。每天还是那本只有四五十页的《卷一》，和很难听懂的《鰤》。不过，慢慢地，我不像别的同学那样埋怨了。加藤先生很注重我们对基本语法的理解和写作水平的提高。这正好符合我的学习方法。我于是猛写。别人交上去只有几百字的作文，我总要努力写出千言。发下来的改稿总是满页通红，错误之多，惨不忍睹。先生的一双手平时总是有些轻微的抖颤，然而，他却在黑板前长时间地抬着右臂，用抖动的粉笔修改着同学们的造句练习。他一丝不苟地做着手势，一边告诉我们平假名要怎么写，一边把书写得难看的一一美化一番。先生的演示与校正加深了我对日语深层次的理解，不知不觉之间，我能更多地做到自由且准确地表达。

在完成一学年的课业之后，我把要转学的计划告诉了加藤老师。先生没说什么，却出人意料地为我写了一封推荐信，要我转交日后我要师从的日籍教师。我没怎么表达和先生的惜别之情，便离开了母校，回到父母家里暂居。因一心一意要去山东大学，为了能赶上那里三年级的学生的水平，暑假里只得恶补一场。

九月开学，父亲送我去济南。下了火车后挤上公交车，穿越陌生城市的大街小巷，辗转来到山东大学的老校区。校园里白杨林葱葱郁郁，外国语学院大楼古朴典雅，这里真是莘莘学子求学的好地方。父亲照看行李，我去教务处询问入学手续。谁知好事多磨，等问明白来年的学费和估算一年的生活费用时，我真的一下子惊呆了。

"起码得一万以上吧。"

我出来对父亲说。所带的钱仅够交完一学期的学费。父子二人面面相觑，一时灰头土脸，没了主张。我很沮丧。满腔的热情和希望顷刻间化成了泡影，失落和怅惘一时涌聚心头。加藤老师的推荐信还握在手中，只因"赵公元帅作梗"，看来除了打道回府，已是别无选择了。

"你能回家自学吗？"父亲问。

"那还能怎么样？！那就改读'家里蹲大学'（Garleton College 谐音）吧！"我苦涩地幽默了一下，之后是长久的沉默。

深夜，登上和来时方向相反的列车。喀喀喀嗒、喀嗒喀嗒，轮轨合唱着一首单调而凄凉的夜曲，父亲倚着车窗睡着了。此刻，生命显得如此寂寞，我的脑神经却越发兴奋。车窗外，天边残月如钩，我久久地凝视着它。那艘皎洁的明舟啊，一刻不停地追随着我们的列车，似乎时刻都在与我相伴而行——我忽然想起那个让学生频频上黑板造句，并要严加修改以示众人的加藤老师，脑海里浮现着他一举手一投足的影子，进而怀念起和他在一起的那些时光……

回来后调整好心情，未竟的学业当然需要继续下去。我下定决心，准备在家面壁一年，完成计划中的学习任务。此后，我抱着短波收音机，不自量力地收听着艰深难懂的NHK；翻着厚厚的字典，背诵那些无穷无尽的单词。我啃着手边一本本新书，夜以继日地埋头自学。

这样大约又过了两三个月。想起跟着加藤老师学习时，最大的收获是来自他给我修改的文章，于是我决定给先生写一封信，汇报一下自己当前的情况。因为有大量可以自由支配的时间，我便写了一封很长很长的信。我尽情地倾诉了求学路上的挫折与艰难，也重温了昔日追随先生的美好回忆。我还试着请老师能修改这封信，寄回给我，指导我自学。

很快便收到了先生的回信。展读来信，眼前只见密密麻麻用红笔修改过的文字。信中还附有他亲笔写的一封百字短信。他要我把《卷一》从第一课到最后一课的翻译练习重做一遍，每做三五课后，函寄他修改。修改过的信，也得重抄一遍，然后再寄给他。

"啊，加藤老师，您真是一个古道热肠的人！"此时此刻，我不禁由衷地感叹起来。

立刻认真翻开先生编写的《卷一》，做着那些自认为非常简单的练习。如此又是一个多月过去。我的作业一次又一次被先生从合肥寄回到我的自学的书桌上。感受着先生诲人不倦的精神，我认真研究起他给我的每一处改动，错误依然不在少数。我揣摩那些正误，仿佛泛舟迷津而灯塔忽现，又如置身沙漠而啜饮甘泉！啊，加藤老师与他编写的《卷一》——此刻好似春雨润物，和风拂面，我从此不得不对先生的这种执着精神另眼相待了！

一天早晨，忽然又收到母校来信。发信人是加藤铃先生。急忙拆开信来看，打着红色边框线条的信纸非常考究，书法十分秀美，行文极为活泼，我仿佛又见到了口语课堂上那个每一分钟都精神抖擞，热力四射的老师的身影。

但信的内容却有些让我吃惊了。铃先生要我去她家拿一学年十万日元的奖学金（按当时汇率可兑换7000多元人民币），并要我决定是马上重返山东大学呢，还是等春节之后，再接着学习三年级下和四年级上的一学年的课程。信里还说，作为奖学金，这笔钱没有任何附带条件，让我不要有后顾之忧，只管去取。既然如此，我想叫助学金更为确切了。我把老师要提供助学金的消息告诉了父母亲。大家高兴起来，纷纷感叹这是怎么也让人想不到的事情。

那一天，我回到母校联大。在先生的公寓里，只见他用干枯抖颤的手从一枚大信封里取出钱来，并执意要我数一数。我有些手足无措，语无伦次起来。他解释说，是一位日本友人，在得知我求学日语的特殊经历后，愿意提供一些帮助，希望能顺利完成学业。恭敬不如从命，我只得数了一下，接着说了些道谢的话。先生来中国之前曾是一位传道的牧师。到了晚年，在异国他乡，他依然不忘编织可爱的人间童话。已是成年的我，化身在他的童话里，感受着纯真的孩子才有的，源自心灵深处的梦境般的欣慰。

春节一过，我又带好行囊，独自一人欢天喜地地再次赶赴昔日的伤心之地求学去。从此认识了许多新老师，其中就有风趣幽默、知识渊博，课下对我格外栽培的五十岚昌行先生。这里的同学日语水平果然名不虚传。我只得在更大的压力下，脚踏实地，奋力追赶。每当取得一点进步，总不忘写信给加藤老师，讲述起自己新的生活。

三年级的课程刚一结束，想到离开职场已整整两年，我便不由自主地心浮气躁起来，再也坐不住冷板凳，竟然不想再读下去了。于是全然不顾加藤夫妇希望我能读完大四上的初衷，便草草结束了今生的求学时代。书到用时方恨少，事隔多年，每念及加藤先生的良苦用心，和自己青年时代的这种急功近利的做法，总难逃一种深深的自责！

再次投入社会，依然不过是辗转漂泊的生活。至今一晃，6年多的日子又过去了。在此期间，我先后去金陵女子文理学院拜望过加藤夫妇两次。加藤先生已是风烛残年，他总是伏在电脑上专心工作。卧榻旁是普通的写字台，上面摆放着大大小小的字典。知道我来看他了，也不马上离开办公桌，总要夫人进去和他打了招呼，才应答着慢慢走出来。每当夫人对我说"加藤先生昨夜又工作到两三点"时，敬佩和怜爱之情总是油然而生。以前不过是从书中读到所谓"老骥伏枥""壮心不已"，如今有幸亲眼看见并亲身感受了。

顺便去了侵华日军南京大屠杀遇难同胞纪念馆凭吊罹难同胞，缅怀革命先烈。没想到的是，纪念馆里竟然卖先生的书，书名我想可以译成《请看这些事实……》。这是朱成山先生主编的《侵华日军南京大屠杀幸存者证言集》的日译本。我当即买下一本。642位历史见证人的证词，不难想象翻译起来该耗去他多少的精力！先生此后翻译的还有章开沅教授编写的《天理难容——美国传教士眼中的南京大屠杀》。他把此书视为《请看这些事实……》的续集。日本右翼势力一再上演一场场否认、美化侵略历史的无耻闹剧，日本政府和教科书对南京大屠杀的真实面目向来遮遮掩掩、轻描淡写，而这两部译著，是澄清那段历史原貌的又一份珍贵的日文文献。

在纪念馆里久久徘徊，我好像忽然明白先生在合肥执教时为何经常跑到南京去，而且后来还亲赴南京工作和研究历史。他不仅一心给予了中国学生最好的日语教育，更孜孜不倦地探求中日之间不能抹杀的历史真相。听铃先生说，《请看这些事实……》在日本国内的发行遭到了右翼分子的反对。看来，加藤先生是顶着国内那部分人的压力在工作。

大半年前，收到铃先生来自武汉的邮件，大意是说，加藤老师仍在埋头于中日历史研究，在华中师范大学整理文献资料。因为两人身体都不好，只得准备来年回国，以度余生了。所以她正忙着在网上搜寻东京一带可以租住的房子。

如今，加藤夫妇已年逾古稀，他们没有儿女，没有房产，更不谈有用来奢侈享乐的钱财！十多年来，他们的足迹从香港到台湾，再到大陆各地，这两位70多岁的老人啊，在各自的朝圣路上尽心竭力，践行着一心向善、舍己利人的人间大爱……

感谢先生为我带来他的"卷一精神"——那是一种浸透着浓郁的和式风味，洋溢着"锲而不舍"与"谦卑虚怀"的日本学人的治学精神——它像一股神秘的力量一直暗暗支持着我，是我日后能十年如一日地沉潜于日耳曼语言文学，翱翔于更广阔的天空的动力本源。感谢先生给予我的特别的关爱——他用他那双干枯而抖颤的手，不但为我指明了治学的永恒的方向，而且还用他博大、单纯而柔软的心，照亮温暖过我那段其实是非常寂寞与失落的读书时光。作为中国人的一分子，我还得感谢他的大德高行——其以残年余力、巨大热情，为了人间正义，经年累月，笔耕不辍。其丰富译著的字里行间，无不浸润着加藤实老先生的大量心血和执着情感，放射着他热爱中国、求真务实的慈善心灵里的灼灼光辉。

"合肥是我的第二故乡！"铃先生曾这样对我说。

所以啊，无论你们走到哪里，无论岁月如何流逝，请不要忘记：你们的那些中国学生当中，自有眷恋你们的人在！地球上热爱和平的人们当中，自有怀念你们的人在！

诗云：心喜心悲心系谁，因生缘灭果相随。先生惠我无量法，我自空然待师归！

2005年11月，上海松江

附记：借本文发表之际，谨向提供给我十万日元助学金的日本神奈川县片岗实也子女士再表由衷的谢意！也乐见致力于中日民间友好交流的爱心人士将此拙文译成准确地道的日文。

纪念克里斯蒂娜·涅斯特林格

　　眨眼工夫，克里斯蒂娜·涅斯特林格（Christine Nöstlinger，1936年10月13日—2018年6月28日）离开我们已经有6个年头了。我之所以在这本文集里纪念她，一是出于感恩，因著译这层关系，我实实在在地珍藏着这位作家在语言和文学两个方面给予我的点点滴滴的感悟和帮助；二是出于赏识，作为独立于不同时代、地域和文化背景下的两个生命体，我常跨越时空，用第三者的眼光，揣度她的人生磨难和心路历程，也因此，作家曲折跌宕的那些人生片段，常让我感慨良多，追思绵绵。

我仔细翻阅过涅氏不同时期的生活留影。18岁中学毕业时的她，虽然只留着一头短发，但却有着惊人的美貌，和父亲脸贴脸的一张照片还抹着浓艳的口红——因为有照片为证，说她蕙质兰心应该十分妥帖，而夸她风华绝代，也绝不是什么溢美之词。涅斯特林格中后期的影像，则是洗尽铅华、返璞归真的一个普普通通的大妈形象，让人觉得非常真实：有一边打毛衣一边出神的，有参加讨论时抽着烟发呆的，还有身为家庭主妇却垂头苦思造句技巧的，等等，不一而足。

精气神上最符合我心目中的涅斯特林格的，还是她年事已高时拍摄的一张照片。影像中的她，下巴枕在叠放着的双手上，因会心一笑，笑出了鼻端两侧深深的斜八字；一双亮闪闪的眼睛特别有神，散发着她个性当中令人再熟悉不过的独有的俏皮味儿。翻开涅氏几乎任何一本小说，这个维也纳人笔下特有的幽默和俏皮，时不时会让人莞尔一笑。因罹患乳腺癌，她于82岁辞世，但在笔者心中，生前死后的她，一直都是以这种微笑的面容，注视着这个悲欢离合的人间。

我们都知道，涅斯特林格一生著作等身，是德语区儿童文学原创领域的一座高峰。奥地利文学评论家西格利特·略夫勒对她不吝赞词，称涅氏"几乎就像一种名牌产品"。在《一个女人的字母工厂》一书中，作者写道："即便是现在回首当年，我也找不到任何日后会成为一名作家的迹象。老师给我的作文评级很低，我写的那些玩意，完全不入那位德高望重的女教授的法眼……数学成绩差让我尤感不安，但劣等作文却让我倍感骄傲，因为这证明了我是有胆量去完成一件需要一些勇气的事情的……"那么，究竟是一种什么样的成长环境或人生际遇，造就了日后这样一位"纯属偶然"跨入文学殿堂，34岁时靠处女作《红发弗雷德里克》独树一帜，并凭借每年新推二三部力作的巨大能量，渐次成长为一位当之无愧的儿童文学大师的呢？怀揣着种种疑问，作为怀念她的一种方式，不妨在此一探究竟。

1939年，涅斯特林格的父亲被征入伍，前往波兰参战，后于1944年受重伤退伍回家。父亲出征时，作者只是一个3岁女童，正值渴望父爱的年龄。涅氏还能回忆起父亲离家前，身着军服，头戴钢盔，提着步枪，如何依依不舍地站在家门口的一幕。战争年代才有的生离死别的场景，是身处和平时期的人们难以体会的——而这深深刺痛着一颗幼小的心，成为她最伤心的故事。此前的3年，涅氏的父亲每晚照顾这个小婴儿，尽管妈妈也在家里。后来，妈妈反复讲述一个让作家倍感温馨的故事：爸爸讨厌尿布，所以她睡觉时是不垫尿布的，等把自己的床单尿湿后，她会哧溜哧溜钻到父亲的床上去睡大觉。涅氏无条件地爱着父亲，而在妈妈眼里，她是一个比其他孩子更加疯癫的傻丫头。

二战结束时的涅斯特林格9岁。小学时代的她，在防空洞里体验过纳粹统治时期带来的可怕的梦魇，经历了炮火连天的维也纳战役。2015年，在毛特豪森集中营解放70周年的演讲上，作家对孩提时代自己身处的那个家庭与纳粹势力展开周旋的故事做了回顾。也因此，童年成了她文学创作的源泉。被称为自传体三部曲的《金龟子飞吧》《五月的两周》《神秘的祖父》，融入了她对战时及战后初期个人生活的回忆。2003年，作家出席阿斯特丽德·林格伦纪念奖颁奖典礼，在斯德哥尔摩的这次演讲中，她表示："……我能说的只是，在童年时代，我体验了日后再未体验过的巨大的幸福，也经历了日后再未经受过的可怕的痛苦。"

2013年出版的自传——《幸福只在转瞬间》，里面有这样一则趣事：少女时代的她，有一次想去参加舞会，却苦于没有胸罩可穿，于是只好厚着脸皮问富家千金借了一副，后来却被她莫名其妙地弄丢了，哎呀呀，在那个物资匮乏的年代，这等羞于启齿的事情，怎样才能冠冕堂皇地对借她的人解释得清楚呢？您瞧瞧，这就是现实生活中涅大小姐本尊的形象……难怪在她日后的小说里，此类叫人啼笑皆非的情节数不胜数——如何巧妙地"抖包袱"是她的拿手好戏，加上出色的表达技巧，善于利用点滴闲暇的创作精神，让她的作品得以始终保持特色鲜明的涅氏风格，从而达到了较高的艺术境界。

高中时代的涅斯特林格并不是学霸。她说的是一口维也纳方言。课堂上，由于很难说一口标准的德语，哪怕明明知道答案，她也是闭口不言。18岁高中毕业后，涅氏读了一所美术院校，却因身边大神太多而自视平庸，于是读罢两年就放弃了学业，在维也纳一家报社找了一份实习生的工作。少女时代的她，叫克里斯蒂娜·德拉克斯勒。作家本人其实一点儿也不喜欢涅斯特林格这个姓氏。说到这，免不了要说起涅氏前后两段婚史。

21岁的涅斯特林格认识了前夫彼得，未婚先孕，后奉子成婚，但不幸的是，第一个孩子出生才几天就夭折了，这给她带来了巨大的心灵创伤。更可恶的是，彼得并不喜欢两年后出生的女儿芭芭拉，在不可调和的矛盾下，两人协议离婚，涅氏回娘家生活。两年后，涅氏遇到后来的如意郎君——艾恩斯特尔，又是未婚先孕，生下了克里斯蒂安娜。登记结婚时，民政官将其学生身份改为家庭主妇，把克里斯蒂娜·德拉克斯勒改成我们熟悉的克里斯蒂娜·涅斯特林格。正是深蓝色墨水写在淡粉色纸上的这个词——"家庭主妇"，让她如芒在背，大惊失色；婚后柴米油盐的生活让她尤其乏味，外加找不到让两个宝贝觉得有趣的童书，涅氏这才萌发了自己创作的想法。1968年，32岁的涅斯特林格开始了她的首部儿童小说的创作，并于两年后付梓面世。

涅氏一生绝不限于写写儿童小说那么简单。她是一位颇具绘画功底的插画师，不折不扣的美食家，她还用维也纳方言出版过诗集。著作被译成外语的种类之丰，带来的商业利润之巨，让她饮誉四海。然而，译者心中的涅斯特林格并不是那个获奖无数、身披光环的女性形象。她的迷人之处，不只体现在文学创作上迸发出来的超人能量，幽默风趣的艺术手法，更体现在现实生活中的她，是一个谦卑而热情的人。悲悯且慷慨的胸怀，让她成了两个女儿很多玩伴的"第二个妈妈"。在涅氏家里，来访的每一个儿童都被奉为座上宾，受到她的热情款待。

2013年5月到2018年5月的这5年间，笔者先后译出涅氏儿童小说10部。我虽费了九牛二虎之力，但这些文字大约也只占这位高产作家全部作品的十分之一。通过这百万余字的训练，我的德文读解力和中文表达力有了长足进步。以《尤莉亚的日记》为代表的译作的出版，央视的推介，入各大书榜，畅销又长销等等，带给我这个草根一点可怜的自信。附骥尾则涉千里，攀鸿翮则翔四海。也许是出于一种纯粹的译者情怀，终至于后来某一天，我斗胆联系德语翻译家、中德图书版权代理人蔡鸿君前辈，希望通过这位旅德华侨的帮助，找到一个能让我译出《涅斯特林格全集》的中外合作平台。蔡先生也的确给了我回复，但从当时的形势来看，那大约是一个永远也难以实现的美梦吧。再后来，编辑部阮征老师发来了作者德文自传的样张，我也做好了翻译准备，但终因未能拿下版权而只能作罢。尽人力，听天命——我大约也只能抱着这样的态度努力地活下去。

啊，死前还在用维也纳方言作诗——《并非不乐于伴你左右》，至死仍与维也纳右派政治势力做斗争的克里斯蒂娜·涅斯特林格，愿您的灵魂在天堂里永安！

再见了，西湖

　　母亲已年近六十，多年来有个心愿，想去西湖看看。我知道，在她心里，西湖是人间最美的地方。可是，母亲一直都没有机会去，只能将此夙愿挂在嘴上，时不时在我面前提起。

　　这些年我在上海工作，母亲偶尔会从安徽老家赶来探视，帮我照看两个年幼的孩子。我觉得很对不起她，让她晚年依然辗转异乡，为我颠沛流离的生活操心劳神。

　　2013年4月8日，父母双亲又来我临时的寓所看望我们一家子。来沪前夜，母亲失眠，旅途中又晕车、呕吐。出站后，我见她面如土色，瘫坐在地上不能动弹，不禁泛出几缕心酸来。近日，母亲有了返乡之意；闲谈中，又提起想在离沪之前，顺便去西湖观景。

8月11日，一个属于周末的日子。我终于下了狠心，抛开手头一切工作，带上老父老母出发去了西湖。火车渐抵杭州，出站后我们沿西湖大道步行去湖边。三人脚步轻快，很快抵达了湖岸。"水光潋滟、山色空蒙"的西子湖的全景终于展现在母亲眼前。

"真美啊——"听到母亲发自内心的连连赞叹，看到她完全陶醉在奇幻境界里的表情时，我这个做儿子的心里总算有了一丝欣慰。

我们开始逆时针绕湖徒步观光。我背着沉重的行李，好让母亲空手走得轻松一些。尽管这里我来过多次，但钱塘湖一步一景，变幻莫测，的确让人百看不厌。中途我们还登上宝石山，来到了保俶塔下，从山顶俯瞰市容和湖景。漫步千年苏堤，但见百年古树，郁郁葱葱，两岸湖光山色，美不胜收。母亲或远眺群山，对烟波浩渺的彼岸长久注目；或近观残荷，对盛极而衰的荷花似有所语。一草一木，一帆一影，她都沉浸其中，流连忘返。无论停留在景区的哪个角落，母亲都赞不绝口，称这里是人间绝景。一天走下来，我的脚丫磨出了好几个水泡，实在不想多行一步。

"总算是圆了一个梦，死后眼睛都可以闭得紧一些了。"母亲满意地感叹道。闻得此言，我大为快意，觉得一个老人家知足常乐，不再挂碍这个色尘世界，这趟西湖之行颇值得了。

母亲深爱西湖。次日，我和父亲陪她顺时针沿湖岸又整整走了一圈。尽管大家的体力不比前一天，但母亲的游兴丝毫不减。我们走走歇歇，歇歇走走，说些轻松愉快的话。当再次漫步苏堤，面朝西里湖，眺望对面群山时，我请过路的游客为我们拍下了一张合影。

西湖以诗情画意馈赠着年轻人，又把淡淡的感伤留给了垂暮者。"如果可能，日后就把我的骨灰撒在对面远处山上的一棵树下吧，这样也好省些公墓钱。"母亲随口的一句玩笑话，让人百感交集，我竟一时语塞无以应答。睁眼虽是"东吴都会，钱塘繁华"，闭眼却见"黄泉路上，孟婆桥边"。走在烟柳画桥的苏堤，游目骋怀，体味如幻如梦的人生况味，在母亲的内心深处，一定也浮荡着"寓形宇内复几时"的哀歌吧？为人子女，忖之度之，"死生亦大矣，岂不痛哉！"

母亲在大别山南麓一个深山里生活了30多年，是一个地地道道的农村人。她会养猪、种菜、插秧、割稻。犹记得大队公社礼堂那方小小的舞台上那个二十出头且歌且舞、身姿曼妙的黄梅戏花旦，那个背起药箱卷起裤腿去四里八乡对父老乡亲问病给药的赤脚医生——那是我的妈妈，是眼前这个留给我美好童年记忆的霜华满鬓的母亲。我出生后不久，外婆外公先后离世，由于父亲在外地教书，繁重的农活压在她一人身上。过度的劳累与贫困的生活透支了她的健康，使得她体弱多病，未老先衰。这次西湖岸边又听她老调重弹，叨念说已给自己算过了命，无论如何是活不过66岁的。以前，每次听她诉说生死之事时，总也要跟着感伤一回。我知道卜卦算命是邪门歪道，不究竟，也不可信。天下做儿子的，哪有不祈愿自己的亲娘多活些年月的呢？而我更希望，在她的有生之年，有能看到自己的孩子过上不再东奔西走的日子的那一天。

西湖二日游临近结束，我们准备赶火车返回，真是来也匆匆，去也匆匆。

"再见了，西湖——！"

离开景区时，突然之间，母亲竟然挥挥手，对西湖说再见，仿佛一个远行的孩子出门前向家人道别。

此去经年，这个悲情的动作，一直印在我的脑海里，挥之不去。啊，夕阳无限好，只是近黄昏！也许，我无法同样深地体味她老人家诀别心目中的人间天堂时的隐情：在短促的生命里，我们往往与真正的所爱聚少离多——自己钟情的人间风物也好，昔日多情的亲友的面容也罢，一别经年，甚或半生，在雨打风吹、诸行无常中，几人还有机会再度重逢呢？

　　再见了，西湖！再见了，西湖！

山窝窝里的童年

导语：

这是我 20 多年前的一篇旧文。因时间久远，文笔明显青涩稚嫩，可算是文字历练的跛行的起点。写完后摆放了很多年，后按冬春夏秋分成四个章节，以搜狐博客的形式发表过，评论区得到几位乡友的赞赏。至今还记得，有一位素不相识的网友留言，说这"小说"（实则是借用了小说的某些写作手法的长篇散文）的开头写得不错，可惜没个结尾，真的很想再读下去，云云。一半是敝帚自珍，一半也正是这位网友的鼓励，廿载过后，言犹在耳，让我还能壮着胆子将它几乎原封不动地发表出来，以怀念并感恩永远也回不去的故乡和童年。

（一）冬：草野蓬蒿，恍如隔世

20世纪70年代初，纯净的阳光洒满大别山区南麓的每一个山谷。天永远是湛蓝的，河水永远是清澈的。不能想象大炼钢铁之前，这些山水更是何等的朗秀清明。

清晨，竹篾编的晒笪里的稻谷被均匀地摊开，黄灿灿，闪着金色光芒。"啊——啊——啊——"乌鸦成群地蹲在枞树枝上有力地叫着。有几只还在树梢上扑腾着飞，黑黝黝的眼光窥视着近旁那些诱人的食物。

打着簪的村妇，胳膊里挽着沉甸甸的篮子去小河里洗浣；沿路呼邻唤友，步伐轻盈。

冬天也是可爱的。因为有快乐的孩子——生命的真正的主人，来主宰乡间的气氛，发现并陶然于可喜的万象。孩子纯净的眼睛里一尘不染；生活在大山的怀抱中，没看过电视，没见过公路，但大自然却提供了属于他们的全部的欢乐。

河面上水汽升腾，蛮槌击打衣物发出钝响；妇女夹七夹八的闲言碎语中，传出幼儿嬉水时的尖叫和阵阵爽朗的爆笑声。

清溪村的早晨宁静中处处展露着生机。

瑾瑜昨天刚满5岁，家里给煮了个蛋。瑾瑜妈虽然不像别的人家给孩子过生日那样，在蛋壳上涂上大喜的红色，但瑾瑜拿了它，在左邻右舍中走过一遭后，影响还是颇大的。

村西头的鼠哥不知什么时候来了，挨着瑾瑜规规矩矩地坐着。瑾瑜吃蛋时，"瑾瑜小弟，我不吃你的啊，我不吃你的啊！"鼠哥扭过脖子来，目不转睛地盯着那个冒着香气的蛋，咽着口水小声说。

整个村子有 20 来户人家，过生日可是大事情。哪怕是孩子过生日，片刻之间也可以从东头传到西头，成为当天重要的议题。瑾瑜吃完蛋，心满意足地也就算是过完了这个生日。

天越来越冷。一天，太阳升起后很久，瑾瑜才睁开眼。屋子里被照得通通亮。一个很冷很冷的早晨。

"妈！哪落雪喳?!"

瑾瑜一跃而起。从厨房的窗口向外望，好大的雪啊！屋檐上的雪白得有些晃眼。近处的小山上积了足足有两尺厚。枞树枝上积雪太多，风吹过，团团落下。雪停了，户外不见一样活动的东西，好一个宁静的大千世界！

"千山鸟飞绝，万径人踪灭。孤舟蓑笠翁，独钓寒江雪。"瑾瑜爸对孩子因时而教。

鸟儿在巢里啁啾。偶尔也能听到乌鸦连续发出的三五声大喊般的啼叫。那声音回荡在山谷丛林，像用了扩音器一般。各家起床后都生起火盆，人们围坐着烘火。悠闲是冬的恩赐。

太阳渐渐升起。

"瑾瑜哥，瑾瑜哥——"一声喊得比一声有力。是燕青他们！

"妈——，我走喽——"瑾瑜迫不及待地扒完碗里的最后几口饭，冲到屋外去。

孩子们都来到村子后面的山坡上。燕松、燕柏两兄弟格外精神焕发。燕柏还太小，说不了太多话，但不停地尖声喊他的瑾瑜哥。

瑾瑜是家中的独子，跟他妈过，父亲石忠诚在异地教书，平时很少回来。人口少，用不上长板凳，所以瑾瑜只有叫燕青背着他老子，从家里偷一条出来。

孩子们把凳子四脚朝天地放倒在地，每次两个三个地坐在上面，再由一个人在后面推着，从山坡上滑下来。大家都不怎么会滑雪。但每回滑出六七米后猝然狼狈地翻倒，你压着我，我压着你，喊着，叫着，把浑身的力气与热情散发到旷野中去，脸上已是无穷的欢笑和泪水了。

凳子被折磨大半天后，四条腿松动了，凳面也磨得发白；孩子们没有经验，不知道该怎样收场，于是都怕起燕青那个脾气大的父亲来。

今天的游戏唯独鼠哥没有来。他的爷爷几天前死了。尸体还停放在家里，脸上用一刀黄色煤子纸盖着。

玩耍完毕后的那个晚上，瑾瑜去了鼠哥家。看着死人，瞪着眼睛不敢靠近；心里敲着小鼓，脑子里老是想着那黄色煤子纸下面的是一张什么样的脸。死者生前是个教书匠，走过自己一生的光阴，把存身的空间让给了新的一代。

回来的路上，瑾瑜得经过穆香妈家门前的檐廊。

檐廊的楼板上经年累月摆放着一口黑黢黢的棺材。瑾瑜白天就怕看到棺材，尤其是漆得贼亮的那种。今天看了死人，就更怕看了。一个人在穿过黑暗的过道时，暗暗不让自己再去看那东西，但禁不住还是瞟了一眼。刹那间觉得从那黑暗中，似乎有一双邪恶的眼睛从阴曹地府里冒出来，并把自己给瞅准了！害怕且有点恶心，小跑着溜回家去。

童年留下的唯一暗淡的阴影，也许就是窥见死亡时的畏怯吧。但对全身流溢着新鲜血液的孩子来说，那又算得了什么呢？孩子是逃离时间王国的国王，可能恐惧、苦痛于死亡，但决不会因之而感到悲哀。从这一点上说，死对于幼小的生命甚至什么都不是。生的伟大全在于此。不需要借助神灵、哲学或某种艺术，就已得到永恒，由此得知孩子的快乐是纯粹的快乐，孩子的希望是纯粹的希望。

冬天，山脚下小溪里的泉水淌个不停。人们用劈成半边的竹子搭成水槽，把水引到摆放在水田里的巨大的黄桶里。要洗的白菜又大又重，山一样堆放在黄桶旁。各家妇女十数人全都捋起袖子，浸泡在桶里共同弯腰、埋头作业，从早到晚洗个不停。

为了嘴巴，中国人民表现出来的特有的生机，那种团结一心、意气风发的精神面貌，那种势不可挡的可敬可畏，解释了历史上何以既有四大发明的辉煌，又有农民起义的蜂起……

这种场合下的拉呱儿是有名的。少不了东家长、西家短。但更多的似乎是那三五人一齐的爆笑，很有些骇人。那热闹劲往往此起彼伏，经久不息。十几岁的女娃子更是掺和其间，虽还不是主讲，但眉宇飞扬中，悉知村庄里头发生的每一件鸡头鸭脚的小事。

吃不完的白菜洗净后倒挂在长长的竹竿上晒着，数量之多，颇成阵势。最后，放在大缸里撒上粗盐粒子腌上，严严实实地压好，储存起来，作为来年餐桌上的重要角色。

"小孩子望过年，大人家望插田！"俚语虽土俗，但千百年来就这样被老百姓挂在嘴上。对于儿童的世界，过年意味着更多的自由，更多飞旋的梦的实现。

年味最浓的时间和地点现今都已消失，也许那只限于70年代早初的乡村。正如那时炖的一只老母鸡，真正是汤是汤、肉是肉、香气浓得醉人！新时代的新事物无法包容那时空，最多只让多情的怀旧者，在城市高楼的夹缝里留下一点回忆的自由。

从深山老农"办年货"这件事上，我们尚能分辨得出那个时代过年的特殊氛围，并还可以察觉和推想到在唐宋甚而更久远的时代，在这个峰峦叠嶂、交通不便的山野，先人们祥和的生活和温驯的民风。

冬天就是冬天，寒冷一天天逼紧，似乎也在敦促人们赶快预备点什么。

瑾瑜妈早早托出门挑货的，捎话给石忠诚，嘱咐放假回来时记得称几个苹果。左邻右舍都在纷纷买东西，穷人家花两三块，稍好点的人家也要花一二十块。

没有商店，女娃子都从挑杂货的那里买皮筋，拿到手后立即把头发梳好、扎起来，对着镜子左顾右盼，叽叽喳喳，高兴得手舞足蹈。

买货郎把手里的拨浪鼓摇得咚咚响，引来了更多的乡亲。有的主妇从花花绿绿的毛线中挑出最中意的那一扎，计划起这个冬天手头上的活儿。多数什么都没买，但并不妨碍他们这里摸摸，那里瞧瞧。

山里的冬天总是年年冷得照旧。早晨的路面硬邦邦的；屋顶的瓦片上、过河沟搭的木桥上、衰败枯黄耷拉在地的冬草上都打上了一层厚厚的霜，在晨曦下泛着微微的白光。

"这——，天冷着也——"燕青的老子从茅厕里出来，弓着腰，一边系着裤腰上的绳子，一边对着在一旁晾晒的韩妈高声寒暄起来。说话人嘴里冒着白气，等着对方接腔。太阳照到身上，依然冷飕飕的。四下里静得很，只有近旁牛栏里传出的铃铛声响得清越。

"这——，对呀——，冷得猪都不愿意起来吃食，你讲这也是好戏呗！"韩妈应答道。

"窖煤烧着吧？"

"你不晓得喔，我家那两个死懒！无论么样的，今朝总要叫他父子两个去烧些。听讲穆香妈家今朝烫豆粑，我家还没有架势（开始）呢！"

临近小年，各个村庄从有些细微动静开始，到渐渐变得都热闹起来了。那气氛浓郁得很快就飘散到空气里去了。走过村前村后，感觉再迟钝的过路人都能觉察得到。

天寒地冻，太阳很晚才爬上山头。三五壮汉齐聚，嘴里叼着佛子岭香烟，在商量出头绪后，听到的便是猪被擒的凄厉的长嚎。杀猪桶里腾出阵阵热气，主妇噙着眼泪在一角伫立，看着自己三百六十五日，天天朝夕相处的伙伴被人野蛮地按到案板上。杀猪佬披挂着油晃晃的厚厚的硬大褂，操刀舞斧，卷起衣袖忙而不乱，吆喝杀猪的主人配合他拿这拿那，备受养殖户一家的敬服。

　　杀猪的是相对富裕的人家，围着看的少不了一群嚷着叫着的小孩子。无猪可杀的就打打豆腐，蒸蒸粑，做点圆子……全家合力的热闹劲儿，一点也不逊色到哪里去。

　　小年夜晚饭前，家家户户恭恭敬敬去村堂轩跪拜自家列祖列宗的牌位，迎接故人的魂灵回家团聚。瑾瑜妈也没例外，尽管家有学富五车的丈夫，仍一马当先去磕头跪拜了。按传统的说法，死者是在这一天除旧迎新的。

　　再过几天就是除夕大年。看见各家各户的大人都在一本正经地打扫廊前屋后，瑾瑜兴奋得想在那扫过之后干干净净的地面上打个滚儿。从年长的乡亲彼此寒暄时和平时不同的语调中，孩子们感觉得到，过大年是一件既严肃又非常有趣的事。

　　左邻右舍都忙着请人写对子，贴春联，围着看的有大人也有小孩。红红的对联贴起来，仿佛走进了一个喜庆的新世界。

　　临近黄昏，瑾瑜有些寂寞地在通往各家各户的走廊上来回穿梭，发现伙伴们好像都在家里帮忙打下手，顺带往嘴巴里填些零零星星的东西，幸福得不必再出来在平素的黑土地上寻找快乐了。

　　黄昏时分，噼噼啪啪的爆竹声远近渐渐传开了，红色的碎屑小精灵一般散落在各家的院内门前，为蜡黄皮肤者笼罩上一个温馨而神秘的梦。不识字的人此刻不喝酒也带着几分醉意，懵懵懂懂中和文化人一样感觉着时光的流逝。

　　家家户户次第关好门，开始吃他们一年中最盛大的晚宴。在肃然的气氛中只有大人的谈话。孩子的目光只顾扫射着桌子上的每一样可口的菜肴——农家一年只有这次算是自己招待自己，所以可以没顾忌没遮拦地任意吃。

　　吃完饭，各家的孩子才被放出去。于是孩子们迈进了属于他们的天堂一般的世界里。

嗷——燕青今天穿上了新衣服，新鞋！招呼瑾瑜的声音也显得格外嘹亮。燕松、燕柏兄弟俩提着红灯笼从家里走出来，烛光照着喜气洋洋的脸，在老人的眼里，他们还有多么漫长的幸福的时光啊！本义和他姐姐阿金笑着往堂轩走，阿金埋怨道：

"本义也，你真是无路哦！买的糖全部都搁在兜里，等一下让人家一下子都哄去喽！"

伙伴们都聚在堂轩了。但还没见到鼠哥的影子，大概还在家里吃饭吧，怎么样，就先去他家吧。

"啊也——都来喳！"喊开鼠哥家的门，他的两个姐姐喊道。

四下里大音喧哗。蜡烛、爆竹、瓜子、花生、糖果……放在手里、兜里，沉甸甸的，对贪吃爱玩的孩子来说是物质收获的喜悦，更是古风人情的慰藉。打劫过鼠哥家后，所有的孩子又三三两两挨家串户要东西去了。

"布谷——布谷——"

瑾瑜发出暗号串联后，各家的小孩都聚在了村头堂轩。节日里孩子的世界变得更加热闹起来：有开弓射箭的，有竹枪弹石的，还有推铁环、吹喇叭的——但玩具至多只是玩具，赤手空拳一样热闹：打鹞子、竖杨叉，斗鸡，躲猫……真正想玩得过瘾还是毫无规则可言的孙猴子大闹天宫，可以肆意耍闹：喊的喊，杀的杀，追的追，逃的逃，哭的哭，闹的闹，满堂轩乱成一团。半个时辰不到，个个浑身是汗，小关公们脸上红扑扑、气腾腾的。在这种充满积极性、主动性和创造性的耍闹中尚未诞生出生的虚无。

到了正月，趣味主要属于大人。大人的趣味又主要在酒和闲适。走亲戚，拜年，优哉游哉，一闭眼到了元宵。前前后后约四五十天，老区人民阔绰地花费时间，享受着生活，规规矩矩地遵守着千载而下的祖先的节日内容。

滑雪之外，此时瑾瑜和伙伴们的快乐是在结冻的水田的冰上滑行和摔倒，以及品尝平日吃不到的种种美味佳肴。

（二）春：山月静肃，歌起韩家

冰寒的严冬终于过去。春天，1978年的春天终于来到了！

绵绵细雨滋润着大别山区每一处谷溪。春草葳蕤，微风习习。阳光洒在山路上，小灌木的枝条上长满绿色的招摇的小脑袋。四月里，枞树的松针更加婆娑起舞；松树的枝条也越发青翠挺立。黄灿灿的油菜花一片又一片，是春姑娘镶嵌在田畈上的地毯，是孩子眼睛里的黄金，是人生最初最浓的梦！一簇簇怒放的映山红，仿佛是天神撒落在山野里的火种，春因之而显得更加生机盎然。在这里，春天要用乡间美少女来譬喻——脉脉含情，纯洁可爱，四下里都飘散着青春的气息。

妇女们上山打猪草，整箩筐整箩筐地往家里背。各家的丫头小子大多跟在大人的后面，小狗一般活跃、快乐。

山野里，春风如同少年的脚步，愿意四处自由地奔跑。孩子们的目光只顾搜寻着可以马上吞食的野草或野果——有的甜，有的酸，有的有着诱人的颜色。奇串子青的青，红的红，果实结在绿色的茎上。孩子们发现它，就像发现珍宝。他们会为大自然的馈赠欢呼雀跃；仔细地采摘下来，带回家里用水洗净，拿起来左右端详个够，之后要么送些给邻里，要么一人独享。

瑾瑜妈和别的妇女一样上山割草，背回来作为绿肥整捆整捆地往水田里扔。采来的大把大把的兰草花，装在盛水的空酒瓶里，然后放在窗台上养着。足不出户，室内一样有扑面而来的春的气息。野蜜蜂不知什么时候撞在户外的窗纸上，嗡嗡嗡嗡想飞进来。

啊！春天的大自然，近在咫尺；大自然的春天，无处不在。

"唉！泥巴孩子也该读书了!!"

有一天，石忠诚从小学里回来，望着满嘴土话在屋外玩得正欢的孩子，皱起眉头对孩子妈说。在农村，在那个年代，中文本科学历的石先生可谓大知识分子。但曲高和寡，知音总是难觅的。

黄昏是大人多愁的时候。灶炉膛里的火光红红地闪动，映在孩子妈妈的脸上。母亲噙着泪，坐在把火的木凳上很久没有吭声。困难时期刚刚过去，贫困是压在农户肩膀上的重担。读书真的能救人的命?!相对于未来，任何生活在时间当下的人的视野总是有限的。

"舍不得也没有办法！今年秋天必须跟我走！"

石忠诚看孩子的妈妈没有反应，说话显得有些急切。尽管懂得百年树人，这个三十出头的大学生耐不住性子，想让孩子能一夜成才，继承自己的学识和思想。

饭熟了。山区农村小水电业还算发达，把征服黑夜的光明洒到了深山坳农家厨房里的泥巴锅台上、客厅粗笨的木制桌椅上……虽是70年代，清溪村差不多家家有电灯，60支光的灯泡把满屋子照得亮堂堂的。

瑾瑜在外面奔跑了一天，天黑得已看不见路。母亲把孩子唤回家里。盛过饭，夹了几箸菜堆在碗头上，瑾瑜端起来又飞也似的去了村头堂轩。玩耍是孩子废寝忘食的事业，是对原始生命根本意义上的痴迷和享受，是最不可能留下什么遗憾的。

皎洁的夜空看上去显得清寒，淡淡的云层飘过，没有人注意到它。山在月下静肃，披着浅黑色的轻纱。旷野里，吟虫不问问题，高鸣不止，响彻远近。

邻里当爹当娘的每晚都扎堆聚在韩家凑热闹。男人们轮流吸着旱烟，泡起大碗黄大茶；女人拉呱着农事、家常，牵牵扯扯，慢条斯理，没个完了。夜渐渐有些深了，有人打起了长长的哈欠，接着表示马上要回家睡觉。

室外有些寒凉，月儿西移，可以看到提着灯火走路的人。可能是上茅厕的，也可能是从邻村来，通过村前的小路来来往往。月明月暗，村前的小溪都淙淙流淌，从各家门前一路绕过。这位伟大的音乐家忠实地守候在白日劳作的人们的身旁，不知疲倦地演奏着无须鲜花和掌声的妙曲。

"洪湖水呀，浪呀么浪打浪呀……"韩家传来姐妹的二重唱。

歌声极为悠扬。瑾瑜不知什么叫洪湖水，但心里充满着崇拜。妈妈在给瑾瑜洗澡，但瑾瑜急不可耐，要去对门的韩家，听比他大七八岁的姐姐唱歌。

瑾瑜来后，翠娥和嫦娥唱完了她们的歌。桌子周围依然坐满了天天必到的邻居。燕松、燕柏的父母也在，靠墙站着，满面笑容地和大家答话。

"瑾瑜，瑾瑜，来来来！今天是看你竖杨叉呢，还是跟我搏皮锤子?"韩家的伯伯问话了。众人都在笑。

"我要听翠娥姐、嫦娥姐唱歌！"

"可以！可以！驮得起我十皮锤子你才是真正的瑾瑜，两个姐姐才会唱的！"大家都知道有好戏看，越发笑起来。

皮锤子落下来。一、二、三、四……

"啊也！秋梨你不能打哦！孩子受不住哦！"韩妈在骂她男人。

"不碍，不碍！瑾瑜嘛，驮不了我几皮锤子，么样能叫瑾瑜呢?"

瑾瑜只有乌龟垫床底——硬着头皮撑着。最后几下实在是太痛，但周围的人都在欢呼和怂恿。手红红的，已握不成拳头，终于坚持到了龇牙咧嘴实在不行的最后。罢毕，但竟无歌声。于是只有自告奋勇地竖杨叉，博得大家一致的赞赏，挽回了很多脸面。

（三）夏：燕青赶鱼，瑾瑜折臂

时间微笑着走，看着孩子嬉闹的一天天。

夏日炽热的阳光渐渐偶尔照下来。村子的房屋普遍低矮，但彼此相邻着，远望去像手牵手的老姊妹佝偻在大山的脚下，挽扶着度过一年又一年的风雨。湛蓝的晴空越发可爱，白云像被细细弹过的薄薄的棉花，安安静静飘浮在空中，纹丝不动。燕青家后院的小山上种了一棵芭蕉，红红的花儿高高地挺立在枝头，艳阳天下鲜红得分外刺眼，像是从地下喷射出来的一束火焰。各家养的鸡四处走动，它们活泼、精神。公鸡打鸣，母鸡觅食，小鸡们振翅跳跃、追赶。上帝还没有赋予让这种生命在短促的一生中去寻求、发现意义的使命，加于它们卑微的生命以更深的悲哀，这也真是可喜而伟大的。

瑾瑜和其他的孩子一样，在做他们伟大的事业。

屋檐下有小的蜘蛛网，背着阳光，不易发现。但孩子们没有一个眼睛不明亮的。屋檐之间斜织有大的蜘蛛网，映衬着碧空，太阳光下，银白色的蛛丝根根闪着耀眼的光亮。孩子们用炙热而纯净的目光仰望，如同发现了树梢上被人采摘后还遗挂的果实；欣喜而满足地把大大小小的蛛网一张张兜在自己扎的铜雀网上。

蜻蜓多数在近地面的低空成群地飞，孩子们只恨自己不能飞，于是他们用眼睛欣赏、追逐这些自由自在的洒脱的精灵——大自然写在空中的格林童话。有的单飞，与众不同，忽而歇在牛栏土墙上的干枯的牛粪上；忽而伏在架在河沟上的青石板上；忽而又停在小草的叶子上或是堆放在路旁的柴火上，引诱着孩子们跟紧脚步，举着铜雀网一直向前，向前……

炊烟四起，各家都在生火做饭。忽一阵犬吠，又几声鸡鸣。人畜相安，清溪村保持着世外桃源般的安宁。

吃完午饭，各家的男劳力都戴着麦草帽出门了。有的下田锄草；有的下地挖土，黑黝黝的脸上滚动着千年不变的汗粒子。没有风的日子，太阳把它的热力慷慨地洒在田地里！植物好像都在滋滋有声地生长。屋背后的纱帽尖巍然挺立，直插云霄。半山腰十二拐上晃动着人影，可能是邻村的人在砍树、打柴。孩子们从来没敢爬得那么高。因为他们听到过大蛇的传说，还有从天而降的镇山之石——雷公石。

有一天，烈日炎炎的正午刚过，孩子们便偷偷散到小河里捉鱼去了。鼠哥、本义、燕松用石头垒坝。燕柏在河岸边专心致志地看着。遇到大的石头，燕青就过来帮忙搬动。石坝很快高出了水面，河心留着一尺宽的缺口。河水欢快地流着，泛着粼粼波光。

"瑾瑜哥你到底下去赶！"这时燕青发号施令了。长长的竹竿抡起来，扑腾着朝水面左打一下，右打一下。瑾瑜学着大人的样子赶鱼。

水花四溅，身上像淋了大雨。

"哈哈哈……哈哈哈……"

鱼儿受了惊吓，成群成群地拼命向上游游去。石坝拦住了去路，便各自溃散，但有的往中间的缺口处钻。缺口的后面用竹簸箕堵着。

簸箕做得很讲究：上面横向插了两排细而长的竹钉，之间用稻草严严实实地铺盖着，这样与簸箕的底部就形成了一个让鱼儿藏身的睡倒的D字形暗室。

燕青蹲身在坝的缺口的后面等着。范围在缩小，竹竿子打到缺口近处时，燕青见势差不多就收了"网"。竹簸箕里寸许的小鱼儿被兜出水面，活蹦乱跳的。河岸边预备了水盆，放在里面的鱼儿游来游去，仍不知死地逍遥快活着。

整个下午赶了十几趟鱼，多时一次捞到六七条，少时两三趟一条也没有。黄昏时分，挑货的黑皮从菖蒲回来，放下担子歇息，一边用毛巾往脸上擦汗，一边远远地看过来，呷着嘴，喊道：

"燕青今朝捉不少嘛！炒得到一大碗——"

"黑皮叔你今朝又挑货去喳！"燕青回应道。

"瑾瑜又到河里捉鱼去了！"

黑皮回去后就对瑾瑜妈打了小报告。回家后果然有严厉的骂。一是因为衣服尽湿，母亲怕孩子感冒生病。二是竹粪箕用的是燕青家的。燕青的老子脾气暴躁，经常蛮不讲理；又因身强体壮，浑身是力，没事谁都不愿惹他。瑾瑜娘怕他会找上门来责问：

"都是你家儿子出的点子，我孩淹死了怎样搞？"

"猪啊，猪啊！你么理要和人家混在一堆喔！人家当年差点把你的眼睛都弄瞎了，你哪忘失了吗！"瑾瑜娘气不过，举起竹梢子对着瑾瑜就打。

瑾瑜3岁的时候，燕青的姐姐曾拿火钳戳到了他的脸上。为了这事，瑾瑜妈和燕青的老子狠狠地骂过一架。

当然不记得有戳瞎眼睛的事。孩子哭了，觉得燕青有什么不好的呢，下河捉鱼大家不都好好的嘛！大人真讨厌。

"你打自己的孩子做什么事喔！"

隔壁的木香妈喂完猪食回来，从瑾瑜家门口经过，劈手夺过竹梢子来。一边骂骂滋滋埋怨着瑾瑜妈的不好，一边把孩子带到自己家里吃南瓜饭去了。

"今朝你敢回来！"

瑾瑜听到妈妈这样气愤地喊，很怕回去以后还要挨打。

但都不要紧，一切过失都会过去的。孩子很快又回到属于他们欢乐的世界里去了。但也有乐极生悲的时候。

5岁那年夏天的一个晚上，大小伙伴应了瑾瑜的召唤，先后赶到堂轩，看"师傅"显本事。刚开始是风车转般的三十又六个鹞子，无事。然后，木工的长板凳被搬到堂轩正中。瑾瑜在这一尺来宽，二十余尺长的凳子上左手叉腰，右手单手打起鹞子，无师自通地显起本事来。

听到阵阵喝彩声。瑾瑜一发不可收。一失手，从空中倒立着滚落下来。

手臂发麻，且很有些胀痛，倒地后虽然还能狼狈地爬起，但感觉到这次是真的出了问题，很是害怕。孩子们见状都吓得纷纷离去，因为渐渐有了经验，怕瑾瑜妈怪罪下来，会骂谁谁的不好。

"妈——，我的手——，断了！"瑾瑜哭着回来说。

"什么——！"孩子的妈妈不相信，以为只是哪里又碰着了。

但异常的哭声很快引起了母亲的注意。肘关节形状不对，再用手摸，心凉了半截，很可能是脱臼了。

连夜去找吴仙酒！

在赤脚医生吴仙酒家，四个壮汉上阵。两个向外，两个向内用力拉扯胳臂，以期脱臼关节复位！母亲听着孩子"妈也——妈也——"地哭嚎，见那痛得惨白的脸，也泪水淋漓，情不自禁地心痛起来。

后半夜。双亲轮换背着孩子，沿着崎岖的山道行走，驮回家里去。天还没有亮。黑暗中萤火虫显得特别的亮，时不时从三人身旁飞过。有的越飞越高，去更高更远处漫游；有的滑向脚下的小溪，落在黑暗的沉睡的草叶或石头上。

"瑾儿，你看，这些才是闪光的真正不怕寂寞的天使，人间流浪的不计声名的诗人呢！"孩子爸指着那些流萤，若有所思地表达着什么。

山冈静默，所有的鸟儿都睡了。孩子无法理解父亲的情思，但能听到母亲的粗粗的喘气声，感觉得到她的背的坚实、温暖。难得夜的静谧，一家人在命运的捆绑下同行。

第二天一大早，瑾瑜妈在屋后面的山坡上挖菖蒲根。孩子站在旁边傻傻地看。一股深埋在地下的浓浓的泥土气味扑鼻而来，当中夹杂些植物的根的气味。

两岁半的燕柏的晨尿也要来了。白纱布裹着根与尿与受伤的关节。瑾瑜的灾难惊动了菩萨心肠的左邻右舍，张三、李四、王五纷纷前来，对瑾瑜妈关切地问话。

在大山的怀抱里，有蓝天白云，有清风流水，有梦和无限的希望。伤痛显然是短暂的。小伙伴们又开始探头探脑地出来看瑾瑜了。渐渐地，多了往日的嬉闹；渐渐地，又回到素常的快乐里去了。

（四）秋：愁味才识，大吼又闻

但时间不等孩子——

瑾瑜第一次一个人徘徊在窄窄的小河岸边，并含些悲伤的泪水时，已是8月底的某个黄昏。因为他知道第二天就要和爸爸出门远行，将很久很久地辞别故乡。

他是要被抓去读书，坐教室了。

从没有离开过家门，虽然要去的地方只不过离家40里地而已。但对单纯的儿童来说，那属于绝对遥远而陌生的彼土。乡土观念最强的是充满单纯情感、对土地深深爱恋的孩子，虽然真正懂得什么叫乡土观念要等到成人以后。

"再见了！燕青！你一个人好好再做一只粪箕吧，因为上次的那个已经破了，不能再用了。再见了，红阿坡上的几棵毛栗树！今年秋天，那些爬树的伙伴当中，将不再有我！穆香妈此刻病在床上，但我不知道什么时候才能再回来！……"

啊！生的伤感原来初始于了却生命中的一点什么，是我们熟悉的"再见"二字背后的隐秘含义，是创痛了人类心灵的惺惺别离，是大自然单方对美好的破坏。然而我们对此却只能沉默不语，谁叫它有无穷的创造，同时又要使之归于永恒的寂灭！！生命的欢乐与苦悲似乎是被时间的河流卷着向前的。吉日、难日，祝日、忌日，时间之手把人心任意搓揉，灵魂的湖心掀起惊澜或漾着涟漪，化成生命难以忘怀的片片追思。

启程前的晚上，瑾瑜的爸妈说些零零碎碎的话。夜已深，孩子爸已经躺下，做母亲的还在炒瓜子、花生，收拾衣物，以备行程。从着手准备的一刻起，年轻的母亲就在用她的心给爱子送别。

"去韩妈家讲你明天就要走了，隔壁木香妈家也要去讲下子。"瑾瑜按母亲的吩咐去和邻居一一告了别。

"瑜儿——！兀——你什么时候回来耶？"韩妈反复问。

次日清晨，天还未放亮，一家三口便出发了。韩妈、木香妈、燕松的妈妈听到动静纷纷都赶到石家来。寒暄道别时农人的话语也许已经不值得写进教科书里，骄傲的时代对这种语言背后的质朴的情感逐渐感到陌生，乃至遗忘直至抛弃……

一点瓜子、花生郑重地装在小盘子里，干枯的手拉开孩子的衣兜，慢慢地倒了进去。但这次，接到平时稀罕的美味时，瑾瑜感到的却是一种难言的伤感哽在那里。

天气依然炎热，孩子驮在母亲的背上。太阳爬上山头，红红的脸上看不出它今天不同的心情。做娘的送了一程又一程。

一只小蚱蜢从山道旁的草丛里跳出来，越过小道，不知是往哪里赶路。远处的树丛里又传来寒号鸟经久不息的歌唱："今朝懒得做窝，明朝再做窝！今朝懒得做窝，明朝再做窝！……"

"小蚱蜢不需要离家太远……做一只鸟也不错，在那树梢头，在和煦的阳光里……"这是瑾瑜一路的意识流。

"你回去吧！"送到槐岭亭，孩子爸已是第五次劝了。

母亲流泪，无可奈何，哽咽着说："儿啊，你要听你爸爸的话哦——!"孩子生来闻得此般嘱咐,害怕地大哭不止,生离死别般地紧紧抓住母亲的臂膀不放。但一只粗壮的胳臂伸了过来。

"跟我走!!"近乎是霹雳般的一声大吼。

和大自然的游戏才刚刚开始,怎么就结束了呢? 于是从此一切众多都归依于沉寂的海,如一星流萤,倏尔滑向高空,泯灭在夜的大母的深邃的怀里,在黑暗中永无踪迹可寻。童心在渐渐泯灭,记忆在可怕地消失……

或许在乡土草丛的某处,村落某个檐角的上方,尚存幼时的时间的碎片,那里是五彩缤纷的梦的栖所。唯有故园——20世纪70年代初山窝窝里的那一片天和地,山和水,珍藏着热爱乡土的人幼时的一小片欢歌,眼泪,爱恋,足印和足够的自由意志……

"妈妈——,再见了! 童年里的天空,那自由自在飞舞的红蜻蜓啊——再见了!!"

从此背负上不能了结的乡愁,开始人生的孤寂之旅。在生命迷茫和受挫的时候,正是童年里那欢歌、眼泪和爱恋在幽幽呼唤你,呼唤你早点儿飞回! 早点儿飞回!

结语:

我的故乡依然躺在纱帽尖的脚下。那个"儿童急走追黄蝶,飞入菜花无处寻"的身影依然还在眼前晃动。然而,现实中的故乡物是人非,人不能两次踏入同一条河里。在滚滚城市化浪潮的今天,对于一出生就被困锁在二三十层高楼里的儿童来说,对于已不学习我那一口纯正的皖岳方言的两个女儿来说,这篇夹杂少量方言词汇的《山窝窝里的童年》——比如家乡话里的"铜雀",指蜻蜓,但是不是写这两个字,我不知道;寂寞的只是,这个世间再也找不到一个闲人会来告诉我这两个字的写法——大约只是我敝帚自珍的一张发黄的老照片,所以注定也是一篇速朽的文章吧。

第二辑

鸿飞东西篇

飘飘何所似

天地一沙鸥

好一个瑰丽的佛国世界

　　我知道，我离开她已经很久很远了……夜深人静，辗转反侧，我便常常想着她，念着她，把她想得很深，很细，很久长。在她无垠的心胸的一角，肯定还存留着我昔日的身影；在她圣洁的天光之下，肯定还有那招魂的秘咒在广袤的戈壁上回荡。我听得出那是她在不断地召唤我，召唤我快点儿投入她那月牙般的清泉里去，投入那永远蔚蓝的天空之下……

　　我所怀念的那个她呀，其实是一座盛大的城池，一个古老的要塞。那里更是一方佛光普照的世界，一所辉煌灿烂的艺术圣殿，这便是戈壁荒滩里那片永恒的绿洲——人类的敦煌。

屈指算来，我自2001年底离开敦煌，距今已十年有余了。在这些年里，无论漂泊到哪里，无论过着什么样的生活，我都一直怀有一种与她依依不舍的情愫。这种感受是如此微妙而真实，以至于难以找到一个可以理解我这种情怀的人并向其倾诉。敦煌，尽管不是我的故园，但她却扎根在我的脑海，成了我心心念念的精神家园。这种情感简而言之，是一个羁旅者对他偶然之间驻足的一方水土所倾注的一种历久弥新的思念；也是一个在红尘俗世经历了一番艰辛后的人，适彼乐土，田园将芜胡不归式的单纯向往。

（一）千里之缘与百年之巧

"百年修得同船渡，千年修得共枕眠。"我很喜欢这句话里暗藏的一个"缘"字。佛教因果律展开来说其实是"因缘果报"四个字。人生诸事，既暗含个人主观选择，也不脱冥冥中注定的各种客观条件。

新世纪之初，我南下深圳找工作。在一家贸易公司上班才不久，另一家单位的领导过先生前来约我谈话了。

"……怎么样，小赵？我把你介绍到敦煌去，那里人文荟萃，风光壮丽，是国家历史文化名城，你先在那里好好干几年，那可是个好地方啊！"话音未落，过先生还为我现场吟哦了一首古诗："万里敦煌道，三春雪未晴。送君走马去，遥似踏花行。度迹迷沙远，临关讶月明。故乡飞雁绝，相送若为情。"

正值二十几岁的灼灼年华，我于是毅然作出了离开繁华市井，贸然挺进西部的决定，打算较长时期蛰伏于一个边陲小镇。"正念乎？邪念乎？善缘耶？孽缘耶？"在去那个其实和我八竿子都打不着的敦煌之前，这曾是我歧路彷徨的真实的内心写照。

要知道2000年6月22日，恰好是敦煌莫高窟藏经洞发现100周年的纪念日。这对史学界及考古界人士来说，是一个非同寻常的日子。这一年，原文化部、国家文物局、甘肃省人民政府乃至全国各地、各界的不少单位与团体都将举行一系列展览或学术活动。国内外大批游客也会因此慕名前往这座丝路古城。我虽芸芸众生之一，何不妨借此机会去敦煌凑一把热闹？

（二）朝圣之路与佛国景貌

我于2000年3月7日从深圳罗湖坐火车出发，开始敦煌之旅。这是我一直还记得的为数不多的重要的日子之一。车抵广州时，已耗去半日。换车后于次日黄昏到兰州，与前来接车的另一领导汇合。在嗖嗖寒风中拨开厚重的塑料门帘，走进一家面馆吃了一顿地地道道的兰州拉面，随后于当晚和领导一起乘火车沿兰新线直奔甘肃最西端的柳园站。

9日天明，火车已在永远看不见尽头的河西走廊上飞驰。我生平第一次体验了河西走廊有多么漫长，中华大地有多么辽阔，去敦煌的路有多么遥远。"世之奇伟、瑰怪、非常之观，常在于险远，而人之所罕至。"此时我才有了这样的真实感受。

柳园站下车后，已近黄昏。眼前呈现的便是"大漠孤烟直，长河落日圆"的边关景象。到了柳园，其实离敦煌地界也就一步之遥了。佛国世界之瑰丽雄奇的景貌从此一点一点在我眼前铺开。

因为没有长途公交，只好打出租车去敦煌市内。215国道的北段，也即从柳园站到敦煌市内的这条戈壁公路，全长128公里，笔直的一条线，途中极少有弯道，像是用极光引出来的一样。公路两侧是无垠的戈壁，散布些砂生植物，要么就是一大片一大片光秃秃的灰褐色砂地。车窗开一小道缝，倒灌进来的呼啦啦的单调的风在我耳畔响了一路。我的脑子里冒出一句诗来："不闻爷娘唤女声，但闻燕山胡骑鸣啾啾。"沿路处处散布着"黑山头"，高高低低，远近错落。我感觉好像穿越在火星的沙漠里。没有炊烟，没有人气！我下意识敛目内视自己肉体凡胎的存在，仿佛正带着这身皮囊绝尘而去！

目睹柳敦公路两侧戈壁景貌，历代边塞诗歌在心中油然而生。不论是王之涣《凉州词》"羌笛何须怨杨柳，春风不度玉门关"，还是王翰《凉州词》"醉卧沙场君莫笑，古来征战几人回"，那种苍凉浑厚的歌吟总是那样让人荡气回肠。自古以来，尤其是祖国西部边陲那种空旷、辽阔、寂寥、肃杀的自然环境与它沉浑厚重的历史与文化，向每一个走近它的人展示了长与短、远与近之神秘时空，映照出喜与悲、盛与衰之人间万象，阐释着物与我、生与灭之悠悠天道。

"……风，在这个无声的城市里流浪，夜是如此的荒凉，我好似正被刀片轻轻割着，一刀一刀带些微疼地划过心头，我知道这开始了另一种爱情——对于大西北的土地，这片没有花朵的荒原。"这是三毛《夜半逾城——敦煌记》里的文字。三毛走了，她笔下敦煌的风与夜还在这里。

晚上，等平安入得敦煌城内，路上已整整耗去三天时间。

（三）莫高圣境与心空如洗

"长江，长城，黄山，黄河，在我心中重千斤……"这是一首脍炙人口的爱国歌曲。长城跨越万里江山，它更多的是以雄奇壮观的景貌荡人心魄。故宫深藏城中，远离真正的自然，在举全国之力经营好几百年之后，才充满了文化艺术的内蕴。同样是历史人文景观，从某种意义上说，莫高窟的成就之所以丝毫不在长城与故宫之下，是因为它既有与长城匹敌的绮丽的自然风貌，更有不输给故宫的文化艺术内涵。莫高窟的伟大在于它不仅是人造的，还是神造的——它凝聚着大自然之魂魄，是天人合一的旷世杰作！

莫高窟首先取材于大自然，它开凿在鸣沙山东麓南北绵延的1600多米的断崖上，和长城一样，处处可见其裸露在大自然里的身躯。对面是佛光闪耀的三危山，脚下是涓涓细流的大泉河。站在窟顶放眼西望，但见戈壁、沙地，与远处茫茫的沙山。除洞口之外，莫高窟洞窟四壁及上下都是严严实实的山体，它是历时千年把佛教文化艺术注入古老自然躯体中最宏伟的建筑。

莫高窟至今保留有自十六国、北魏、西魏、北周、隋、唐、五代、宋、西夏、元等十个朝代的洞窟493个，壁画45000多平方米，彩塑像2000身，是世界现存最伟大的佛教艺术宝库。若把壁画排列开来，能延伸30多公里，是世界上距离最长、规模最大、内容最丰富的一个巨型的画廊。伴随1900年藏经洞的发现，莫高窟更是在一夜之间名闻天下、饮誉全球，成为佛教艺术的集大成者。

藏经洞发现之后衍生的敦煌学作为一门显学，其内容博大精深，自有专家学者皓首穷经，致力研究，岂容在下置喙。与敦煌息息相关的古今中外的名人不胜枚举。其中，为敦煌铁粉们所津津乐道的就有古代的张骞、李暠、鲁班，近代的常书鸿、张大千、季羡林等等。无论是驰骋沙场的骁勇将军卫青、霍去病，还是远道而来的译经高僧鸠摩罗什；无论是吟哦三千余首敦煌边塞诗歌的历代墨客骚人，还是近代才高八斗来劫掠遗书的斯坦因、伯希和……这些风云人物，为这座丝路古城平添了无尽的神秘色彩。

《莫高窟咏》："雪岭干青汉，云楼架碧空。重开千佛刹，旁出四天宫。瑞鸟含珠影，灵花吐蕙丛。洗心游胜境，从此去尘蒙。"我曾三上莫高窟，亲眼看见了诗歌里描述的莫高窟的雄伟瑰丽。第一次是刚到敦煌后没几天的一次见习，我一边听讲解一边做笔记。敦煌研究院的刘明大哥给我安排了一个特别棒的讲解员，他讲得细致入微，我听得如痴如醉。第二次是陪安徽的老乡黄山兄去听讲解，也算是再次学习。第三次是陪一个素不相识的瑞典老人去听英文讲解。老人一路总是提他的"Great uncle"，一脸的自豪。据他说，他的舅舅曾在20世纪初作为一名探险家来过敦煌……

就我个人观后感来说，莫高窟最震撼人心的大手笔，除第16窟入口处北侧藏经洞及精美绝伦的壁画之外，便是几处撼人心魄的大佛的造像。其中第96窟（即九层楼处）的泥塑弥勒佛坐像，高35.6米，气势非凡，巍峨高大，需仰视才见。第158窟，也即涅槃窟，释迦佛涅槃像长15.8米，周围的壁画与彩塑皆意味深长，生动逼真。第130窟盛唐时期的南大佛，高26米，亦让人产生百般敬畏之心。每当走近这些高大的佛像，置身壁画的世界里，都让我心空如洗，尘蒙净去。

（四）佛国世界与现实世界

"莫道敦煌石窟美，壁画佳作在榆林。" 2001年9月中旬的一天，为了能亲眼看见一次《水月观音图》《千手千眼观音曼陀罗》这两幅西夏壁画，我乘上敦煌研究院美术所张伟文大哥的四轮驱动吉普车，东行170公里，去了安西县榆林窟。那天他有工作在身，正要去榆林窟摄影。

榆林窟被誉为莫高窟的姊妹窟，是敦煌佛教艺术不可分割的重要组成部分。张哥在对第3窟窟门西壁的《普贤变》摄影。这位中央美术学院敦煌班的高才生说："这可是个不轻易开放的特窟啊，你享受了一次总统级别的待遇。"尽管是半真半假的玩笑话，我还是感到十分幸运，也非常感激他帮我圆了一个梦！榆林窟西夏时期的壁画果然名不虚传，其笔触之细腻，线条之优美，色彩之艳丽，内容之丰富，保存之完整，实属罕见，让人瞬间感受到一种强大的震撼力，只能屏息静观，"不敢高声语，恐惊天上人"。我驻足观瞻，对壁画中的佛国世界不禁浮想联翩，对古代画师精湛的画技惊叹不已。

壁画里西方极乐世界处处祥云瑞霭，莲花吐蕊，宁静安乐，人类社会想来也应该是一片祥和吧？事实上，就在我参观榆林窟之际，美国刚刚发生了"9·11"恐怖袭击事件。中午我被安排和窟里领导一起用餐时，大家都盯着屏幕看新闻。卫星传来的各国电视画面非常清晰，世界主流媒体不断切换镜头，反复播放纽约世贸大楼被飞机撞击过后浓烟滚滚、烈焰熊熊、轰然倒塌的场景，近3000人的生命瞬间灰飞烟灭。佛国与现实两个完全不同的世界在我的视觉及心理上形成了一种强烈的反差。

榆林窟所在的这个偏僻的峡谷与外界阻隔，交通不便，不过处处呈现一片祥和静默的自然风光。清风徐来，亲吻着踏实河的河面；入口处那扇用厚重木板拼起来的古旧的大门，唤醒了我对儿时山乡的温馨的记忆——那曾是一个古风尚存、邻里敦睦、人欲收敛、节奏缓慢的世界。

（五）瑶池胜景与古道雄关

敦煌的名胜古迹遍地皆是，不胜枚举。这里我想说说我所亲临的两处壮丽图景——鸣沙山、月牙泉与玉门关、汉长城。

鸣沙山隶属甘新库姆塔格沙漠，所以登临鸣沙山的人都算到过沙漠了。我先后五次登临鸣沙山和月牙泉，其中一次恰逢皓月当空的夜晚。现在依然清晰地记得当时和三五同事晚饭之后，争先恐后地冲向沙山脊顶的情景。大家爬到最高处后，把脱下的鞋子高高抛向空中。所有的人都在欢呼，还有人偶尔发出几声狼一般的长嚎，但大自然并不介意这种微细的声音。月明星稀，沙地绵延，此时此景，物我两忘，恍入仙境。

难忘2000年秋，我陪同昔日老师山东大学外教五十岚昌行先生与陈红教授一行人游览鸣沙山。途经敦煌雷音寺，大家入寺观瞻。在功德香炉前，但见五十岚先生叩首礼佛，十分虔诚。寺门匾额"雷音寺"三个字由赵朴初题写，斯人于5月刚刚辞世。异地他乡，瞻仰朴老墨宝，不禁肃然起敬。一行人迈入鸣沙山脚下，每人骑上一匹骆驼。大家缓步沙海，绕山而行，一边沐浴着落日余晖，静听驼铃叮当，一边各自沉浸在自己的思绪里。

夏秋季节，一般是在下午四五点钟后去看鸣沙山。此时观景的气象条件最佳。鸣沙山像一位安卧在那里的美丽的少妇，怀里横躺着的便是她水灵灵的孩子——月牙泉。母亲环抱着孩子深情静默，孩子笑弯了眼睛回望妈妈。这是我见过的最壮丽的自然景观之一。它美得如此简单，不像欧洲古典音乐或抽象派油画，而是任何人都欣赏得了的大自然的杰作。它美得如此有震撼力，让人情不自禁地要朝她狂奔而去。它饱含着佛国世界的力量与大爱，有一种让浪子回头的神奇的魔力。

我想鬼斧神工的鸣沙山与神秘莫测的月牙泉奇观必然打动了历代统治者，所以无数能工巧匠被差遣到敦煌，在其东南边的莫高断崖留下千古文明。一处是纯粹的自然景观，瑶池仙境，天造地设，妙不可言；一处是博大的人文景观，经书、壁画、彩塑、建筑，囊括佛家一切精华。两者东西遥相呼应，珠联璧合，举世无双。

2001年夏，我随敦煌博物馆的车队去过一次玉门关和汉长城。玉门关位于敦煌市西北约90公里处，为汉代西陲两关之一，是丝绸古道西出敦煌进入西域北道和中道的必经关口。下车后但见玉门关遗址静立在戈壁荒滩上，周遭没有其他遗迹，显得形单影只。我站在近旁观看，时有热风四起，裹挟着几粒粗砂，长了眼似的从裤脚钻入，沿大腿拼命往上蹿。"长风几万里，吹度玉门关。"诚哉，斯言！

近在咫尺的遗迹还有汉长城与河仓城。这两处我都去看过。汉长城是以红柳、芦苇编成框架，中间用砾石层层叠压夯实而成。汉长城走过两千多年漫漫的时光，而今仍能看到一米多高的断壁残垣。相对于明清八达岭长城，汉长城谈不上什么观赏性，唯有历史学家、考古工作者，或发思古之幽情的文人雅士才能听得出那穿越时空而来的金戈铁马的阵阵鸣响。河仓城是汉代贮存军需物品的仓库，夯土版筑，呈长方形，断壁残垣，高约丈余，长百余米，颇为壮观。

伫立丝绸古道，畅想历史兴衰，使我暂且忘记了自己卑微的人生目的。我仿佛只想追问苍穹，天地之间2000年究竟是多长的一段时间？在此期间，西北边陲各民族发生了怎样的兴衰起落？我仿佛看到唐人的驼队正从远处朝我缓步而来，仿佛听到驼铃之声仍在远古的风中激荡。兀自徜徉戈壁旷野，这等寂寞难耐的地方我想若不是结伴而来，一般游客恐怕待不了半日就想离去。

（六）漂一族与驻守者

两年来，我以青年公益志愿者的身份，在敦煌博物馆从事外语讲解。刚到博物馆没几天，就有机会跟着荣恩奇老馆长学习敦煌博物馆各展厅文物出土的背景知识。地方旅行社也抓住机会，纷纷派导游过来聆听他的讲解。老馆长对每一件展品都了如指掌，他深情地回忆起自己在漫长的考古发掘生涯中见证的每一个奇迹。无论是讲到镇墓兽青龙、白虎、朱雀、玄武，还是谈起阳关、玉门关一带出土的大量汉简，他对自己当年带队参与的文物发掘时的情形依然历历在目，如数家珍。

敦煌博物馆俨然像个小联合国。开馆的每一天几乎都聚齐了世界各地的游客。你能听到游客、领队、全陪、地陪们说的各种语言。其中，来自欧洲的游客远比美洲的多。那些本是信仰基督教的欧洲游客，对佛教圣地的文化和艺术也能抱一颗赞叹之心。两年间我用英语、日语讲解博物馆1500余遍，接待了8000多位日本与欧洲各国游客……每当想到敦煌的历史和文化将通过这些实地见闻者归国后口口相传，讲给他们身边更多的人听时，心里便充满了欣慰。

日本游客当中的一些高龄者，他们往往是带着虔诚的宗教情感来寻根问祖的。我遇到过已经瘫痪的垂垂老妇，被人用轮椅推着来圣地拜谒，其敬仰虔诚之心可见一斑。在介绍敦煌的佛教艺术和文化时，面对他们敬畏的眼神，我常常显得局促不安，生怕自己词不达意，没有表达清楚。平时常常莫名其妙地收到一些国外的包裹，打开一看，根本记不起是哪位游客，出于什么原因，寄来了礼物和感谢信。宗教与文化的魅力，在融合不同地域、不同民族、不同意识形态的人们的情感上，的确起到了不可替代的作用。

改革开放以后，敦煌虽偏安一隅，但随着机场和铁路的先后开通，到此一游的国内外游客越来越多。游客也好，像我这样的"漂一族"也好，都是根不在敦煌的人，不过是平凡的过客。樊锦诗，有"嫁给敦煌的守护者"之誉，在中国家喻户晓。很多很多像她那样的人长期甚或大半辈子驻守敦煌，并倾注全部挚爱与才情，以守护弘扬敦煌文化为己任，刻苦钻研佛教艺术为追求的精英们是真正的民族的脊梁，是值得我们敬仰的时代的明星！

（七）告别与再别

两年驻足的时光若白驹过隙，转瞬即逝。2001年冬，我决定告别敦煌，去更阔大的世界闯荡。我虽然憧憬着外面繁华的大都市生活，但老实说，心底里还是有好几分舍不得离开那个非常熟悉、瓜果飘香的沙州镇。等我真的离开之后，我才开始觉得自己像是那种薄情寡义的人，在受到热情好客的友人的一番盛情款待后，连一声谢谢也没说，便抹抹嘴溜之大吉，从此杳无音信。

离开敦煌之前有几天休息的日子。我最后一次环游了市郊的美景，和这座丝路名城做最后的告别。

我去党河水库的引水渠边静坐，对着那滋润敦煌土地奔流不息的渠水一直发呆。我仔细打量散落在田野里的几棵胡杨，感受它"生而不死一千年，死而不倒一千年，倒而不朽一千年"的高贵品质。我最后一次登临鸣沙山，仔细欣赏落日余晖下绸缎一般柔滑的山体，和闪着金色波光的圣洁的沙面。白天，我把目光再一次投入那高远而澄澈的蔚蓝的天空；晚上，我再一次凝视满天的星河，感受佛经里所言的"恒河沙数"，感受康德笔下"心中的道德律"……

啊！诗人笔下的康桥风光旖旎，柔情无限；而我心中的敦煌同样也美不胜收，情深意浓！

敦煌之旅让我在富有感受力的年轻时代领略了博大壮美的大自然、丰富精彩的佛教艺术、浩瀚深刻的佛家思想，使我收获了人生的精神至宝。现在想来，那两年的边关羁旅可谓我卑微生命里上天特别给予的一次关照，是我平淡人生里无中生有的一场盛宴，更是毕生留驻心间的一道永恒的风景线。

再见了——！马奶子、李广杏、夜光杯、蜡染衫！还有那妩媚动人的鸣沙山与月牙泉，佛光生辉的莫高窟与榆林窟！再见了——！三世轮回的三连兔、反弹琵琶的伎乐天；还有那憨厚朴实的敦煌人呀，那些曾经给予我关照，热情好客的敦煌人！十年后的今天，请让我在心里面与你们一一再别，我要给那段梦幻般的岁月一个深情的拥抱！

　　阿弥陀佛！愿那祁连山上的雪水终年哗哗流淌！愿那闪着金色波光的胡杨林多多走进我的梦乡！更愿佛国圣地啊——我心中的大漠敦煌，不因纷至的脚步而毁损千载而下的壮美与圣洁，不因铁路的延伸而渐失千古如斯的静谧与安详！

2012年4月，上海徐行镇钱桥村

高高白鹿原，深深鲸鱼沟

"寄语情钟白鹿人，体验未深不谋篇。"这是小说《白鹿原》作者陈忠实老师1995年所作《七律·和路友为先生诗》中的尾末一句，意思是说：路兄啊，你要知道，对白鹿原这片热土，我老陈一定是在做足了功课之后才会下笔的。

多年以来，我其实想写一篇关于白鹿原的文章，可上文那句诗却犹如当头棒喝，让我这个"70后"小生久久动弹不得。即便是"笔落惊风雨，诗成泣鬼神"的诗仙，也有不敢班门弄斧的时候，不是吗？——"眼前有景道不得，崔颢题诗在上头。"是啊，且不提这部家族史小说在中国文学史上的地位，你先看看照片上陈老先生的那张脸吧——那是一张沟壑纵横、饱经风霜的脸，一张地地道道关中老汉的脸；那分明就是一幅有着很强立体感的油画啊，画名便是：高高白鹿原，深深鲸鱼沟。

不过呢，人生诸事充满了始料未及的戏剧性，如若深思细想，简直不可思议！对于我这个生活在长江流域的人来说，看惯的是杏花春雨江南，至于铁马秋风塞北，它们多半只静静地待在诗画的卷轴里。白鹿原——一个原本多半只以小说或影视剧的形式散发影响力的弹丸之地，可在近十余年里，白鹿原的方言，白鹿原的饮食，塬上独特的风光，朴素的农家，新农村建设，远景规划，一切的一切，却一点点走进了我的生活，让我应接不暇，眼界大开。自然而然，这片也称霸陵原的黄土地——一个原本和我八竿子打不着的地方，也就成了我既熟悉又陌生，才下眉头却上心头的精神家园和第二故乡……

故事还得从2001年春，母亲在大雁塔下许的一个愿说起。

那是我远赴敦煌开展工作的第二年。大漠的春天总是姗姗来迟，在那座千年丝路古镇，国际旅游观光团要等到四月份之后才会逐渐多起来。我终于挑了一个春和景明的日子，从安徽宿州火车站出发，要赶往河西走廊最西端一个叫柳园的火车站，然后再改乘出租车去敦煌市内。母亲一半是送行，一半是旅游，于是我们娘儿俩便结伴同行了。因"长安情节"，路过西安时，我们下了车，打算游览一下这座十三朝古都。参观完陕西历史博物馆之后，我带上母亲直奔雁塔景区，去参拜仰慕已久的三藏法师——唯识宗创始人唐玄奘。其时，大雁塔南广场刚刚建成开放，能瞻仰大师铜像，赶得这么巧，真是时也、运也、命也。

面朝"中国的脊梁"，正当我缅怀一代高僧舍身求法的点点滴滴时，母亲却在大雁塔下悄悄为我许了一个愿：菩萨在上，求您慈光普照，赏赐我儿良缘佳偶，保佑他早日成家，免得浪迹天涯！……看着母亲肃然的表情，我想笑又没有笑，虽说千里姻缘一线牵，但你总不能借出游之机，就地给我找个西安媳妇吧？……后来，我们一路向西，游览了素有"陇上江南"之称的天水，来到兀然耸立的麦积山下。再后来，在天水火车站，慈母游子依依作别，母亲是"相送情无限，沾襟比散丝"的幽幽别恨，儿子是"数声风笛离亭晚，君向潇湘我向秦"的淡淡离愁。

事后证明，姻缘前定，尽管当年心中掠过狐疑，日后竟是"有求必应"了。是菩萨显灵、天作之合也好，还是神差鬼使、迷惑颠倒也罢，我最终与西安市蓝田县白鹿原上的一女子结为夫妇，并和她先后生下两个机灵可爱的女娃，自己也名副其实地成了关中女婿。2006年5月，我陪妻子回娘家，拜见了岳父母。次年7月，再陪妻子返乡走亲戚。2017年8月，相隔十年后，我和妻子率亲子旅游团，三上白鹿原——这次多了两个活蹦乱跳、能说会道的孩子。

白鹿原——一个古老的地名，位于西安市东南，是一座东西长约30公里，南北宽约10公里的黄土台原，夹在灞河、浐河之间。这片风水宝地雄踞天地之间，集阳刚与阴柔、自然与人文、古雅与时尚于一身。

之所以说是"高高白鹿原"，是因为塬面高出西安市区200～300米。在塬上鸟瞰城区，相当于站在东方明珠广播电视塔的空中旋转餐厅俯视上海。举目四望，可东视簣山，西瞰古都，南眺秦岭终南山，北望关中骊山峰。

之所以说是"深深鲸鱼沟"，是因为塬上自东向西有一条深80～200米的V字形天然地堑，将台塬切割为南北两半，北塬也叫狄寨原，塬面起伏较大；南塬也叫炮里原，塬面平坦如砥。旅游环山公路顺沟上下，贯通南北。

在考古学家的眼里，白鹿原别有一番洞天。且不提2021年度全国十大考古新发现之一——江村大墓，即为汉文帝霸陵这一最新考古成就，仅拿其中的蓝田县来说吧，这里除自古盛产蓝田美玉之外，还蕴含着巨大的科学考察潜力，是一个诱人的聚宝盆。值得一提的是，1964年在公王岭发现了距今115万年前的蓝田猿人头盖骨化石，这一考古成就一时震惊中外。依托蓝田猿人遗址发掘现场所建的蓝田猿人遗址博物馆是一座值得一看的综合性博物馆。

每次登临白鹿原，都会小住十天半月，可我在家里哪里闲得住？昔时香山居士同样也是一个闲不住的人。有诗为证："独寻秋景城东去，白鹿原头信马行。"（《城东闲游》）落脚处叫安岱村，我们跑得最勤的地方是前卫、孟村和市内各大景点。

每逢风和日丽的天气，我们就去前卫镇游逛游逛。集镇不大，沿店铺街东瞧瞧，西看看，倒是一件意趣盎然的乐事。与市内回民街西羊市一样，这里虽只是八百里秦川之一角，但塬上小镇，与古都相去甚远，只因独存一隅，千载而下，仍不失古风遗韵。窥而忖之，恍惚之间，犹如梦回大唐。特色民俗小吃和民间手工制作铺面接二连三。那家卖农具的铺子的档口外堆放着一些铁犁铧，阳光晒在犁铧上，反射着炫目的光。我一时沉醉在那片耀眼的光里——它有一种倒转时空的不可思议的魔力，将我带回到《渭川田家》那安宁而闲逸的诗境中："斜光照墟落，穷巷牛羊归。野老念牧童，倚杖候荆扉。雉雊麦苗秀，蚕眠桑叶稀。田夫荷锄至，相见语依依。即此羡闲逸，怅然吟式微。"逢集时我们常买些瓜果，再吃一大碗油泼面，然后向南，出小镇漫游。远眺东南方向，六七公里之外的白鹿原影视城隐约可见。顺着大致同一方向，如果再往前走十几公路，就会到达辋川镇。《渭川田家》作者王维的辋川别墅就在叫辋川的山谷内。自幼熟诵的《鹿柴》，写的就是辋川山谷一处叫"鹿柴"的景点。

安岱村北面紧邻鲸鱼沟，我们一家常常上午九十点钟出门，去对面塬上的孟村享受一顿午餐，下午三四点钟再优哉游哉地返回安岱村。占整个行程十之七八的就是翻越鲸鱼沟这道两百米深的V字形峡谷了。迈出村口，踏上一条乡间公路，就能从南塬北坡沿路而下，直达鲸鱼沟谷底。我们会花一个小时慢悠悠地走在这条弯来绕去的下坡路上，这是一段享受乡间静谧和满眼绿植的美好时光。谷底见一石桥，桥下一股急流，水势浩大，一路向西，淙淙流过。站在石桥上，侧耳倾听，鸟鸣山更幽的诗境即在你的周遭；矫首遐观，看南北两侧高坡夹峙，头顶只剩高远而狭长的碧空。谷底溪岸一侧，密密麻麻的白杨拔地而起，微风中树叶塞塞窣窣，枝干摇曳生姿，实乃一片诱人的好风景。夏日鸣蝉，或吱吱鼓噪，或嘶嘶低吟，此起彼伏，经久不息。如此清幽之地，恍若世外桃源，让人沉醉流连。迈过石桥，还没走出几步，扑面而来的是同样两百多米高的北塬陡坡。此时此刻，需迈开双腿，大口喘气，一步接一步奋力蹬地，一直攀到两百米高处的孟村塬顶，天开地阔之感才会重现眼前。

寂寞难耐的黄昏时分，常常是我一个人单溜的时候。我常常久久伫立在高高的白鹿原上。脚下寸前便是那条深堑——鲸鱼沟，它一路向西，在幽冥中斗折蛇行。近旁三三两两的坟冢，被一人高的艾草包围着；坟头在暮色里显得格外孤兀，轮廓分外分明。踩着这片陌生而粗犷的高原，身披落日西沉后最后一抹余晖，一种地老天荒的感觉让人心潮起伏，悲欣交集。世事沧桑，人生百味，似有诗情喷发，却又不能诉诸笔端，藉以解怀的只有"前不见古人，后不见来者。念天地之悠悠，独怆然而涕下！"站在塬上的暮色里，我朝西极目远眺。我知道，在暮霭沉沉的天边，在白鹿原西畔的半坡上，那里曾是玄奘佛骨最初的安葬之地——云经寺。我仿佛又看见那个负笈而行，"宁向西天一步死，不向东土半步生"的民族魂的高大背影！人生天地之间，生从何来？死往何去？若不是深味"色不异空，空不异色，色即是空，空即是色"的个中道理，此时此地，此生此世，我的心境会是何等的感伤，何等的寂寞啊！

　　生长于斜风细柳、烟雨迷蒙的江南，却浪迹苍苍莽莽、雄浑厚重的关中，作为白鹿原人的女婿，若问我最深切的感触是什么？我的回答是：春色无高下，花枝自短长。此心安处是吾家！乡下人羡慕繁华都市，而城里人却思念诗意田园。初入关中，尤其是南方城里人踏入北方农村，一开始是有些不适应的。但逐渐你会发现：一方水土养育一方人，南方也好，北国也罢，只要住惯了，哪里都是好地方。有道是：牛吃稻草鸭吃谷——各人自有各人福。

　　有意思的是，《白鹿原》作者并非白鹿原人，他的家乡西蒋村靠近白鹿原，隶属西安市灞桥区。但陈忠实是地地道道的农民家庭出身，骨子里更是一个实实在在的关中农民。从一名小学民办教师，成长为一代文坛巨匠，他是一个典型的拼命三郎式的人物。"大不了回家养鸡"是他破釜沉舟的决绝姿态。"但问耕耘，莫问收获"是他关于文学创作的座右铭。1992年夏，《白鹿原》落笔后，陈忠实填写了一首《青玉案·滋水》：涌出石门归无路，反向西，倒着流。杨柳列岸风香透。鹿原峙左，骊山踞右，夹得一线瘦。倒着走便倒着走，独开水道也风流。自古青山遮不住。过了灞桥，昂然掉头，东去一拂袖。这首词与其说是在描写灞河景象，不如说是诗人自己个性的写照。如同"像牛一样劳动，像土地一样奉献"的路遥，这个永不言弃、愈挫愈勇的关中汉子的人生故事，必定会感染每一位有志于文学创作的青年。

　　在我看来，《白鹿原》是一部需要一个人独自坐在白鹿原的高坡上，俯仰天地之间，一边抚摸着这片黄土地，一边细嚼慢咽的作品；也是一部需要站在鲸鱼沟谷底，洞察古今之际，一边看老农坡上放羊、土里刨食，一边慎思明辨的作品。亲爱的读者朋友！在开卷赏读之前，何不先来塬上踏青，采风，写生，摄影呢？你可以参加一些特色农家乐活动——白天种下苞谷，听一回黑脸噪鹛的啁啾，它在等着偷吃玉米种子呢！或者到农家的院前屋后转悠转悠，听一回鸡鸣狗叫猪哼羊咩！晚上亲自在土灶台上烙一锅馍，做一张饼吧！然后躺在土炕上，在万籁俱寂的夜晚，听一回用苦音腔嘶吼的秦腔。那激越、悲壮、深沉、高亢的调子哟，将秦川大地老百姓的悲愤、痛恨、怀念、凄凉的感情宣泄得多么酣畅淋漓——那是奔腾不息的九曲黄河一泻千里的绝响！

啊！高高白鹿原，"乡社鸡豚人与共"，这里是古朴的秦川；深深鲸鱼沟，"清波潋滟碧云天"，这里是诗人的摇篮。我不知何年能再踏上这片热土地！

从大上海到小上海

导语：

这是一篇裹脚布式的纪实散文，因冒犯了以《春》为代表的传统精品散文小巧精悍、内秀其中、余韵悠长的固有印象，名之以散文若仍不够格的话，那就算是笔者随手写下的一篇略带自传色彩的成长漫记吧。前半部那些或自舐伤痕或向隅而泣的文字，若能给"漂一族"中的歧路彷徨者、人生弃绝者少许心灵的安慰或智慧的启迪的话，便是我写下这些文字的意义所在。

剪影一：德语续航飞机下

想让读者诸君看明白这一节的来龙去脉，我非得一点一点从头说起不可。

2001年岁末，在北京盘桓数周没有找到工作的我，碰了一鼻子灰之后黯然退场，一个人提着包踏上了离开京城的火车。途经父母所居城市宿州，原本是该下车回家略作休整的，但灰头土脸的我自觉无趣，于是一路仓皇南下，赶往同样是人生地不熟的大上海，想在这座魔都再碰碰运气。

东方明珠的确是座海纳百川的大都市。除了人中吕布、马中赤兔，这里还是经营百业的芸芸众生的栖身之所。我靠流利的英、日语在商海里左奔右突，屡败屡战，虽然增长了一些阅历和才干，但来沪一年半后，我猛然发现自己依然不过是一个没有人脉、缺乏社会经验和行业经验的人。35岁职场危机绝非道听途说之事，我已经没有退路了，但前途迷茫，路在何方呢？

莫言老师的一句话，如同本人的自画像："在别人聪明伶俐的时候，他们又呆又傻，总显得特别天真。"我也是一个典型的晚熟的人，不够老练。精明强干之人选择商业也许是适合的。可我天性老实巴交，憨而且傻，既不谙老谋深算之道，也不熟操奇计赢之术。一个人怎么可能为了碎银几两，把自己脱胎换骨改造成一个连自己都不熟悉的人呢？

莫言老师还有一句剔肤见骨的话，如同照妖镜，一语道破了白日里深藏在自己灵魂深处的那个真我的诉求："一个人，特别想成为一个什么，但始终没成为一个什么，那么这个什么也就成了他一辈子都魂牵梦绕的什么。"我常常扪心自问：究竟是什么样的职业道路，才能让我这样的一个人的灵魂，过上坦坦荡荡、无拘无束的生活呢？……我显然是想逃离商海里心为形役的面具人生，渴望以一个独立学人的身份，既能展现知识分子的聪明才智，又能对家庭社会有所贡献，并借此过上不媚世风、逍遥自在的生活。我犹豫徘徊，曾想过各种自救的办法。但结果总逃不脱"今夜思量千条路，明朝依旧卖豆腐"的可怕轮回。

2003年7月，吴家巷一处城中村。此时此地，万般无奈之下，年近31周岁的我，做出了一个我这一生最为艰难的抉择：我要一边上班谋生，一边重拾几乎遗忘殆尽的德语——无论将来能收获几分，我都将义无反顾地在德语自学这条道路上一直走下去。大学时，我曾学过三个学期的二外德语。我至今还清晰地记得当时教我们德语的老师侯继红女士（曾任合肥学院外国语学院院长）的一句话："……德语虽难，但你们学好之后，肯定会来感谢我的。"在侯老师的鼓励下，我当时虽然也曾下过一番气力，但和多数人一样，学校开设的二外最终成了聋子的耳朵——一个摆设而已……在给未来画了一个大饼之后，眼前顿觉一亮，我额手称庆，叹曰："实迷途而未远，觉今是而昨非。"一股源自靠知识改变命运的单纯的信仰的力量注入尚还年轻的生命。我为自己开启了一条暗流涌动、前途未卜的崭新的道路。

"天将降大任于斯人也，必先苦其心志……"不读书还好，一读书问题来了。困扰我的倒不是夏日蚊虫与酷暑，也不是不胜其烦的德语语法，而是一架又一架从我头顶上慢慢悠悠或起或落的民航客机。那些硕大无朋的"银鸟"，无不精确无误地瞄准我租住的那座低矮的民房二楼西侧三四十米开外的低空，冰冷豪横、旁若无人地往复穿梭。天哪，这真的是读书人的噩梦！原来，我刚好不偏不斜居住在附近的机场的航线正下方！

时至今日，航空发动机爆发出的穿透力极强的轰鸣声犹在耳畔。那些伸展着巨翅的庞然大物，像发怒的狮子一样，不知疲倦地在我耳边怒号着。从白昼到深夜，一架复一架，两架又三架，或高或低，或疏或密，或徐或疾，无有片刻消停。最可恶的是：当飞机飞得很低，离我很近的时候，人坐在家中都会担心举头三尺的屋顶会被气浪掀翻；即便隔着墙壁，那巨大的轰鸣声如同一个钻进了耳膜的恶魔，它抓心挠肺，能活活把人逼疯。最抓狂的是：有时，我恰好在做听力练习，飞机掠过的瞬间，能彻底淹没录音机里的声音。有时，我恰好站在屋顶露台上，哇！那该死的冤家又来了！天哪！那一排长长的小小舷窗看得一清二楚。我顿时想起大别山区的晾衣竿——那是悬在院前屋后一二十米长的一整根光溜溜的毛竹。我无端地觉得，若取两三根那样的毛竹，首尾相接、绑定捆死的话，其长度足以戳到眼前这只可恶的"银鸟"身上。

在震耳欲聋的机群的周而复始的骚扰下，我平心静气地先温习大学课堂上学过的基础德语，然后再翻看一本本新书，开启了没有一点胜算的德语自学之路。所幸的是，在受够了"银鸟"们近一年的摧残和折磨之后，我搬到浦东高桥镇，租住在安安静静的农家小院。再后来，我逐水草而居，在魔都不知辗转了多少地方，腾挪过多少处所。但无论走到哪里，我好歹彻底告别了昨日梦魇——航线下的辛苦生活。每当夜幕降临，万籁俱寂之时，我多半会拿起德语书来攻读。此时此刻的我，会比一般读书人多了一重真真切切的感恩之心。因为我深深懂得：生在福中要知福！做学问的人能有一张安静的书桌真是前生修来的好运气啊！

剪影二：人海再逢皆惊讶

16年来，王军是我唯一恭恭敬敬、亲亲热热叫他大哥的人。这个名字再普通不过的宣城老兄长我几岁，说一口带地方口音的普通话，算是地地道道的安徽老乡了。和这位仁兄之间的传奇故事要追溯到2003年9月，华漕吴家巷。

我当时在附近一家印花厂上班。没过几天，公司来了一个负责报关的新同事。我朝新人瞟了一眼。——哦，和我一样，一看就知道是一个老实巴交的外地人，举手投足之间那副老实憨厚的样子，虽透着几分可敬，但又让人莫名其妙地有两三分想笑。

居大不易，这家落脚上海的台资企业的日子并不好过。且不说越来越严格的环保政策，高企的用工价格，仅仅是绍兴柯桥一带印染业同行质优价廉的猛烈攻势，就够我们这边喝一壶的了。厂里只有两条老掉牙的平网印花流水线。从画稿出菲林，到感光制版；从调色打样到确定染料配比；从坯布入库，前处理，到上机量产，后处理……看似简单的印花工艺，整套流程却很复杂。由于国内订单不旺，老板想殊死一搏，靠外销起死回生——但这只是他个人乌托邦式的空想罢了。印花布只是成衣制品的上游来料。终端产品是印花布的企业定位决定了很难单独靠它打开国际市场。

由于没有一笔实际开展的出口业务，很快，新来的报关员因无事可干不到一周就离职了。人员流动在厂里是司空见惯的事。我几乎没有和离职的老乡说过话，也没关心他叫什么名字，是哪一天走的。不过呢，那位老兄或多或少还是给我留下了一些印象。

我骑电动车上班，王军则是步行。沿七莘路一路向南，我每天早上都会在差不多同一路段看到这个新同事的身影。他一贯穿着白衬衫，肩上挎着一个黑色公文包，昂着头，迈着较快的步子，心无旁骛地朝公司方向赶去。每当我从他身边疾驰而过时，总会扭头朝他看上一眼，心里莫名增添了一丝暖意——因为我知道，和我一样，他也是一个在上海讨生活的异乡人。等这位乡兄辞职后，上班路上少了那个昂着头快步走的熟悉的身影，我的心里莫名泛起了一丝失落。

　　身为外贸经理，我常跟着那位台湾老总挨家挨户去拜访市郊的中小服装企业。舟车劳顿不说，实际的收效可谓微乎其微。为了即将到来的浦东的面料展，各岗位员工齐心协力，终于把老板认可的印花样准备齐全：有扎染工艺的，有氨纶弹力烧花的，有多套色梭织布印花的，还有除螨抗菌针织布印花的……花色品种不可谓不多。然而，大限已至，天意难违，企业命运如同秋后的蚂蚱——蹦跶不了几天了。厂里拖欠工人工资的消息已见诸报端。我在苦苦挣扎半年之后，惶惶然不想吊死在一棵树上。终于到了自己也无心久留，不得不走人的那一天。

　　接下来，我去了浦江镇的一家服装厂做日语外贸跟单员，但种种原因，工作都不顺心，做不长久。我曾一度想在服装行业搞出一点名堂来——连东华大学的书店都曾收过我一笔不菲的"智商税"，但针头线脑、繁杂无序的跟单业务带给我的只是身心俱疲、夜不能寐。为了积累从面料染整到成衣加工整个产业链的第一手从业经验，我频繁跳槽，在整个大上海的边缘地带辗转漂流。于是，找工作也好，租房搬家也好，都成了我的家常便饭。

　　2007年8月的一天，我去青浦一家台企面试。和面试官聊完之后，我来到外面的走廊上。这时，迎面刚好走过来一个人，我一眼扫去立刻就把他给认了出来——这不正是以前那个昂着脑袋、快步走着去印花厂上班的安徽老乡吗？

　　"哎呀，是你啊——，几年前，你应该在××印花厂上过班吧？"

　　"我记得你！你就是外贸部的那个小赵！"

　　"我还不知道你的名字呢。"

　　"我叫王军。"老乡脸上露出一个大大的憨厚的笑容。

　　职场上的人们无不是萍水相逢。由于人事异动，星落云散如同家常便饭。曾经的熟人自此成了陌路。无缘对面不相逢的那种离散，是从彼此的心灵世界里彻底泯灭，属于真正意义上的永诀。如此散伙的男男女女，无一不像划过夜空的流星，各自沿着各自的人生轨迹，奔向属于自己的遥远的天际。虽然都还活在同一个地球上，但彼此之间，却如繁星满天时夜空中遥不可及的两颗星星——它们如此寂寞地闪着幽光，却又从不偷瞄对方一眼。有两句唯美的西谚是这样说的：The world is small and the city is big. 使用了悖论修辞技巧的这句英文，不妨译为：城大人孤独。People who lack for luck would not see one another again for the rest of life. 借佛学词汇，我把它译为：无缘者再见成永劫。

东方明珠，人流如织。在茫茫人海中，失散的人们靠偶然的机会重逢的概率应该不到万分之一！诗人有言，"前世五百次的回眸，换得今生一次擦肩而过。"即便是在找工作的情况下，在偌大的上海滩，在同一时空的交汇处如果不过是一种巧合的话，那么在时隔四年之后，此前没有任何交往的两个人却在擦肩的一瞬就能把对方认出来，只能说巧合之外又多了一层被镀了金的未了之缘——机缘巧合，才会诞生"人生何处不相逢"的传说！

曾经的两个人，谁也没有刻意要去记住对方，然而后来却发现，谁都还认认真真保留着属于自己人生的那份记忆。几天前，王军向我展示20年前他记在小本子上的我当时的手机号码和电邮地址，这一幕几乎让我泪奔——那是我尚能辨认的真实的联系方式，是一份几乎要被它的主人遗忘的个人历史档案。

"我走后曾拨打过你的这个电话，但回复只是：您拨打的号码无人接听。"

"哦，是吗……"

"我还用这个电子信箱给你发过邮件！"

"那个信箱我早就不用了。"

　　读《水浒》的乐趣之一，便是品味书中分道扬镳的江湖好汉忽一日异地重逢，接着大碗喝酒，大块吃肉，兄弟间互诉衷肠，感叹无常人生的那些痛快淋漓的文字。生于60年代末与70年代初，两个名字都带"军"的安徽外来户，在相隔四年之后，各自的时空轨迹再度交汇且大放光亮，只能说是神力使之然也。西谚有云：偶遇是天赐之福。面对异地他乡的不期而遇，我和王军自然而然分外惊讶，又无缘无故欢天喜地起来。die Wiedersehensfreude，译为"再度重逢的喜悦"——为了精确描述人类的这种特殊情感，德国人匠心独运，用巧妙的构词法创造了这个富有诗意的复合词！

　　我对王军的了解，王军对我的了解，在此后16年无有间断的交流中一点点展开，一点点加深。平时虽然极少见面，但我们常年保持线上往来。对沪漂的体验，对安徽的怀念，对当下生活的关切，对未来人生的展望，是我们日常的聊天话题。在我几百号人的微信朋友圈里，相看两不厌的，除家人之外，孤零零就只剩这位话不嫌多的老大哥了。

　　与他意外重逢之后，我才知道，当年的报关小王——那个昂着头、疾步通勤的老乡，是一个特别能吃苦，对家庭有责任感，喜欢怀旧的性情中人。除了"通关"的本领，他还是中文系科班出身的语文老师，中级会计师……哪一重身份都亮瞎了我的眼睛。和大哥一样，每一个沪漂身后，也许都掩藏着太多的励志故事，只是你无缘打开每一个人的心扉，无缘听他对你娓娓道来罢了。

　　有人说：相遇是一种美丽，相识是一种欢心，而相知是一种幸福。他乡遇故知——哦，大哥，认识你真好！"相识满天下，知音能几人？"这段由老天促成的牢不可破的哥俩友谊，是我人生当中不可多得的一点惨淡的安慰。

剪影三：一不小心地很滑

2002年的一天，日本客户——马场先生出差来上海了。这个小青年前两天在宾馆滑溜溜的地上摔了一跤，脑壳着地，头皮裂开一道口子，鲜血淋漓。公司颇为歉意，次日为他买了一张马戏团的票，想让他忘记痛苦，开心起来。看完马戏之后，马场红光满面，心情果然大好。公司让我陪他去医院取之前拍的脑CT菲林片。医生把装在纸袋里的片子交给了病人。马场取出那张又宽又长的菲林片，他指着上下几行十几幅黑白颅骨影像，笑着对我说，这是他此次沪上之行的"纪念写真"。

接着，两人一起如厕。医院的洗手间很高级，入口处的地面上放着一个黄色A型告示牌。马场学了一点中文，他一手提着装着他的纪念写真的大纸袋，一手指着告示牌上印的四个黑色大字，自嘲式地一字一顿地念道："小——心——地——滑！"然后，若有所悟地指了指自己缝针的脑壳。他发音不准，念成了"小心地瓜"。我被他受伤之后还神气活现的样子逗笑了。好你个马场！这个脸上始终保持微笑的小日本，自自然然散发出的幽默感，真的让人记得一辈子！

然而，十年河东，十年河西，风水轮流转。在我暗暗笑话马场一副傻模样的时候，绝对没想到自己日后也自导自演了一个"小心地滑"的真实故事，只是马场先生永远也不可能知道我的这一段人生经历了。说句实话，马场那一跤跌得并不算惨，因为我日后摔的那一跤比他的惨多了——马场跌倒后至少还能马上站起来，而我一脚滑倒之后，却用了两三年的时间，才慢慢恢复元气。

2008年秋，在自主创业的激情与幻想的驱动下，我全然不顾家人的反对，在上海贸然注册了一家贸易公司，从此把自己和整个家庭拖进灾难的深渊。

从工商税务办照到公司网站设计，都是我一人亲力亲为，忙前忙后。由于资金有限，雇不起员工，申领发票、远程报税等等都只能硬着头皮亲自上阵。起初，我给浙江民营企业做代销，卖晾衣架等日用品，可数月之久，并没有成交一笔。于是琢磨着自己研发产品，走自产自销的路子。想起自己对印花工艺有一些了解，于是我在安庆路购买了两个手工丝印台，几桶油漆，并请人制好十几个丝印网框，自己充当起调色、丝印的印花工人。

接下来是重头戏：开模具，注塑产品——A型告示牌。这段经历若展开来写，应该是一部反映外来在沪创业者历尽艰辛、泣血含泪的长篇纪实文学。因为，此时的女儿佳佳尚在襁褓之中，做父亲的每月不但没有收入，还大把大把地花钱。为了模具和产品，我先后八次从上海嘉定出差到浙江黄岩；其中几次，为了省下在黄岩市内辗转的路费，我甚至还携带了一辆折叠自行车。创业心酸，尤其是作为一个创业失败者，即便到了相隔久远的今天，痛定思痛，仍黯然销魂，不堪回首。为了完篇，这里姑且写上四个分镜头吧。

分镜一：奸商四伏，防不胜防。

我在网上发布模具开发合作信息的时候，一家模具开发商——准确地说，应该是一条早有预谋的潜伏的"眼镜蛇"，以低出同行很多的报价吸引了我。等他从注塑机上取下产品的那一刻，我都没有怀疑模具是按合同约定一出二的规格来设计的。对于出模尺寸较大的部件来说，一出二的模具要比一出一的大很多，这意味着要消耗更多的模具钢。我支付了模具商2万元之后，才从注塑厂老板那里获悉是按一出一开的模。等我电话打过去想和他理论的时候，对方立刻露出一副"老子吃定你了"的强盗嘴脸，振振有词地辩解说，我支付的那点钱怎么可能做一出二，仿佛倒成了我的过错——其坑蒙拐骗的卑鄙伎俩，刁滑奸诈的险恶用心，此时此刻才暴露无遗。打官司是可以的，合同在我手上，但事情发生在黄岩，走法律途径要费多少时日？秀才遇到兵，我完全无语了，只好自认倒霉。商海无情，我第一次狠狠地栽在这种人兽之间的混世魔王的手里，悲惨地滑倒在他的脚前，甚至连哼都没有哼一声。

过了两年，有外商追加订货，一批告示牌要出口非洲，交货地点是宁波港。为了节省从嘉定到港口的运费，我意外地又碰了钉子。住所附近就是一家五金加工厂，平时有司机在厂门口等着拉货。我问了一个，说有××立方米的抛货要运到宁波。司机不假思索，张嘴就给了一个远低于市场价格的报价。我暗自高兴，以为感召了财神爷——其实又是一个狠角色。我于是赶紧装货，打算忙完之后再补签合同。货被拉走后，我通知对方来签合同，此时电话里的回答却让人震惊了。"那个价我说的是一箱货，不是一个立方。"抛货向来是按单位体积计价，我三箱货加起来也不足一个立方！我请师傅把货运回来，但对方拒绝了。他的意思是：已经说好的价格，怎么可以说不运就不运呢？我说是我理解有误，还请海涵，毕竟合同没签，货也没出嘉定，为什么非要逼我接受这个离谱的报价？好说歹说就是协商不成，对方的意思非常明显：这一刀宰定了，不然就扣押货物。上万元的出口物资转眼间落入虎口，我欲哭无泪，心像掉进了冷水盆。我于是报警，说有人抢劫公司财产，以胁迫手段坐地起价。警方漠然，说这是民事纠纷，不归他们管。指定的进仓时间迫在眉睫，我差不多要绝望了。站在一旁的妻子再次帮我打电话，给对方又是赔礼又是道歉，恳求得饶人处且饶人，说我们可以自己派车过去把货拉回来，只需告知货物地址就好。对方再次蛮横地拒绝了，一副"己为刀俎，人为鱼肉"的架势。吉人自有天相。五金厂的老板俨然一位寻声救苦的活菩萨。他一通电话过去，将恶人开导教化了一番。真是一物降一物。常年从五金厂接活干的那个亦人亦兽的家伙不敢得罪主顾，我的问题自然迎刃而解。我连忙叫了一辆车，赶在天黑之前，和爱人一起终于把满满一车货追讨了回来。

　　分镜二：泥牛入海，虎落平阳。

　　懂模具的人都知道，开得好的模具是一堆金子，开坏了的模具是一堆废铁。通过试模，我的模具是赔了夫人又折兵。一出二的模具被私自篡改为一出一不说，由于单品克重严重超标，设计远未达标。因为和模具商已经闹翻，接下来模具修理自然只能自掏腰包。一次，两次，三次……模具修了又修。大修之后，每次都要再次上机测试。试模既耗人工又费电力，注塑厂老板的那张脸已经越拉越长了。但这还不是最糟糕的。模具之外，最费心神的是选料。这既要靠眼光，还得碰运气。在路桥塑料市场，我转了一圈又一圈。买全新粒子料吧，单价实在太高；买二手回料吧，注塑时流动性太差，产品不能成型。为了兼顾质量与成本，只能选七成新料，三成边角造粒料。有一次，买来的造粒料拆开一看，我又被人坑了——里面掺了太多黑色杂粒，一看就是二手回料。为了去除数以万计的杂粒，我席地而坐，打算花一两天时间，将它们一一徒手拣出！一个小时过去了，又一个小时过去了，注塑厂里热得像蒸笼，我满头大汗，腰疼得直不起来。天快黑了，我要趁还有自然光的时间赶紧干活，于是稍作休息，又弯下腰去一粒粒挑拣。时间静悄悄地一分一秒过去，此时此刻，近乎绝望的一颗心在幽幽呼唤：这条创业道路走错了，完全不是"英日德翻译哥"应该干的事情！！！

　　分镜三：父慈母爱，与日同光。

　　租住的民宅三楼原本是房东堆放杂物的一个不足一米高的顶层楼阁。楼阁经年无人打理，地上积满寸许的灰尘。这片难得的巴掌大的地方清理之后，我终于可以站在楼梯道高度合适的两级台阶上，将手工丝印台置于楼阁地面，利用这片逼仄的空间展开丝印作业——不可思议的是，我竟然也先后印出了一批又一批精美的告示牌。

夏天，没有通风窗口的楼阁里又闷又热，浓浓的油漆味将人呛得反胃。为了得到充足照明，我不得不在头顶上方悬一盏热烘烘的白炽灯。又不可以开电扇，否则灰尘四起，玷污了未干透的产品。当好一名丝印工人也不容易。先要自己动手制作一个定位模，以便图案不偏不斜地落在塑料板上。但关键还是调油漆。漆调得太浓，丝网不漏浆；调得太稀，字迹又会煳掉。

"哎呀，刮板怎么又没放好！"

年过六旬的老父亲坐在小板凳上，一边帮我递送要丝印的塑料板，一边皱着眉头责问道。有时候，在网框起落之际，一不小心，暂时不用的刮板就会倒伏在丝网上的油漆上，握刮板的地方便沾满了油漆，伸手去取刮板，手又被油漆沾满，真让人哭笑不得。

"哎呀，油漆怎么又干了，你不能停啊！"

老父亲唠叨着。丝网印刷需要连续作业，中途不能停顿，上个厕所的工夫都会造成干网。油漆干后，丝网就不漏浆了。接下来又得用专用的溶剂洗网，费时费力，不堪其烦。

"哎呀，你看你看，又重影了！"

老父亲皱起眉头。为了补白，有时不得不在丝网上重刮一次。但手印台精度不够，前后两次花型有0.1毫米的偏差，造成对花不准。为了处理这可恶的重影，必须用洗网水将整个塑料板面擦得一干二净，待彻底晾干之后方能重印。

年迈的父亲虽已退休，但因我在上海立足未稳、前途未卜，他和母亲隔三岔五会从安徽宿州来沪探望。而我志大才疏，不满足于一个打工者的命运，选择了这条扬短避长的该死的创业道路。这一可怕的错误选择，导致他不但没能安享晚年，还沦为一起冲锋陷阵的父子兵！连几乎算白送给模具商手里的那2万元，都是父亲退休后在一所中学兼职两年的全部所得。

我常常开车去市内送货，因路况不熟，路线复杂，距离又远，出车前连自己都捏一把汗。每次必做足功课，事先画好地图，才敢驾车出门。有好几次，等到夜幕降临，我才收车回来。一眼就看见院门前站着一个人影——那是我沉默的老父亲，孤零零守候在门前，可怜巴巴地张望着儿子归来的身影。我知道，他一定在那里一动不动站了许久许久，也为我提心吊胆了许久许久。"君看一叶舟，出没风波里。"是啊，财富险中求——侥幸不出意外，固然千好万好，但车毁人亡的情况万一发生，我虽然"迥脱尘劳叶归根"，但也成了遗祸一家子的罪人啊！见我平安无事，父亲才算放下心来。走进院子，推开房门，母亲站起身来招呼我。鬓发花白的她，早备好了一桌还没有一个人动过筷子的热乎乎的饭菜。

分镜四：夫唱妇随，来日方长。

颇带讽刺意味的"小心地滑"（A型告示牌）最初没有外贸订单，我只能走街串巷，上门推销。尚在哺乳期的爱人把孩子交给公婆，二话不说，便跟在我身后一起外出寻找买主。自行车的后座上，电动车的踏脚板上，堆放着货物，在左邻右舍异样的目光中，夫妻双双默默无声地从大宅院里进进出出。

一周下来，跑遍了巴掌大的嘉定城区的角角落落。除两家定制招牌的小老板偶尔需要我们的产品之外，这种门对门的销售方式显然只是徒劳无功。产品滞销，妻子不但没有怨言，反而帮我尽可能地挽回一些损失，这给了我太多太多的安慰。日后，虽然获得过好几笔外贸订单，但算上前前后后投入的人力和时间成本，自产自销A型告示牌的商业项目以完败而告终。外贸公司不得不改为翻译公司，在新的领域又是一番闯荡，之后才逐渐恢复元气，一步一步走上了正轨。

屋漏偏逢连夜雨。在泥泞不堪的创业道路上，有同事与亲戚花言巧语，先后开口借钱。我和妻子过得十分艰难，但仍保持与人为善的处世心态。妻子产下二胎，对我们这个在大上海讨生活的家庭来说，每一分钱都十分珍贵。同事与亲戚在骗取大笔钱款之后，一个玩起了失踪，一个耍起了无赖。我安慰妻子说："就当是冤亲债主吧，我们该还当还；来日方长，恶人自食恶果，好人终得好报。"

剪影四：挈妇将雏奔新家

2014年夏，是生于上海、长于上海的六岁的佳佳，必须离开上海的日子。

身处城市化大潮，为寻求更好的生活，像我这样蜂拥进城谋求发展的人不在少数。一线城市一时间自然无法满足大量进城务工人员随迁子女就地上学的需求。除买房落户等不多的几条难以实现的途径之外，一律回归户口所在地接受义务教育，想必也是执政当局的无奈之举。"没有一代人的青春是容易的。每一代有每一代的宿命、委屈、挣扎、奋斗，没什么可抱怨的。"

学期末，我最后一次去幼儿园接女儿。为了感谢老师们对孩子的悉心关照，我郑重其事地送出还散着墨香的译作——《矮个子先生》。没料到的是，一位年轻女老师在接过书的一瞬，竟当场抹起了眼泪。同是外来务工者，她之所以如此动情，我想一定是因为她真切地感受到了来自一位家长的惺惺惜别之情。在或许永不再见的毕业之际送出的这份意外的惊喜，真真切切地传递着一份温暖、一份真情。

接下来，我和妻子都因秋季开学后的亲子别离而黯然神伤。我们珍惜尚能与长女厮守在一起的每一个钟点。说不定，这是还能和孩子朝夕相处的最后一个暑假，因为此时此刻，我们根本不知道何年何月这个小可爱才能重回自己的身边。

假期当中，我偶尔会和几个"外来户"聚餐闲聊。向来不问世事的我才知道，为了解决子女教育问题，他们一个个八仙过海，各显神通。有在花桥、嘉兴买了房子的，有打算再过两年离沪回老家发展的。而更多的则像我——简简单单地把儿女丢给老家的爷爷奶奶或外公外婆便一了百了。

转眼之间，暑假结束了。妻子大包小包已经把孩子新学期要用的各种物品收拾妥当。把佳佳送到远在安徽宿州的爷爷奶奶家，并办理小学入学手续的任务自然就落在了我身上。

一想到该如何向一个六岁儿童把这件关她的命运大逆转的事情交代清楚、说个明白，并让她感到自自然然、高高兴兴的时候，我委实犯了难。思来想去，我发现自己唯一能做的，就是骗她、哄她。是的，此时此刻，我不能太书生气。我要用父爱的温情去激发她的幻想，利用她智慧未萌的童心，把这趟出远门描述成一个值得期待的异地之旅。我甚至会说，坐火车之外，有时还可以闭着眼睛骑在会飞的扫帚上，眨眼工夫就能从天而降，等落地睁眼再看时，爷爷奶奶已经做好了饭菜在等她，新学校的老师和同学在夹道欢迎她！——总之，只要她一时信以为真就行，只要她快快乐乐就行。

出发的一刻终于到了。我带着孩子来到熟悉的上海火车站。第一次抵沪，我就客居在附近的低档旅馆里，早出晚归地找工作，前后住了半个月之久。离发车还有一个半小时，于是我就拐进路边一家麦当劳，和孩子一起消磨时间。平时，洋快餐我是拒之千里的，但今日不同，得破例一次。

"佳佳，为什么爸爸今天请你吃麦当劳呀？"

"因为妈妈不在！我们就能偷着吃一回。"

"回老家后想妈妈了怎么办？"

"我有'癞蛤蟆'，癞蛤蟆陪我睡。"佳佳天真地指了指行李箱里她最喜爱的一只毛绒玩具。

一边端详着满嘴油光、沉醉在吃鸡腿的快乐中的女儿，一边推想她日后独处时也许会因为感觉到被父母遗弃而生出思亲的苦痛时，我一下子就陷入深深的迷茫和自责中。

我目不转睛地看着女儿吃东西时的每一个动作，希望属于她的有人陪伴的时光能永远静止在这家快餐店——我们哪里也不用去，父女两人就这样吃东西、闲聊天，把人生的光阴锁在这份密不可分的天伦之乐里。

"你妈妈每天都会和你QQ视频通话的。寒假一到，我就回去把你再接回来。"

"嗯，好的。拉钩，上吊，一百年，不许变！谁变谁是大坏蛋！"女儿主动和我拉钩。我们按照童谣的节奏，一边一起说着这句话，一边拇指对拇指还盖了一个章。

"也许将来有一天，我们又永远在一起了，永远都不再分开。爸爸永远是爱你的。"我说着连自己都不相信的谎言。一滴滑落的泪，被店里的一盏射灯照得通亮通亮，如同夜空的一颗明珠……

离沪的火车在暗夜里慢慢启程了。

我终于做到了让女儿在不知不觉中，快乐又逍遥地离开了上海。让我感到高兴的是：在女儿的心目中，只消半小时，爷爷奶奶就出现了；欢迎她的老师们、同学们也出现了；眨眼工夫，寒假一到，爸爸妈妈就又飞来接她回去，拥她入怀，永远也不再分开……

佳佳走后的日子，她妈妈是怎样的心情，我无法完全揣度。但是，我很清楚自己的感受。"黯然销魂者，唯别而已矣。"这是南朝诗人江淹

《别赋》里的第一句。鲜活的小生命虽然还活在这个世界上，但眼前却没有她可爱的样子，耳畔也没有她熟悉的声音。"情不重不生娑婆。"我乃凡夫俗子，既入此娑婆世间，自然儿女情长，不由得常常忆起李白《寄东鲁二稚子》："……娇女字平阳，折花倚桃边。折花不见我，泪下如流泉。　小儿名伯禽，与姐亦齐肩。双行桃树下，抚背复谁怜。　念此失次第，肝肠日忧煎。……"

佛教把"爱别离苦"列为人生八苦之一。在佳佳不在的日子里，我常常有一种不能自已的幻灭感：在房价高企的上海过着和孩子分居的日子已没有多大的意义。2015年春，《尤莉亚的日记》等一批图书终于翻译完毕。我终于可以从译海中暂时抽身，腾出手来做我早该做的一件事——买房落户，迎接孩子的回归！

网上一番搜索，一看落户政策，二看当地房价，三看发展前途。终于，有一座存在感并不高的城市进入了我的视野。这就是素有"小上海"之称的无锡。啊，无锡！我难道要去无锡？——"无锡是个好地方。"这是曹禺笔下的《雷雨》周朴园与鲁侍萍对话中的一句台词。

"塞翁失马，焉知非福。"投奔无锡的怀抱，无疑是我这辈子在最恰当的时候做出的最明智的抉择。2015年5月，我以白菜价抄底无锡东站附近的楼盘，并赶在秋季开学前，顺利解决了全家落户、子女上学的重大人生课题。寄养在宿州的长女结束了与父母异地分离的痛苦，祖父母也从隔代抚养的重负之下解脱出来。忙完装修后，我最后一次往返于锡沪之间，把租住在上海黄渡的妻女接到了宽敞明亮的新居所，开启了属于无锡新市民的新生活。

"穷则变，变则通，通则久"是《周易》的思想。穷则思变，是我自抛弃编制、下海求生之后的生活常态。在43岁这一年，冥冥之中，我搭上了无锡房价起飞之前的最后一班车，终于结束了大学毕业后近20年泛萍浮梗般的漂泊之旅，完成了从一个内地四五线城市迁居沿海一二线城市的人生跨越，与共患难的妻子一道实现了安居乐业、子女回归的美梦。两年后，远在皖北的父母投奔子女，也来无锡购房落户，过上了含饴弄孙的晚年生活。从大上海到小上海，在1∶1100万的地图上只不过是区区1厘米的西迁罢了，却让我有机会让年迈的父母老有所依，避免了因城市化造成的空巢老人悲剧，真是吉人自有天相，命不该绝也！

无锡的生活是安逸的，也是恬静的，一晃便是八九年。

当我一人在胶阳路的夜色中独步，脑海里时不时会浮现一个人的身影，那便是昔日北上广深茫茫人海中自己的影子。长达14年的沪漂生涯——那起起伏伏、居无定所的日子里的一幕幕，或让人泪目，或叫人动容，至今仍记忆犹新，恍如昨日。我若化为一只穿越时空的精灵，飞到当年那个颠沛流离的旅人的耳畔，并为他唱上一曲的话，那么这首暖人心窝的歌儿便是：

"假如生活欺骗了你，不要忧郁，也不要愤慨！不顺心时暂且克制自己，相信吧，快乐之日就会到来。我们的心儿憧憬着未来，现今总是令人悲哀：一切都是暂时的，转瞬既逝，而那逝去的将变为可爱。"

- -

附记：人生无常，世事难料。本文中作者的好友王军不幸罹患淋巴瘤，医治无效，于2025年3月22日在安徽宣城匆匆离世，终年56岁。桃花潭水深千尺，绚丽的友谊之花岂因生死别离而凋零？

莱茵天际远，薛义在眼前

小小寰球，山川形胜，多不胜数也。

莱茵河这个名字，大家可能都不陌生。这条欧洲著名的国际河流，从阿尔卑斯山北麓的深山出发，走完1232公里之后，经荷兰鹿特丹注入茫茫北海。1933年，朱自清先生记述了史迹多、传说多的莱茵河。他在游记中不但引用了诗人海涅的《罗蕾莱》，还记载了莱茵河畔的科隆大教堂，说："单凭这个，哥龙便不死了。"

2008年冬末，我从杜塞尔多夫出发，车行大半个小时，便来到了始建于罗马帝国前期（前27年—192年）的德国第四大城市——科隆。自东向西过桥入老城区时，我目睹了桥下莱茵河的倩影。随后来到大教堂南广场，抬头便是散文大家当年描绘的景象："淡蓝的天干干净净的，只有两条尖尖的影子映在上面；像是人天仅有的通路，又像是人类祈祷的一双胳膊。森严肃穆，不说一字，抵得千言万语。"

始建于1248年的科隆大教堂于1880年竣工。这项历时632年的浩大工程，于1996年被列入世界文化遗产名录，有着欧洲中世纪建筑文化的国际级传承价值。当目睹这座近160米高，消耗了40万吨石材堆砌而成的双尖塔式庞然大物时，我一时被它巧夺天工、叹为观止的建造艺术以及摄人心魄、涤荡灵魂的宗教氛围震撼到了。怪不得有人说，它的存在是中世纪和现代欧洲因基督信仰而展现出来的宏伟决心与持久力量的最好证据。缓步走入教堂，最吸引我的，是四壁上总面积万余平方米的窗户和绘着圣经人物的彩色玻璃，在室外阳光的映照下，它们显得格外庄严和亮眼。从教堂里出来，再次放眼看那耸入云端的两座高塔，和1.1万座用于烘托效果的小尖塔，我终于留下这次德国之行与它唯一的一张合影。

科隆大教堂于建筑、宗教、文化上的非凡意义，自然不是我一篇小文能深入全面阐述的。我想说的只是，我不过一个远道而来的游客罢了，既非膜拜上帝的基督徒，也非建筑、宗教、文化方面的学者。当时的我，不过是鸿飞东西，随缘遇见，赞叹随喜，并带着平生所学和朴素的情感去认真看，认真听，认真想，然后悄然离去，踏上熟悉的故土，那多半是再不回来的一段人生履历，梦里河山罢了。

近些年来，走出国门的中国人越来越多，远在天际的莱茵河、科隆大教堂等等这些异域文明算是耳熟能详的存在了。然而，相比之下，让人忧心的是，即便是所谓的饱学之士，大约也不知道薛义河、狮子山、二祖禅堂这些名字吧？若是真的爱我桑梓，恋我乡邦，那么中华传统文化中的瑰宝——禅宗要义以及从二祖到六祖的传奇故事，究竟有多少人能有兴趣静下心来一探究竟呢?

我的故乡岳西县是一个千峰竞秀、万壑争流的风水宝地。邻县太湖苍松翠竹、湖光山色,更是美不胜收。在这片梵音袅袅、古迹处处的禅宗发源地,当您正入万山圈子里,或临近石潭清泉边的时候,当您重新审视当代物质精神文明究竟带给了我们什么的时候,您一定会收获一种全新的体验或感悟。撼怀旧之蓄念,发思古之幽情,在一番拾微探胜之后,您至少会发现:扰攘喧嚣的都市生活真不应该是我们生命的全部。至少,对我这个城里人来说,比起莱茵河边那片能发出回声的悬岩,以及象征着欧洲基督教权威的科隆大教堂,大别山里哪怕是一条区区两公里长的小河——薛义,也能更加贴近我的生命之源!

> 光曰:"我心未宁,乞师与安。"
>
> 师曰:"将心来,与汝安!"
>
> 曰:"觅心了不可得。"
>
> 师:"我与汝安心竟。"
>
> ——《景德传灯录》卷三

这是史上堪称经典的一则对话,是大家喜闻乐道的禅宗公案。光,也就是禅宗二祖,慧可大师(487—593)。师,菩提达摩,东来祖师也。臂也断了、心也安了的慧可,终于因避北周废佛劫难,携《楞伽经》4卷和祖师衣钵南迁,他迤逦沿长河而上,卓锡薛义河之狮子山,坐葫芦石,面壁参禅,讲经说法。

慧可大师在禅宗法脉中起到什么样的作用,居于什么样的地位呢?且看安徽省委统战部原部长张秉纶的回答:"从禅宗发展史来看,它源自达摩禅,形成于惠能禅,而慧可在其间则起到了重要的过渡作用。……他把印度佛法教义与中国的实际国情相结合,使佛教中国化,成为适合于中国人的佛教，这是慧可对中国文化乃至世界文化最伟大的贡献。达摩是外国人，慧可则是中国人。二祖慧可是中国禅真正的实践者，他才是中国禅宗的第一人。正如赵朴初先生所说：'没有慧可，就没有中国的禅宗。'"

基督教文明是外来文化，而禅宗文化则属我中华文明之正脉。在我的家里，至今还珍藏着一本已经发黄了的英文版《圣经》和一件门襟折边已经脱了线的背心。出于对同样出生在菩提达摩的故乡的一位亚裔美国人——我的英文外教马国光先生的纪念，在过去近30年的时间之流里，那本书还有那件背心，随它们主人不知腾挪过多少居所，辗转过多少城市。翻到赠书扉页，写于1995年9月27日的那几行隽秀的英文便映入眼帘。这分明是一位基督徒于我的殷殷期许："May this book bring as much meaning for you as it does for me." 睹物思人，我偶尔会把那件背心穿在身上，昔日随师求学的一幕幕，虽早已化为昨日风尘，却又让人如此眷恋。1996年6月，在马国光回耶鲁读博前夕（2007年荣膺耶鲁医学院青少年精神病学研究员），应挚友何正国之邀，我们一起登上薛义河畔的狮子山，游览了简陋低矮的二祖禅堂，随行的还有好友余世磊、徐世俊老师，外加一群可爱的孩子们。

"昔人已乘黄鹤去，此地空余黄鹤楼。"这大约是吊古怀今之词吧，然而，千载而下，我并没有觉得当年立雪求道者的身影已经消失在历史的长河中。2013年5月，在诗人朱湘的故土，我站在薛义河拐弯处西南侧高坡的盘山公路上，远眺三面环水的狮子山。"山是一尊佛，佛是一座山。"狮子山是多么静谧安详地睡卧在薛义河的怀抱中！啊，正是江南好风景，如此落花时节，我算是又一次与二祖遥遥地见面了。正高兴着，忽然的一瞬间，一种似曾相识的恍惚感无端地袭来，让我痛感时空之变换，人生之无常来。

薛义河最美之处在那两岸光洁而柔媚的沙滩。抚今追昔，也许，上溯到南北朝、隋，当时二祖眼中看到的狮子山的模样，应该与我眼前的基本相同吧？薛义河玉带缠青麓，大体上也还是我眼前的姿容吧？在我念初高中的时候，最爱嬉戏在那样的沙滩上，仰望周遭挺拔的青山和裸露的巉岩，怀揣着甜蜜的哀愁——我知道它源自生的欢欣、死的悲怨——至于为什么欢喜，为什么悲伤，学校的教科书上从始至终没有给出让我满意的答案。因为没有兄弟姐妹，我孤独的身影常在林间徜徉，不知今夕何夕，自己是谁，也不知要去哪里，想干什么。即便步入中年，依然不过一患得患失之徒，长夜漫漫，众苦煎迫，实在找不到一个恬静淡然可以安顿灵魂的处所。时光荏苒，直至两鬓微霜，福德因缘俱足的一天，才有幸读到《坛经》。"何期自性，本自清净；何期自性，本不生灭；何期自性，本自具足；何期自性，本无动摇；何期自性，能生万法。"如此甘露法门，让人终于心开意解，法喜充满。

　　世间人往往把"读万卷书，行万里路"看作是广闻博识的标志。年轻时代的我，也曾对此深信不疑，以为大丈夫当饱读诗书，游历天下才叫成功。年龄渐长后却慢慢发现，成功并不是幸福的关键，广闻博识熄灭不了贪嗔痴的烦恼习气，读万卷书又有何益？朝碧海而暮苍梧，徒增色尘见闻，而非真实智慧，行万里路又哪里值得炫耀呢？即便是多闻第一的阿难尊者，因未重实修，路逢摩登伽女，引动凡心，将失戒体，若不是佛祖荫庇，文殊菩萨及时赶到，必将铸成大错。那究竟何谓多闻？最让我口服心服的答案在《杂阿含经》里："若闻色是生厌、离欲、灭尽、寂静法，是名多闻。"

　　小到个体灵魂想幸福安宁，大到人类社会想和谐大同，科学固然是文明的摇篮，也可以是文明的坟墓。2018年，我们听到一个可靠的不同的声音——在全国科学道德和学风建设宣讲教育报告会上，生物学家施一公说，课堂里学到的所有定律、公理都会有失效的时候。科学上没有所谓的真理。这番话让人自然想起"法无定法"四个字。成都宝光寺一副楹联"世外人法无定法，然后知非法法也；天下事了犹未了，何妨以不了了之"，一代伟人在晚年曾引用评论。

啊，莱茵天际远，薛义在眼前！若论究竟之道，这边厢有《悟道诗》云："我有明珠一颗，久被尘劳关锁。今朝尘尽光生，照破山河万朵。"那边厢有苏东坡唱："人生到处知何似，应似飞鸿踏雪泥。泥上偶然留指爪，鸿飞那复计东西。"

第三辑

听雨僧庐篇

心随境转是凡夫

境随心转是圣贤

人散后，淡月清辉天如水

　　2001年5月，绿意盎然的春色终于懒洋洋地爬上了敦煌市内行道树的枝头。一天，博物馆的座机那头忽然来了一个要我去接的电话。

　　"马应龙——!"对于这句暗号似的秘语，我是心领神会的。那洒满阳光的声音依然如故，我很喜欢话音里那一股浓浓的"书生意气、同学少年"的味道。

　　"是你，世伦兄，真没想到! 你是怎么知道我的电话的? 你现在在哪里?"

　　"我在深圳……"

"哎呀，我来敦煌了……"

蓦然回首，一段"人间有味是清欢"的往事重又浮上了心头。

1999年春，山东大学洪家楼老校区。原本住学校宿舍的我，偶然碰到前来串门的李世伦。这个跑来补习英文的小弟，和我一样一贫如洗。为了改善读书环境，两个书生商议起合租的事。很快，我们搬到只有一墙之隔的校区西侧的一户人家，租下院落南侧巴掌大的一个小单间。

我常年苦于痔疾，马应龙麝香痔疮膏是鞍不离马、甲不离身的。在挤挤巴巴刚好能摆下两张窄窄的小床铺的小屋子里，麝香会散发出一股独有的直钻鼻孔的气味，但世伦兄毫不介意。日久天长后，看我那副受苦受难的样子，也可能是为了让我开心，他就给我造了一个诨名。这个让他前所未闻且带些搞笑意味的名词——马应龙，自然成了称呼我的代名词，当然，使用范围仅限于我们哥俩之间。

我是个不苟言笑，思虑过度的人。所以，我爱看他一脸的憨笑，从早到晚乐呵呵的样子，像一个没有烦心事的人一样。他的阳光心态扫去了我内心太多的阴霾。你听，他又在唱他的那首我总是记不住歌词的流行歌，像说快板似的，口齿可清晰可伶俐了——

> 如果说你要离开我
> 请诚实点来告诉我
> ……
> 如果说你真的要走
> 把我的相片还给我
> 在你身上也没有用
> 我可以还给我妈妈

他又唱完了一遍。我没有鼓掌，只报以微笑，他也笑了。

　　若我没记错的话，世伦兄弟是淄博人。他中等偏胖身材，戴一副眼镜，让人难忘的是肉乎乎的脸上那副憨厚的笑容。我们都是毕业后曾踏上社会，有着短期工作经历的人，相似的人生旅途让我们相处得十分和谐，倍加珍惜这段彼此陪读的时光。

　　白天，我们走进各自的教室；夜间，我们躺在各自的床铺上，睡前要么是我给他讲些小梅沙海边的故事，要么是他给我讲笑话。这位山东兄弟绘声绘色地讲了很多五花八门的笑话，逗得人哈哈大笑，好不快活。

　　那是些周末的日子，我们常常带上要朗读的书本，一起出门找个清净处读书。去的最多的两个地方，一是近旁的百花公园，一是稍远的千佛山。时至今日，尚记得我们登上千佛山顶，徜徉在漫长的林间小道上的情景。等到黄昏时分，山脚下高层楼宇点起了万家灯火，我们才下得山来，搭乘公交车回到住处。

　　离别的一天，没有聚餐，没有留影，没有任何仪式。我只给他留下父母家里的电话，便打马上路，淡淡地辞别了泉城。我记得世伦好像是要在山东大学再读一年。自那一别之后，两人天各一方，各奔前程，我再未见那位昔日陪读的好兄弟了。

　　一介书生再次南下深圳。在这座繁华的大都市，我一度在职场中困顿与迷失，不知何去何从。此时此刻，让我格外怀念和世伦一起读书的那些美好时光。然而没想到，一年后，世伦也赶来深圳谋职，而我却毅然弃之，远走边关。造化弄人，两个好兄弟这辈子注定再无缘见上一面。在深圳茫茫人海中，我想，他举目无亲，一定和当年的我一样，应该感到非常孤独吧？在这座城市的大街小巷，若想寻个不见人影的清净去处，那简直是一种奢望。摩肩接踵的，是一张张陌生的脸。夜深人静时，一种莫名的孤寂，就会悄悄潜入人的灵府，一点点啃噬漂一族的敏感的神经。

即便从我父母那里得知我已离开了这座城市，世伦兄仍不忘给我打来这个电话，其手足之情，可见一斑。只是匆忙之间，我既没记下他的联系方式，也无从细说我的新的孤独。若还有同窗时抵足而眠的一天，我定会告诉他，敦煌的羁旅生涯有着恰恰相反的孤独——

在这座边陲小镇的两年间，为了生计，我曾好几次一个人坐在敞篷货车的车斗里，在伸手不见五指的寒夜，往返奔波在百里不见人烟的敦柳公路上。在这条公路的两侧，无论朝哪一个方向走，只有无垠的戈壁，偶尔可见风蚀作用形成的雅丹地貌的暗影，但就是没有一个活人，不见一点人间烟火气儿。在这条公路的上空，我见过这一世最寂寥的夜空。垂在那穹顶深处的，竟然只有不多的几颗忽明忽灭的星星，它们眨巴着眼睛，好像疲惫的即将睡去的旅人……

壬寅寒露，品杜工部《旅夜书怀》，心中凄然。历史上毁誉参半的严武曾是杜甫赖以存身的好友。公元765年，严武暴卒，迟暮之年的杜甫凄孤无依，于是携全家从成都乘舟东去，出三峡，抵湖北荆门。"……飘飘何所似，天地一沙鸥。"在写下这首反映人生羁旅的哀戚的挽歌后的第五年，诗人便撒手人寰，一命归天了。

在这秋意渐浓，衰草连天的时节，百无聊赖的我，又忆起晚年自称"二一老人"（"一事无成人渐老"，"一钱不值何消说"）的弘一法师，和他在俗时送别天涯五友之一许幻园的深情。"……天之涯，地之角，知交半零落。人生难得是欢聚，惟有别离多。"

来无锡七八年，深居简出，息交绝游，无暇亦无意呼朋引伴。虽素有君子之交淡如水之说，然共业所感的世间，因缘变化，时空阻隔，即便是故旧之交，交集变得越来越少，分野变得越来越多，往往到了连想送出几句寒暄的话都觉得多余的地步。"密意无人寄。幽恨凭谁洗。"这是北宋诗人谢逸的《千秋岁·咏夏景（楝花飘砌）》中的两句，颇言中了我来无锡之后"欲说还休"的境况。

　　翻遍世间书，找不到一条拔除"爱别离苦、求不得苦"的出路。唯有《金刚经》三心不可得的佛理令人醍醐灌顶，让我悟入"人散后，一钩淡月天如水"的解脱境界。《华严经·离世间品》一偈颂云："菩萨清凉月，常游毕竟空。"意思是说，菩萨住于般若空性之中，了无挂碍，自由自在。古圣云："上船不思岸上人，下船不提船上事。"先贤云："逢人不说人间事，便是人间无事人。"

　　诸行无常，人散后，淡月清辉天如水。唯愿心中也许还存留着我昔日模样的世伦君等，一世安好！

梦破时分夜鹰啼

无锡东郊山多林密，河湖湿地星罗棋布，鸟儿们在这里找到了生息繁衍的天堂。整个安镇就是一座百鸟园。独坐幽篁，万叶千声，百鸟乱鸣——胶山、翠屏山、吼山一带，在薄雾缥缈的清晨，或丽日当空的午后，如此诗情画意并不难寻觅。我沉浸在这良禽百啭的乐章里，欣欣然仿佛一个昨天刚出生的孩子，只是眨眼工夫，八度春秋，又被雨打风吹去了。

"哒哒哒哒哒哒哒哒哒哒哒哒哒哒，

哒哒哒哒哒哒哒哒哒哒哒哒……"

　　每年春夏，有一种最初叫不出名字的鸟，就会在我住所附近的行道树上发出类似机枪扫射时一梭接一梭的哒哒哒声。古人称为"蚊母鸟"的这种飞禽，经常会在半夜三更高鸣不止，响彻远近，颇似一只扰民的高音喇叭。

　　这种怪鸟独特的唱腔惊扰了太多都市人的好梦，人们误以为是停在住宅楼下的电动车发出的警报声。睡意正酣之际，恍兮惚兮，估计也有人会无端猜想：外面天色已麻麻亮了吧？一个要赶早去菜市场从事批发生意的小贩，正在附近专心地发动他的那辆破旧的摩托车，然而哒哒哒哒、哒哒哒哒地只是干响，半天也打不着火来。

　　然而，这便是我爱的夜鹰，一回回让我午夜惊魂，再无睡意的夜鹰。面对它单调、急促、执着的啼唱，我不但毫不厌烦，甚至在听不到它鸣唱的日子里，仍思念着它在今夏的深夜为我而歌的情谊，惦记着在秋季南迁时那只雄鸟翱翔在从东南亚到大洋洲一带的海岛上的身影。

　　"夜鹰"与"夜莺"因读音相同，很容易搞混。"那南风吹来清凉/那夜莺啼声齐唱/月下的花儿都入梦/只有那夜来香/吐露着芬芳"，邓丽君翻唱的这首《夜来香》，让我辈"70后"在青年时代就早早地认识了它——夜莺。这种象征爱情的鸟儿常出现在西方文学作品中，从弥尔顿到济慈，在诗人们的笔下，它因善于鸣啭，成了"优雅、浪漫"的代名词。

　　然而，不幸的是，夜鹰因昼伏夜出，被人称之为"鬼鸟""夜行游女"。它的啼唱因选错了时空，又嘹亮激越、绵绵不绝而不受待见，网上差评铺天盖地，与网红鸟夜莺形成了强烈的反差。"角声寒，夜阑珊。"让我体会尤深的是，夜鹰会在凌晨三四点钟时突然发出一阵中气十足非常响亮的哒哒声，因无一鸟唱和，尤显得落寞与寂寥。我不禁遥想起惠山二茅峰南坡的秦观墓。"……无端画角严城动，惊破一番新梦。"角，一种古管乐器，传自西羌，发声哀厉高亢，古时军中多用以警昏晓。我觉得，夜鹰的啼唱，颇有号角之风，引磬之效。在被它们的哒哒声惊醒之后，我每每会因多眠善寐而羞惭，又因虚度年华而扼腕。也许是年岁加身的缘故吧，一种"浮生若梦、今夕何夕"的深深的虚无感，在被它唤醒后的黑咕隆咚的夜里最终占了统治地位，让我一时间再也没有其他的思绪。

除了 nighthawk，夜鹰还有一个英文名称叫 nightjar。这是一个颇带感情色彩的称呼。做动词用的这个 jar，有"发出刺耳声，使人烦躁"的意思。看来，无论是东方还是西方，夜鹰啼鸣，扰人好梦，从而让人生起了嗔恨之心。无怪乎有业主因终宵难寐，愤而投诉物业；也有人因图懒省事，甚至选择了报警，不惜动用公共资源。然而，和我们人类一样，夜鹰也在为这个生物圈做着属于自己的贡献。它们捕食害虫，是森林益鸟，属国家保护动物。在人与自然和谐相处的法则中，夜鹰的生活习性是考验我们人类生存智慧的一块试金石。

若想从生活的烦恼中解脱出来，从世间法上看，首推范文正公的"不以物喜，不以己悲"这句名言。抛开一己，或曰我将无我，心怀天下者才能从小我的生命困惑中走出来。"但愿众生皆得饱，不辞羸病卧残阳。"天地之正气自然不是小我的饮食睡眠，觅恨寻愁。唯心系苍生与黎民，自强不息，厚德载物，做好自己该做的一份事业，把夜鹰当成人类不系锁链的宠物，才会海阔天空、问心无愧。

我要感谢那些深夜为我而歌的朋友，是它们振聋发聩的歌喉，让我感悟白驹过隙般的人生，正视自己贪眠嗜睡的毛病。我当好自珍惜生命当下的每一个钟点，在自渡中悟道和解脱。我知道，我的思念也好，惦记也罢，对那只啼唱的夜鹰来说，统统都是多余的。不过，我还是要感谢那些每年春季从东南亚一带海岛上飞回来陪伴我的精灵，是它们一年一度的啼唱，让我一次次深深体悟"本来无一物，何处惹尘埃"的禅意。人生百态，对境修心，修的是不住着、不黏缚的那颗心，修的是没有能观所观诸法空相的那颗心，修的是不再被贪嗔痴所烦恼的那颗心。

　　我梦见自己变成了一只高卧枯枝上的夜鹰。有明月照林，有松涛阵阵，我唱着哒哒哒的歌儿："轻柔如同叹息，不惊你安眠！"

闲话胶山今与昔

山，我敢说，我是不陌生的。作为大别山里土生土长的一介乡民，我在方圆数百里的群山中走完了人生最初的21个年头。上大学后，告别了故土的青山绿水，一晃又是二十余年。游走在所谓的繁华都市，然而所思依然是山，所念无不是水。九年前的暮春季节，举家落户太湖明珠无锡的东郊，冥冥中夙愿竟酬，我从此得以与心心念念的青山绿水、白云蓝天朝夕相依，与幽兰芳草、苍松翠竹再续前缘。因常在胶山一带流憩盘桓，我便成了一个地地道道的胶山闲人。

胶山山高120余米，东如蛟龙，西若卧牛，矗立在锡山区安镇之北。山脉东西绵延3.5公里，南北宽约0.8公里，占地200多公顷。主峰曰胶峰，与惠山相对，宛若翠屏。西峰有凤凰山，其旁有甑簟山，最高者名插旗峰。凤凰山西还有鸡笼山、龙腿山。大小山丘各居其位，各得其名，丁是丁，卯是卯，局外人一时肯定是摸不着头脑的。

饱览胶山之山清水秀的最好方式，是四月去无锡现代农业博览园的含星池或胶庄湖上泛舟。抬望眼，近在咫尺的胶山兀然立于湖岸，漫山的原始林密密匝匝、重重叠叠。最美人间四月天。此时的农博园，樱花烂漫，绿柳含烟，时令花草流红滴翠。走在曲径通幽的湖岸，陶然于山水之间，您一定神清气爽，烦恼尽去，恨不能春光常驻，青春不老！

胶山南麓两三百米开外的胶阳路，依山傍水，风光旖旎，被网友们誉为"无锡最美公路"。若问这条绿色景观廊道的灵魂在哪里，我想那一定是路旁那延绵起伏的自然山林。真是造化钟神秀，从吼山到凤凰山到胶山，这些韵味十足的江南山丘，像颇具对称感的一段弯弧，像婀娜的姐妹手拉着手，环绕在胶阳路两侧。整个景观带长约6公里，宽80米，核心景区宽几百米。胶山山麓地形优美，山势、水体浑然交融，绿植面积多达60万平方米，是锡东新城难得的天然大氧吧，难怪胶阳路入选为宛山湖马拉松的一段赛道。

夏至日或冬至日的傍晚，我常一人在胶阳中路上漫步，等着那一轮鲜红的落日贴在山岗上的那一瞬，等着它一点点无声地沉入山岗背后的暮天之色。胶阳路两侧多沼泽。水生植物香蒲有着修长的茎秆，上面插着一节毛茸茸的花穗，像极了烤肠，微风轻送，一个个摇头晃脑，煞是可爱。那一簇簇马尾似的芦荻，在夕阳下勾勒出柔美的曲线；白蓬蓬的荻花摇曳生姿，是大自然中最能引动柔情的倩影。草坪上散布着乌桕树，入秋之后一树斑斓，仿佛一幅幅立体的油画，球状的籽儿白哈哈的，表面裹着一层蜡。那些由红、黄、橙调配出来的树叶，那些闪着白光的籽儿，是早年陪我在深山里度过童年的时光老人。还有胶南河北岸延绵三四里的花圃，那里的向日葵在秋末开始怒放。金灿灿的阳光，金灿灿的花海，金灿灿的心情。人们急匆匆从四面八方赶来，我也慢悠悠地跟着赶来，唯恐错失了这一片人造美景，辜负了生命中的大好时光似的。

想真正领略胶山趣味，当然是要登山攀顶的。胶山东麓南侧中腹有一条我情有独钟的山路，名曰松虎道。道路两旁的枞树高大挺立，枝丫遒劲，估计至少生长了三四十年——这是我最熟悉不过的童年的伙伴。闭上眼睛，大别山南段漫山遍野都是它的身影，还有一地金黄的松针——老家话叫枞毛，还有可以一起炒腊肉吃的枞树菇，还有极稠极黏弥漫着一股清香味的枞树蜡……园林工人借原有的上下坡道新铺了石阶。山脊上，同样是绵延数公里的石阶。石阶两侧多灌木，一丛丛，一簇簇，密密麻麻地覆盖着整个山峦。每年四月中旬，满树桐花簌簌飘落，花香均匀地浸润着林间的空气，喇叭似的花骨朵一堆堆一片片撒落在树丛中。此时花开次第，惜春为时尚早。有一种带刺的攀缘灌木叫金樱子——不仅名字好听，而且花开朵朵，洁白如雪，香气四溢。春鹃绽放或早或迟，有的花团锦簇，热烈而浓艳，有的旁枝斜出，仅点缀鲜花少许。胶山的映山红虽比不上家乡的烂漫，但也赏心悦目，如遇知己，足慰平生。

古人所谓的仁者乐山，我想应该就是野趣与禅意的结合吧？置身于大自然的怀抱中，云端有飞鸟，地上有爬虫，只要童心不老，野趣任何时候都会伴你左右。从喧嚣都市的名利场里脱身，耳畔听鸟鸣，拂面有微风，只要耳聪目明，禅意更是竖穷三际，横遍十方。且看元代无锡诗人周翼与陈子贞游胶山，为我们记录下他们闲云野鹤般的诗意人生。"秋山夜雨藤萝湿，云路晓行沙石清。故寺丹青空窈窕，断碑文字不分明。忘机野老同醒醉，多事山僧远送迎。松下箁舆鸣落日，乳泉携得满瓶罂。"箁舆，一种用竹篾编成的轿子，前后两人抬着，我小时候在大别山的山坳里经常看到。箁舆鸣落日，一个"鸣"字用得多妙！荷担者迈着有节奏的步子，轿篮上下晃悠着，吱呀吱呀地一路唱着歌儿。

与胶山相处年深日久后，自然想知道它究竟因何而得名。面对终老之地一座山的史海钩沉，我也曾一度产生过浓厚的兴趣。然而，查遍网络，众说纷纭，是非难断。我随后释然，呵呵一笑，只能抱着姑妄言之、姑妄听之的态度。主流观点认为，胶山之西石马湾有殷商贤人胶鬲之墓，乡人称之为"皇坟"，故而得名。胶鬲在两千多年前就被孟子点了名。《生于忧患，死于安乐》开篇首句便是："舜发于畎亩之中，傅说举于版筑之间，胶鬲举于鱼盐之中……"只要是个历史名人，后人必争其墓葬遗址，如此世间百态，早已见多不怪。

胶山得名莫衷一是，与此刚好相反，中国历史上确有一个叫安国的人。这位乡贤是明代著名的出版家、藏书家。无锡这座国家历史文化名城在悠久的中国印刷史上留下了三座丰碑。其中第一座丰碑，指的便是明代中叶荡口华氏、胶山安氏的铜活字印刷，是有史料实证的中国现存最早也是最为完整的活字印刷。古老的胶山有如一位沉默的历史老人，它见证了印刷技术的迭代，也目睹了这片膏腴之地自古以来就人杰地灵。

"南朝四百八十寺，多少楼台烟雨中。"是啊，正如诗中所描述的光景，从吼山南麓的七云禅寺（始建于南北朝），到胶山北麓的胶山古寺，伴着千年风铃和万古霞辉，一处处庙宇与道观让人目不暇接。"道人不是悲秋客，一任晚山相对愁。"据记载，唐高僧湛然（天台宗第九祖）曾卓锡胶山寺讲经说法。看山只是山，看山不是山，看山还是山——没错儿，从着相众生，到了悟空性，再到性相一如——唯有闻思修证，才能究竟解脱。毕竟，春游夏赏，寄情山水，终不敌人生苦短，即便风花又雪月，腰缠十万贯，骑鹤上扬州，终又能如何呢？

嗟乎！感天地之赐福，伤古今之沧桑！胶山几度夕阳红，闲人衷肠不轻诉。

敢问兄台哪里人

当问及一个人是哪里人的时候，既涉及文化归属、个人心理这些精神层面的东西，又包括户籍档案、法律法规等社会管理层面的诸多要素。

考上大学入省城读书之前，我曾在皖西南的岳西县度过21个春秋。虽然生长于偏僻草野，但我却感念命运的安排，让我收获了一个美好的金色的童年。我出生的那个叫花屋的小村庄，依偎在纱帽尖的山脚下。仅需走出家门十余步，略一抬头，就能看见那座直插云霄、高大巍峨的山峰（海拔952米）。

　　岩上、花屋，这一大一小两个地名，将伴随着我毕生的记忆。中国这么大，为什么我偏偏会选择这样一个地方来到人间呢？说来也不奇怪，据说，大别山区千余米的高峰有近70座。您想想看，谁会拒绝一个山清水秀的天然大氧吧？想必我的前世，一定是个贪爱山水、游游荡荡之徒，业力所牵，一时起心动念，迷惑颠倒，才又有今生的轮回吧？

　　一方水土养一方人。身为土生土长的岳西农村人，我能说一口原汁原味的岳西话。岳西方言虽统称为赣语（安徽五大方言之一），但岳西、太湖、潜山等各地口音不同，用准确的学术词汇描述的话，岳西话又叫皖岳方言。也因此，这一口在外地人听来可能是"土得掉渣"的岳西话，就成了我毕生洗也洗不掉的标签——一个地地道道的岳西人。

　　考上大学后，学校为我们办了集体户口，我第一次转了户籍，成了暂住合肥的城里人。入学后不久，我发现一个让自己非常尴尬的事情：在这里，如果再说岳西土话，恐怕是要被同学们笑话的，因为全班只有我一个是岳西人。转念又想，这其实倒给了我一个发展语言的机会：我要克服心理障碍，大学生活要从自信地说好一口普通话开始。

　　等我一口接近标准的普通话说到习惯成自然之后，寒暑假回家，不知不觉之间，对父母脱口来了那么几句官话，顿时觉得别扭至极，好不自然。"这个娃"（我惊奇地发现岳西话"这个娃"三个字的发音与日语假名デゴガ几乎完全一致）出门念书才几天，就把自己变成一个假岳西人了。大学在读期间，因父亲借调，一家人在蚌埠过了一个寒假。我记得自己独步淮河岸边，过着靠写诗打发寂寞的日子。再后来，父亲工作单位迁至宿州，我毕业后的户口自然也就转到了这座皖北小城。这里是祖辈们的故土，父亲算是叶落归根，有了他的精神寄托，而我和母亲却成了漂泊的异乡人。

　　为了找工作，1996年的夏天，我乘长途汽车从宿州出发，在近两天一夜30多个小时的颠簸之后，来到粤语流行的广东，才真正体会了流落他乡的个中滋味。因为听不懂也不会说当地的方言，我的社交圈子小得不能再小。世纪之初的上海，其开放性和包容性也远不及今日。犹记得走进雇主是上海人的公司时，仅仅是面试一刻，面对开口就是上海话的老板，那种疏远与隔膜，让自己如同坠入十八层地狱一般。

随着时代的变迁，方言的势力范围在逐渐萎缩。作为一名语言学习者和研究者，我知道这既是一件好事，同时也不是一件好事。之所以这么说，是因为我深深体会过乡音与乡愁的滋味，品尝过在丧失认同感与归属感的异地漂流的滋味。这让我想起命运多舛、英年早逝的日本诗人石川啄木。

故乡啊，乡音恋恋
去听乡音
在停车场的杂沓中

这首短歌中的停车场，指的是东京上野火车站。因思乡心切，为了能听一听来自东北地区岩手县的乡音，诗人特意赶到人多的火车站，伫立在穿梭往返的人流中。看来，城市化的同时留住一抹乡愁（实为一种邻里敦睦的古朴的人际关系，以及与自然之间和谐共生的秩序），是我国民族复兴道路上的一道文化难题。

你的方言被弃用了吗？你自认一个灵魂的漂泊者吗？安徽大学副教授、中国语言保护安徽省项目组首席专家栗华益博士感叹说，纯正的安徽吴语这几十年正在逐渐消失。乡音渐变，故乡难回，已经成了城市化进程中的副产品。想让北上广深等一、二线大城市的漂一族找到精神的皈依处，想来任重而道远。

曾有一位女众询问高雄文殊讲堂的慧律法师："请问师父是哪里人？"大师幽默地答道："我是心上人。"这是一句让我言下大悟的禅机妙语。不用说，这位明心见性、续佛慧命的净土宗大善知识，自然于二六时中洞彻这个缘起如幻、毕竟空寂的世间。即心即佛，做到安住于不生不灭的觉性、清净无染的本心，这恰好见证了一个修行人在心地上下的那一番真枪实弹的功夫。

　　天地沙鸥，雪泥鸿爪，孤寂人生路，敢问兄台哪里人？

银杏叶落后，泡桐花开前

　　自从落脚锡东新城之后，痴人多厚福，我便能常年在润锡北路和胶阳中路上信步而行了。这里是翠屏山旅游度假区的精华地带，也是日后打造西林园郊野景观的天然大舞台。

　　晚秋之后，润锡北路两侧密植的百余株银杏便化身为秋天的信使，那一树树金黄，在瑟瑟寒风中战栗着，歌吟着，在已是斑斓的河山之间，落下它最后的浓墨重彩的点睛之笔。小雪节令之后，淅淅沥沥的雨，一下就是三四天。于是乎，千百万片银杏叶儿，伴着江南冷冷的冬雨，在温柔的话别里，轻盈地从枝头飘落，翩翩然如同下凡的仙子。

大雪之后,朔风渐强,雨水增多,一年中一段湿冷难耐的日子来临了。若天气晴和,哪怕寒风微微割着脸,我也会疾步出门,踏上宽阔的润锡北路,去看昨夜仙女们抛撒的那一枚枚小小的画扇。身为行道树的银杏,叶子早已掉光,只剩下孤零零的树干高高地挺立着。上午八九点钟,一地金黄的落叶,还没等你来得及细赏,便被环卫工人一片不剩地扫了个干净。少数有福的,飞到了绿化带的灌木上,悠闲地静静地躺着,微风吹过,刚好替它们翻了一下身,于是那些落叶便以更加舒服的姿势,在冬日的阳光下睡着了。

立在人行步道外侧更宽阔的绿化带里的几株枝叶繁茂的银杏,在午后的阳光里灿烂如金,因远离沥青路面的车行道,那一树树浓得化不开的鹅黄,则能一直保留到冬至前后。我常常会朝那些最晚谢幕的鸭掌树走过去,俯身捡起几片刚刚坠地的鲜叶。我忍不住用指腹在叶面上摩挲几下——嫩嫩的,滑滑的,光新如同小宝宝们的脸蛋儿。这是大自然寄来的靓丽的明信片,在接近半圆形的扇面上,我仿佛读到了史啸虎先生题写的那首《咏银杏》:"一树金黄不是花,灿然满目夕阳斜。寒冬虽可添颜色,无奈风中落岁华。"

银杏叶落时,不妨一个人伫立在被烟雨笼罩着的江南的旷地,这里的初冬写满了人生的寂寞与惆怅。也不妨一个人漫步,任由冰雨落在脸上,润湿自己的双肩,手握几枚银杏叶,让从四面八方涌来的失落与哀愁浸润着灵魂,体味流转与无常的世相。即便撑着伞,你看啊——那凉透了的雨,会从伞骨的尖儿滑落,晶莹剔透,如同红颜粉黛们的泪珠儿。《苦寒吟》(孟郊)诗云:"天寒色青苍,北风叫枯桑。厚冰无裂文(通"纹"),短日有冷光。敲石不得火,壮阴夺正阳。苦调竟何言,冻吟成此章。"啊,凄风,冷雨!啊,那个"花柳繁华地"去哪里了?此时此刻,这里只是风刀霜剑、众鸟高飞的江南,这里只是无边落木、不尽长江的江南——这便是银杏叶落后无论如何也要打熬过去的冬日的时光！

"草长莺飞二月天，拂堤杨柳醉春烟。"每年的3月中下旬，每当鼋头渚染井吉野樱下人头攒动、游人如织的时候，我却在翘首盼望着另一场花事。

春到深处看桐花。比起早春、仲春，我尤爱的却是暮春之色。每年4月上中旬，差不多也就是清明与谷雨之间，从胶山到吼山，宛若孔雀抖开的尾翎，延绵八九里的这一弧状山系，会把你带到意趣盎然的诗的彼岸。尤其是胶山南坡一带，那里有明媚的阳光，涌动的绿波，相映的湖山。那些平时默默无闻、常被人遗忘的高大的泡桐，此时此刻，桐花满枝、密密匝匝，一棵棵、一片片，像喝足了奶水似的，纷纷都鼓了起来，亮了起来。站在被网友封为"无锡最美公路"的胶阳路上，北望胶山中腹一带，目睹烂漫如烟霞的桐花，"遥襟甫畅，逸兴遄飞"，你仿佛觉得自己的生命都跟着一起怒放起来了。

已矣乎！昔有陶潜，"善万物之得时，感吾生之行休。"千载而下，围绕"桐花落"展开的，是一首首黯然神伤的咏物诗，是一幅幅愁绪满怀的山水画，更是一曲曲杜鹃啼血的咏叹调。好花不常开，好景不常在。纵有快乐千般，兴尽悲还来。银杏叶落后，泡桐花开前——在那些风潇雨晦的日子里，是我这个凡夫俗子对境生心，活得纠结，活得可笑罢了。

《坛经》云："尽他叶落花开，不问春寒秋热。"花开何喜，花落何悲？对年轻人来说，这似乎是一个很不近人情的论调。然而，驻足这个生生灭灭的世间，半个世纪以来，我何曾见过一丁点儿"由我说了算"的实实在在的主宰性呢？在这种"天地不仁，以万物为刍狗"的逼迫性中，分明隐藏着一个大大的"苦"字。所以说，若用分别之心来看待这个世界的话，自然只剩爱憎与取舍；但是，如果能洞彻这个缘起如幻、无有少法可得的世间，用无住之心与周遭相处，只把人生当成一个历事练心的过程的话，自然就能体验"万花丛中过，片叶不沾身"的解脱境界。

莫叹红尘知音少

　　知音这个词，和爱情一样，它们所含摄的那方世界，多半只属于二三十岁前逐梦的青年。一旦跨出多少还散发些书香的校园门，踏上社会，你会很快发现，交心的因缘浅了，曾经的知交也渐渐变得疏远了。

　　即便久别重逢，彼此加了微信，但物是人非，那也只是空喜一场；即便煞费苦心，昔日同窗再聚，依然不过貌合神离，那只是酒席宴上一时的虚情假意。时空变幻，人心无常，即便是昔日的好兄弟、好姐妹，但彼此常年保持沉默，渐渐成了朋友圈里一个个冷漠的熟人。

　　狂飙突进的少年游化为梦中的过往，你只能在诗歌里回味它曾经的美好（《总发游》张雨生 词/曲）：

少年击剑更吹箫　　不爱财宝爱英豪
少年吟诗更风骚　　不美人间美唐朝
少年狂狷更急躁　　不知跋扈知炫耀

　　少年英姿飒爽的身影转眼不见了。时代迈着我们"70后"永远看不懂的步伐，把童年的回忆拉得很远很远。时至今日，40多年前儿时的景象依然清晰：在瓦蓝瓦蓝的天空下，在郁郁青青的山麓边，有成片成片的村庄，有袅袅四起的炊烟，有成群喧闹的孩子——用母亲的话说，他们都是我童年里"割得头换得颈"的好伙伴。然而，可惜的是，长大后才明白，人和人之间的微妙关系总逃不脱本山大叔的那句名言："中国人有个习惯，看你可怜非常好，看你太好了，心里别扭！"

　　相识满天下，知音能几人？人到中年，这心灵的苦痛有没有解救的办法？依我看，自古多情空余恨，这灵丹妙药看来只能是"看破放下"四个字了。感谢上苍我所拥有的——若你还有好友一二，应当倍加珍惜和感恩。感谢上苍我所没有的——若好友星散，或志不同道不合，则应淡然处之，随缘放下。人到中晚年，宜打破时空，读书治学，结识典籍里的知音；宜修身养性，听雨僧庐，让草木山川、日月星辰做自己最可靠的朋友。

　　"春有百花秋有月，夏有凉风冬有雪。若无闲事挂心头，便是人间好时节。"爱情与友谊只是人生的一种附丽，美好的千般滋味的背后却暗藏着它的诸多过患，那就是所谓的"得时多怖畏，失时怀忧恼"。无门慧开禅师的话若能让您心开意解，人生就会获得一种免疫力，得失之间，自然怀着一种"得之我幸，失之我命"的潇洒与解脱。

　　近日阅读外刊，见一则趣事。说的是法国南锡监狱里有三个犯人，在羁押期间因苦闷无聊而成了无话不谈的密友。后来，其中两人提前获得了释放。然而，对尚在关押的狱友的无比思念，让这两人丧失了理智。因为有太多需要倾诉的知心话要说，他们不顾一切地翻墙入狱，隔着昔日那扇小窗，三人又忘乎所以地高谈阔论起来。结果，两人在逃回的路上被狱警擒获。结局令人啼笑皆非：从此之后，这三位知音又成了可以毫无障碍、想聊多久就聊多久的狱中好友。

有关红尘知己，于异性之间发生的故事，自古以来，不知有多少谈资。于是又忆起风格迥异的三位名人：一是堪称人天师范、爱国忧民的李叔同；一是民国驻美大使、北大前校长胡适；一是著名女作家、旅行家三毛。弘一法师为大爱舍小爱，决绝又非薄情地抛弃了日本妻子，印证了"黄金白玉非为贵，唯有袈裟披肩难"这句古话。新文化运动的旗手与红尘知己同栖西湖，但屈于正室的那把菜刀，在学养与理智的加持之下，打造了一个"旧式婚姻罕有的幸福的例子"。那位海峡两岸的青春偶像，想在来世化成一棵树，站成永恒的没有悲欢的姿势，却又以最惨烈最不幸的方式了却了人生。有人对此诗意地描述成那是"对爱人的追随，对爱情的祭奠"。我无论如何无法苟同这种浅薄的观点，总认为如此才女，好死不如赖活，若彻底看破"爱别离、求不得"的苦之牢笼，就会迎来人生的曙光和转机！所谓"心随境转是凡夫，境随心转是圣贤"，此言不虚也。

钟子期死，伯牙破琴绝弦，叹世间再无知音。白居易遇琵琶女，叹同是天涯沦落人，相逢何必曾相识。《聊斋志异》之《王六郎》篇，更是演绎了一出人鬼之间情逾骨肉、喜泪交并的传奇故事。时至今日，人们在津津乐道的同时，似乎已经滤去了原本的悲凄色彩，并被演绎成略带些浪漫与温情的人间审美。在现实生活中，即便拥有毕生的知音一二，然而一旦沉溺于这种美好感受，并视为精神寄托和心理慰藉的话，便成了一种解也解不开的黏缚。

会说话的爬山虎

因自幼在山里长大，我对植物总是情有独钟。

真是大难不死必有后福，无锡安镇有让我"老来还乡"的感觉。从吼山南缘到胶山东麓，这段山系东西绵延八九里。数万年前，造物主便开始用笔慢慢勾出一弯优美的蛾眉，这段弧状低丘自自然然地一路撒开，颇似一把抖开的折扇的沿边。

我于是常年徜徉在这片天然林里，寻找儿时的那些熟悉的身影。在高大的乔木当中，这里有终年常青的枞树，有花满四月的泡桐。灌木的种类多不胜数，叫得出名字的有大麦泡，有映山红。最近，我又和爬山虎交上了朋友。

那是嵌在山间小径地面上的一截根，筷子头粗细，不知被多少人踩踏过，其中一端已被扯断，离地三寸向上翘着。只需轻轻一扯，另一端也就断了。我拿起这截一尺长的根，端详着从藤茎上新发的那些嫩芽。叶面的酱红色是那么鲜亮而纯净，像是被人打了一层薄薄的蜡似的。这是三叶地锦，是坡地灌丛中常见的植被。我幻想着一个被藤蔓和密叶覆盖的阳台，带给我一方小小的先从酱红到亮绿，再从深绿到焦黄的如诗如画的温馨世界。我于是动了心，打算趁这个阳光妩媚的秋日将它带回家去。

"还是扔了吧，拿回去也养不活。"同行的妻子劝说道。

断根被我埋在了一只方形泡沫盒的土里，只让长着嫩叶的藤茎露在外面。一个星期过去了，两个星期过去了，妻子果然料事如神：原本娇姿欲滴的嫩叶，逐渐褪去了可爱的颜色，它们一天天枯萎，最后不知在哪个夜晚彻底地凋零了。一两个月后，江南的冬季就要来临，我心爱的植物从此失去生命的消息，给人平添了少许的寂寞。

"我原本躺在山间，一头连着大地，还可以自由地生长。那里有山风拂地，有初日照林。可你这个家伙啊，一念贪心，窃为己有，害得我折筋断骨，元气大伤。如今，这逼仄之地让我水土不服，奄奄待毙……"听着埋在土里的那截断根的怨言，我因美梦落空而感到一两分失落，又因损人利己而觉得三四分惭愧。

但我还是用了诗人"在海滩上种花"的童心，时不时弯下腰、伸出头去探看来自它的消息。泡沫盒被我放在阳台东侧墙根下的一道缺口里。里侧是一口封顶的壁橱的外立面，外侧便是阳台的落地玻璃窗。这道宽约30厘米的窄缝天造地设、不大不小，恰好是这位新朋安身立命、开疆扩土的一方舞台。

秋日的阳光就像一管神奇的乳膏，没想到我的三爪金龙竟然赶在秋末的日子，又悄悄在它的藤蔓上吐出了几片酱红色的嫩芽来了。爬山虎真的活了！真要感谢胡适之先生于百年前写下的好词好句，让我也体味了一回"朝朝频顾惜，夜夜不相忘。期待春花开，能将夙愿偿"的款款深情。在深冬来临之前，我手植的这盆爬山虎发了三两枝一两尺长的藤蔓，长出二三十片人见人爱的深绿色的叶子。

"谢谢你为我松土，为我撒下肥料，也谢谢你深情的凝视，以及那些衷心的祈盼。"一边听着它秘密的诉说，一边看着这株虽不茂盛，但长势颇旺的植物，心里莫名泛起了一丝又一丝的喜悦。

这是三爪金龙在我家过的第一个冬天。

从深绿到焦黄，叶片最终将身子佝偻起来，一动不动地挂在藤蔓上。岁末之际，藤蔓的梢尖都枯萎了。没有来自根的消息，没有来自藤蔓的消息。整株植物休眠了，安安静静的，不说一句话。但我知道这位来自山中的客人在一点点蓄积力量，那埋在土里的根须，说不定还在悄悄生长呢。

第二年的春天姗姗来迟。爬山虎去年的藤蔓果然返青、生叶并继续顺着外侧阳台的落地玻璃窗下的墙根生长，新发的枝蔓则沿着壁橱的外立面一点点向上攀爬、延展。看来，今年春夏，它一定会给我一个诗意盎然的季节。

刚上初中的二女儿欣欣放学回到家。老师布置的作文让素有文曲星之称的宝贝犯了难。她眉头紧锁，唉声叹气，迟迟不知从何下手。

"老师要我们记叙一样身边的人、事、物，必须构思巧妙，立意新颖。哎呀，什么老师深夜还在批改作业啦，妈妈冒雨送伞到学校啦，奶奶跑来帮忙缝补鞋袜等等，这次统统都不准再写啦！老爸救命——不写这些，我还有什么可写？"

"写爬山虎！我们家的爬山虎会说话，你何不去问问它？"

文曲星若有所悟，立刻跑到阳台，仔细端详着这株植物，并回忆起它的前世今生。接下来，宝贝女儿挥洒自如，从爸爸半夜三更提着夜壶，偷偷摸摸给爬山虎施肥的诸多生活细节下笔，接着倾诉了得不到爸爸的支持憋在心中的文学梦，最后以给人力量、催人奋进的欧·亨利《最后一片叶子》收尾——这些颇接地气的独特的文学元素，让她的文章又一次轻松斩获了老师的连连赞赏。

在新冠疫情肆虐的日子里，我们的爬山虎果然不负众望，以极强的生命力和攀缘能力，让我见证了大自然的生命置身钢筋水泥丛中之后散发出来的勃勃生机。藤蔓从一米长到两米到三米，叶片从几十片增加到几百片到千余片，阳台顶部正朝着我最初梦想的那样，被绿叶一点点铺展开来。

天寒地冻的日子很快又来临了。这是老友在我家度过的第二个严冬。整株植物再次休眠了，只有千余片淡黄色的枯叶缀在藤蔓上，一片片安安静静的，如同涅槃的佛，不说一句话。

"不对啊，说我们像涅槃的佛，这不是在谤佛吗？要知道'无有佛涅槃，无有涅槃佛'。主人，请你远离能觉的意识心，和所觉的诸境界。"像慧能大师一样，爬山虎用一句句见性的偈语，开示着我这样愚钝的凡夫。

雨水之前，在我的精心料理下，绿茵茵的佛甲草从浅绿长到深绿，它们一株株元气满满地生长着，密密丛丛彼此紧挨在一起，把泡沫盒里原本露在空气中的表层土遮盖得严严实实。如果你新来我家，绝对想不到在它们的下面，还生长着一截被我视为生命之源、绿色之源的爬山虎的根。投我以木桃，报之以琼瑶。这片颜色清新的佛甲草便是我送给与我终年促膝而谈的爬山虎的春裙。

惊蛰之后，爬山虎鲜亮而纯净的新叶，从簇拥在藤蔓上的枯叶间的缝隙里纷纷探出一个个酱红色的脑袋来。细赏着大自然的这幅"冬之影与春之韵"的杰作——啊，青山遮不住，毕竟东流去。当我一脚跨出漫漫冬日，上苍似乎要把整个江南的春意，填满我这方小小的天地，慰藉着我多半时候被孤寂笼着的心田。

在即将到来的这个夏天，想必我要坐在阳台上那张宽大而结实的太师椅里，头顶上方自然是那片覆满天花板的绿色的海洋。守着一颗如如不动的心，不迷，不取，一切又都了了分明：在一片安静祥和的诗境中，四大假合、其性本空的我，正度着如梦如幻、了不可得的人生。

从立春到惊蛰的江南

江南地带，立春徒有虚名。看着日历上那两个暖洋洋的字，至多只是望梅止渴，吞下一粒定心丸罢了。

立春前后，若去梅园山上山下绕一圈，你会发现开得艳的寥寥无几。小上海的春姑娘总是姗姗来迟。一年一度，我从立春熬到雨水，又从雨水挨到惊蛰，冬末经日连绵的细雨与微微割脸的冷风总算成了强弩之末。惊蛰前后，至少气温升上来了，日子会好过得多，但距离"肥胖的黄蜂伏在菜花上"的真正的春天，往往还得耐心等上三两周。据考，锡城平均入春时间几乎要拖到3月下旬。

雨水前后，故乡岳西岩上往往会传来令人向往的消息——那里因地处高寒山区，最近又"纷纷扬扬卷下一天大雪来"。雪景是大自然多情的诗篇。记得小时候，天寒地冻，我像林间出没的动物，在灌木丛里穿梭，脑袋碰着那些集满了雪花的青枝翠叶；我爱一个人登上山顶，俯视整片白皑皑的山谷，恨不能顺着山坡，从那厚厚的雪褥上一路滚下去，滚下去……

然而，置身江南平原地带之后，从立春到惊蛰，最寻见不过的，便是这最不受待见的绵绵冬雨。范成大《寒雨》首句也真实地诉说了我的心苦："何事冬来雨打窗，夜声滴滴晓声淙。"盼望中的雪花最终落了空，只有淅淅沥沥的冬雨下个不停。说到微微割脸的冷风，那绝对属于十恶不赦的存在，我每天不得不像个姑娘一样，用雪花膏之类的东西抹脸，才能缓解皮肤皲裂的不适。从立春到惊蛰，也确有几天晴和的日子，然而好的光景十分容易过，想多留一天也留它不住。整体上，依然是湿冷难熬未脱棉衣的日子，是蹲马桶想开浴霸灯的日子，是喝热热的红茶想加点糖的日子，是时不时将脑袋探出阳台，张望着云层里的太阳的日子。

"冬天来了，春天还会远吗？"越是盼望着春天，那盼望的日子越发显得漫长。啊，阴雨寡照的冬末，湿冷难挨的江南！我"三根香跪在佛前"，愿我临终无障碍。人虽有一死，但能不能避开从立春到惊蛰的这段日子呢？……2023年3月6日，农历二月十五，释迦牟尼佛涅槃日，这一天正值惊蛰。我于是又明白了，究竟义上的解脱，当然是不受时空束缚的，哪有什么所谓的良辰吉日呢？

正当我患得患失，用好坏取舍的分别心看待江南的凄风苦雨时，一位年逾八十的老奶奶，却踩着一双冰鞋，飞舞在贝加尔湖畔一片白茫茫的雪原上，翩翩然仿佛一只不老的冰雪精灵。据说，在冬季零下四十多度，没有电视，没有暖气，方圆百里人烟稀少的湖畔，她一人过着凿冰取水、生火做饭、喂养家畜的生活，快乐地独享着冰雪世界的静谧。她叫柳波夫·莫尔霍多娃，被视为地球上最孤独的女人。

然而，身处北纬31度的江南，我却得不到生命当下的自在，一心惦念的只是"岭叠风翻涌彩霞"的杜鹃的浓艳，满心欢喜的只有"花穗如烟胜紫鹃"的泡桐的华贵。殊不知，在令人望而却步的山陬海噬之地，在长达九个月漫漫严冬的贝加尔湖畔，却有人怡然自得，孤单地活在独居的世界里却并不感到孤独。

十多年前，读夏丏尊《世间没有不好的东西》，感慨良多：咸有咸的味道，淡有淡的味道；不堪再用的破毛巾好，雨天着木屐跑路也好。一代高僧弘一法师，"所见无不是花，所思无不是月。"这的确是我辈可望而不可即的脱俗的风光。《楞严经》云："心能转物，即同如来。"而芸芸众生如我辈，六尘之人、事、物，合意的则眉飞色舞，贪爱欢喜；逆意的则怒目金刚，嗔恨烦恼——真是愚痴之至，可怜得很！

百味人生才是真正的人生。一年三百六十五日，若天天如同一日，岂不乏味至极？阴雨寡照的冬末，湿冷难挨的江南，为何就不能成为岁月的一段华章呢？此时此地，若闭门塞牖，拥衾夜读，走入诗词世界的话，我将饱览古人千姿百态的生活剪影：既见"红泥小火炉"的温情，又现"凌寒独自开"的傲骨；才尝"风雪夜归人"之千般况味，又品"云结四垂阴"之一怀愁绪。此时此地，若制心一处，参禅悟道的话，我将从立春到惊蛰的江南之时空局限里跳脱出来，豁然洞见"万古如一日""一沙一世界"的本来面目。

一天终有夜深人静的一刻，一生终有曲终人散的一天。身为万物之灵，在一片安宁中，每个人都将迎来审视自己灵魂的那些日子。古人云："爱者终莫憎，憎者不复爱。"从今往后，我当抛却个人爱憎取舍的分别心，以上报社稷、下济黎庶的天下情怀，活出一个云淡风轻、不迷不癫的人生来。

划痕人生里的哲学

　　十年前，我的那辆奇瑞车尚有八九成新。虽只是低端私人座驾，但敝帚自珍，在艰难的创业期间，我对那匹喝油的铁马爱护有加——毕竟，它是陪伴我闯荡大上海时最大的一笔私有财产。

　　一次，驾车出门迎客，主宾谈笑风生，一路如意吉祥。但没想到无常迅速，前脚还春风得意，后脚便乐极生悲。正要收车下马，后排座的客人因过早解锁，车门洞开，接着咣当一声便碰到了车库一侧粗粝的门棱上。待下车查看，门把手附近，二三十道深深的划痕，或长或短，赫然在目。那些新鲜的痕迹像是用拉丝工艺处理过似的，一条条工工整整地平行着，还微微泛着金属的光泽，宛若能工巧匠用砂轮打磨出来的一副印象派画家的作品——蜈蚣百足图！来客骇然，呆若木鸡。我虽然口头上一番安慰，说没事没事，但心里其实已经叫苦连天了。

俗人烦恼三千，而且根深蒂固。奈何当时的我，因创业摧折，囊中羞涩，没舍得去4S店花钱修理，对爱车整容一番。于是乎，在随后的日子里，那幅既刺眼又扎心的拉丝工艺图，让我每见一次就郁闷一回。在日后的风霜雪雨中，那匹纵横万里的铁马品相渐衰，只剩六七成新，且陆陆续续又新添了不少伤痕。只可惜它的主人，腰包始终没有鼓起来——即便日后大发横财，我想我也无意把一辆弃之不惜的旧车再翻修如新。

凡·高的"百脚虫"至今仍留在我的车门上，同时也在我卑微人生的档案里留下了属于它的历史烙印。时间是抹平心灵创痛的魔术师。随着岁月的销蚀，昔日那二三十道新鲜的痕迹逐渐变淡，竟至模糊起来。"视彼桃李花。谁能久荧荧。"它们附着在一辆中古车身上，终成了并不刺眼乃至和谐的存在。不知不觉间，时不时有了换辆新车的想法。也因此，主人与那些昔日的划痕，竟达成了一种默契，成了相看两不厌的老朋友。

难以修复的划痕若出现在心爱之物上，多少是一件令人扫兴的事，甚至让人抑郁，带来挥之不去的忧烦。划痕固然不是好东西，有如射在我们身上的一支箭，但从究竟义上说，只不过是财产损失罢了。然而，芸芸众生如我辈，那颗患得患失的心，却要饱受第二支箭的折磨。我深深体悟划痕人生里的哲学：人若是越在乎某样称心如意的外物，如珍玩、艳色、权力、声誉，越贪着它给自己带来的莫名的满足或快慰的话，那么在这种好坏、美丑、得失、苦乐等分别心的作用下，这个东西反过来就会以同等的力量约束你，让你作茧自缚，不能解脱。

身为出道十余年的文学译者，对于自己的才情笔力，一开始也颇为在意别人虚情假意的赞誉。等到某一天，真有一位"未来佛"跳将出来，说我提交了"屎一样的文字"（原话），恨不能将我凌迟车裂、锉骨扬灰。面对如此恶毒的污蔑，心头似乎平添了一幅敌人赠与的"拉丝工艺图"，让人窝心愤慨，久久意难平。

但我终于幡然醒悟了。在看透四大皆空、无常世相之后，六尘烦恼皆咎由自取，能怪外境之人、事、物乎？实在是世本无事，庸人自扰罢了。赞誉何足喜，讥毁何足忧？面对恶人毁谤，世尊早有开示："如仰天而唾，唾不至天，而堕其面。如逆风扬尘，尘不至彼，还飞其身。"哲人睿语，岂能不令人心开意解？行文至此，我分明也一点一点地朝着荡相遣执、心如止水般的境界迈步，幸甚，幸甚！

"生者为过客，死者为归人。天地一逆旅，同悲万古尘。"连生死之事都得看开，何况纷纷扰扰的处境乎？世间万物，包括这个色身，都是为我所用，非我所有，除了学会主宰这颗心之外，绝不企图掌控其他的一切。占有才算拥有——这是一种根本无明，是欲罢不能的颠倒妄想。道理虽不难懂，可惜凡夫众生如我等，往往贪欲炽盛，拿得起却放不下，只能在愚痴或嗔恨的苦海里挣扎。

杭州灵隐寺内有这样一副对联：人生哪能多如意，万事只求半称心。百年弹指须臾间，抱着"因上努力，果上随缘"，"安耐毁誉，八风不动"的态度过生活，日子会好过得多。这便是我信受奉行的划痕人生里的哲学。

蕅益大师在《灵峰宗论》里说："红尘堆里学山居，风尘何能染人？人染风尘耳。"是啊，一念放下，万般解脱。真可谓："世间多少名利客，不如乡间骑牛娃！"

学理莫弃文

　　2014年夏，6岁的佳佳不得不离开她的出生地上海，去户籍地安徽宿州读小学一年级。我默默含泪将她带离上海。转眼来到2023年夏，佳佳以二十几名的好成绩，从年级四百余人中脱颖而出，被无锡当地最好的高中录取了。我热泪纵横，孩子虽一度时乖运蹇，她却能"报之以歌"，用寒来暑往不懈的努力，为自己迎来了该有的公正。

　　转眼间，高一下学期要分文理科了。

　　佳佳爽快地接受了上两辈人的建议，决心学好选定的理化生，做一个经得起职场检验的标准的理科生。和大部分同学一样，佳佳被分到了理科班！这打破了寒舍第三代人仍以文为生的魔咒，真是可喜可贺的好消息。分班后没多久，佳佳神神秘秘地偷偷告诉我说，因为遇到了好老师，物理最近也学出了味道。我着实为她的可塑性高兴了很久很久。我一直给孩子打气，坚定她学习理工的基本盘，但自己却暗地里为她弃文从理感到好几分自责和难过。

明明一个文科的好苗苗，却不得不弃文而学理，这也许只是上一辈人因平庸、短视而与时代妥协的结果吧。我也许犯了经验主义错误，忽视了时代会因科技的快速发展而诞生种种始料未及的新业种；我也许还犯了唯利是图的实用主义错误，忽略了当代人的精神痛苦多半来自人文涵养之不足，而非维持生存的柴米油盐之匮乏。哎呀呀，为什么我非得把"有个单位就业，能养家活口"等等传统窠臼强加在新一辈人的身上，使之成为孩儿们人生的第一要义呢？毫无疑问，我因剥夺了孩子想学文的初衷，从而推测她日后几乎不可能像我一样，有如此闲适的心境和充裕的时间，在人文学科和人文精神里长期浸染，收获种种至高无上的心灵幸福。我也因一言堂的家长制作风，基本抹杀了她日后过上墨香扑鼻、文思如缕的儒雅人生，或浸淫于传统文化之核心价值的诸多可能。

世间安得两全法？我想了想，也许真的有！那就是学理莫弃文——以理讨生活，投入与产出比相对有保证；以文长精神，避免沦为产业流水线上可悲的器物——这是我对两个女儿发自内心的忠告。

理论上，我虽然有不把学理置于优先选项的种种理由，但对于那些将生命奉献给科技的牛人们，有一点是我想为他们大书特书的。那就是由理工科促成的信息技术的到来，为古今中外人文精神的交流和发展奠定了永恒可靠的外部环境。孕育人文精神的这片沃土的诞生，极大程度上是科技赋予的。

孩子弃文而从理，我之所以自责和难过，是因为若只从个体的生命伦理的角度考量，学理唯一的憾事，就是在不知不觉中被剥夺了本该学文的时间、环境和权利。文理之分本质上不过是社会分工导致的一种内在需求罢了。一个缺乏人文自我教育精神的理工男（女），极容易丧失对人性做深入研究的机会，和对社会整体架构运作逻辑的深刻认识，从而心甘情愿地沦为任人摆布的器物且不自知——简单讲，就是你总是在做别人希望你做的事情，而非你自己真正想做的事情。"劳心者治人，劳力者治于人。"言之凿凿，确可信据。时至今日，孟子的话依然一针见血地道出了世相之本质。

文也好，理也好，若其终极目的不是让人获得自由、幸福和尊严的话，一切皆成空谈或戏论。在探讨中国高度发达的古文明为什么没有孕育出现代科技这个话题时，我深以为然的还是古圣先贤对奇技淫巧（对科技的最初称谓）的一种不屑的态度。这种不屑的背后自有其深刻的中国古代哲学思想作指引，那就是古人强调"天人合一""道德至上"，注重人的内心修养和社会伦理。古圣先贤们似乎提前预料到了科技发展的最终结局——以当前 AI 最前沿的科技动态来看，那就是机器越来越像人，人越来越像机器，而这才是真正令人感到悲哀的。

学理莫弃文，文理应兼修。在这个共业所感的世间，个人很难做到离群索居，独善其身；然而，只要和人打交道，就会出现种种痛心疾首的问题，生命的困惑就在于此。与人不即不离，学知识亦理亦文，在有限的生命中，这是我还能想到的保证身心平衡且与时俱进的最好办法。

第四辑

序跋书评篇

种瓜得瓜

种豆得豆

《左岸春风　右岸芦苇》跋

正国兄好，见信如晤！

"良工锻炼凡几年，铸得宝剑名龙泉。"仁兄自选诗文集《左岸春风　右岸芦苇》，可谓十年磨一剑，怎不令我赞叹欢喜？大作付梓在即，如同待字深闺的处子，花容月貌且兰质蕙心，在读者诸君开卷赏读的一刻，我谨向读者朋友及作者本人，献上我深深的敬意和美好的祝愿……

时针拨回到 1996 年 6 月。我们都不会忘记，当时有一大群年轻人——这当中要特别提到的一位，自然是来自大洋彼岸耶鲁大学的高才生托马斯先生——正在太湖县二祖山（狮子山）上寻幽探胜；伴着二祖圣迹，我们抚今追昔，笑语欢歌。往昔一幕，犹历历在目，然岁月无痕，廿载光阴，弹指间竟已归于无尽的虚空矣。

《寂寞》，是略显青涩的你早期的一首佳作，却在这本集子里寻不见它的踪影。"……寂寞是沙滩延伸的无边洁白，寂寞是群山迤逦的巍峨黑影；寂寞是野村幽巷的犬吠，寂寞是松间清泉的流响……"要知道，诗中你那些二十出头时灿烂的情丝，以及在居中排版时该诗呈现出的"X"形视觉效果，早已与我的青春元素化合。《寂寞》好似一条可以回溯到历史时空的时间隧道——因为我常在我幽居的窗前，枕一怀寂寥的心绪；我要插上想象的翅膀，沿着那飞越至今的人生轨迹，逆回去寻访昔日的青青子衿，并与山居岁月时的那位可爱的年轻人，谈玄说妙，纵论古今。遥想当年的我，正是借翻译这类文字，磨炼了文思，张扬了个性，把浪漫青春与流金岁月，镌刻进了自己的人生长河，化成毕生最珍贵的记忆。

你在《兰》里写道："继续对这个世界/深深地爱着/也厌倦着。"我们的童年虽然物资匮乏，却不妨碍它的美好，而今生活富足，却倍感压力、躁动不安。人生不满百，常怀千岁忧。放眼世界诸多世纪，情况亦不乐观。艾略特在《荒原》中慨叹："世间繁华锦簇/我们的内心/却日渐成为一片荒原。"徐志摩借《哈代》抒怀："八十八年不是容易过/老头活该他的受/扛着一肩思想的重负/早晚都不得放手。"古今中外，诗人们或忧国忧民，或独自彷徨，那颗苦闷的心，概莫能外。不难看出名流大家尚且挣扎在心灵的苦海，渴望破迷开悟，转凡成圣，更何况我等实无多少见地的凡夫们呢！

如君所言，本诗文集中的"春风"代表着浩荡的诗意，"芦苇"代表着低首的沉思。综观全书，既有体现诗歌艺术的精致典雅与幽幽深情，又有对哲学、美学、社会学等诸领域的深思善察与真知灼见。不但有"我离春天很近/却离母亲很远/她远在天边/远到今生无法相见"这类令人叹惋动容的《在清明》；更有让我感到十分欣然的禅机妙语。夏丏尊为弘一法师《华严集联三百》所写的序言中有云："微生虫到处可去，只是火里不能去。众生的心到处可缘，只是不肯朝般若上缘。"但我还是读到了《游海会寺》中的"一首首禅偈/穿过晨钟暮鼓/照破山河万朵"。尤其是当我读到《月亮》的时候："月亮看见了这一切/月亮又闪进了云层"，我不禁暗想，这意象背后譬喻的难道不是如如不动的"真如自性，涅槃妙心"吗？这不正是"照见五蕴皆空"，"本来无一物，何处惹尘埃"的大般若智慧吗？

读你的"一日一悟"，让我想起了一句诗："心事浩茫连广宇，于无声处听惊雷。""一日一悟"乃仁兄平日心灵的修行，其中的心得与感悟可圈可点之处甚多。透过这些文字，我清晰地看到，这些年来，仁兄除博闻广识，文字功夫日臻圆熟之外，那颗诗人独有的敏感、执着与多情的心依然如故。"一日一悟"当中多有反躬自省的成分，这让愚弟在自叹弗如的同时，亦生出了十二分的敬佩之心。

我们显然不是在广场舞中靠扭腰摆臀便能心满意足的一类众生。人到中年，汲汲营营、求名求利的心也渐行渐远。仁兄既然生自禅乡，根器锐利，善根深厚，当继续保持一种"无望其速成，无诱于势利"的心态，不负今世因缘，穷毕生心智，把分秒的时间兑换成有价值的文字，将笔下的诗文幻化成异彩纷呈的琉璃世界为要。请相信："桃花红了/芦花白了/姑娘嫁了/燕子飞了"，仅仅是靠这些浸润着无常之感伤的纯美意象的巧妙组合，就能化腐朽为神奇，虽立于平淡无奇之此岸，却能触及幽深玄妙之彼岸，令人在诗情画意中回味无穷。

画幅岂能换良田？

貂尾岂能狗尾延？

不为生前多挣几个钱，
也不求在爱戴中长眠。

哭着走向，自己的里程碑，
你是撒蹄自奋的那匹乌骓。
笑着走向，自己的金奖杯，
你是如醉似醒的那朵花蕾。

顺祝兄台及家人，身体安康，吉祥如意！

建　军

2016年5月27日，写于无锡洋文居

愿你心中常驻芳华

我的案头又新添了一本厚厚的诗集——《坐看云起时》。加上四年前的诗文集《左岸春风　右岸芦苇》，诗人何正国，一个吹着或悠远苍凉或细腻恬静的箫曲的歌者，让我这个昏昏昧昧过日子的人，像哈默尔恩捕鼠人的传说里描写的那样，身不由己跟着他的魔笛，穿行在幽深的江南小巷，寻觅着诗人珍藏在这里的长长的秋天的背影。

借妙手偶得之佳句，"坐看云起时"是整本诗集的点睛之笔，有统括前后五辑之意韵，突显主题色调之功效，不得不说，实乃一块灵通的宝玉！

文如其人，此言不虚也。品读正国的作品，你会发现他是一位蛰伏在都市钢筋水泥丛林里的"湖畔派"诗人（Lake Poets）。他心中的那座湖，自然不是定居之地叫天鹅湖的那个局促一隅的人工湖，而是诗人故乡的那座重峦叠嶂，烟波浩渺，百分之百原生态的山湖——花亭湖。当然也是赵朴初先生1990年返乡，挥毫写下"千重山色，万顷波光"的那个花亭湖。

百闻不如一见。我曾先后三次，每次相隔数年，从花亭湖大坝乘船，沿主航道上溯20公里，直达牛镇镇（北邻岳西县），见证了诞生诗人并孕育诗歌的那片热土。山一程，水一程，在水面绵延数百米到数千米不等的湖面两侧，随船退去的是云气千峰，松声万壑；水一程，山一程，迎船奔来的是孤岛点点，庙宇重重。在这碧绿的柔波里，啊——，我也甘心做一条招摇的水草！如此湖光山色，绝妙江南，怎可能不是一方人文荟萃的圣地呢？古诗为证："苍茫古路树栖鸦，此地曾停李杜车（chā）。"这里曾是李白、杜甫造访之地。这里还是写下《采莲曲》的近代诗人朱湘的故园。

《坐看云起时》，随便翻开一面，见一首题为《风吹河岸》的诗，朴实无华，寥寥数语，渲染出道不尽、诉不完的人生况味：风、河岸、梅花、棠棣树、积雪、归舟、桨声，还有寂寞的山水，长眠的母亲和诗人的白发。这算不算得上是一怀愁绪，悠远苍凉的箫曲呢？这类浸润着无常之感伤的歌吟，特别让人钟爱。

风吹河岸的时候/故乡的梅花次第开了/是谁站在岸边的棠棣树下/遥望远山的积雪/与天际的归舟/桨声欸乃/吵不醒寂寞的山水/也吵不醒长眠的母亲/在暮色中归来的游子/忍不住深深叹息/风，吹落了几朵梅花/也吹白了他的头发又一首《乌桕》，托物言情，苦楚人生，哀婉凄切，有异曲同工之妙。

　　稻谷已经归仓/风穿过田野/一树挺立的乌桕/独自擎起/这深秋的火把/多么热烈的火把啊/它照亮了村庄/照亮了炊烟和河流/也照亮了/母亲在故乡山坡上/沉默的眺望/照亮了我隔世的/思念与忧伤

又一首《落日》，大有"一语天然万古新，豪华落尽见真淳"之慨。虽满纸白话，却能把意境写得那么深沉，其四两拨千斤的创作技巧让人折服，想必是诗人灵光乍现，心中深藏的珍品吧？

　　那天我酒喝多了/在路上遇到一轮巨大的落日/我忍不住抱着落日哭了/当我跟跟跄跄地回到家/把落日交给母亲/母亲说，这是一个大南瓜呀/我挠着头傻傻地笑了/醒过来才知道是一个梦/母亲去世许多年/只是我喜欢望着落日发呆/把落日想成母亲的南瓜/想象母亲抱着大南瓜/缓缓地走在落日的光影里

随便再翻几面，见一首《劈柴》。此作通过反复手法，直抒胸臆，渲染出浓浓的故园之恋，唤醒了"70后"一代山居岁月的回忆。这里有童年世界的欢愉，双亲膝下的温馨，也有农耕乡土文化与商业都市文明之间不可调和的情感矛盾。这算不算得上是昨日重现，细腻恬静的箫曲呢？

　　哦，劈柴，金色的劈柴/私藏阳光，从森林失踪的浪子/在父亲的斧头下尖叫的劈柴/在母亲的灶膛里嬉戏的劈柴/在老家的门外垒成一垛墙/把寒风与大雪生生挡住的劈柴/哦，劈柴，童年的劈柴/在我梦里熊

熊燃烧的劈柴/给我一堆劈柴吧/我可以抵抗整个冬天/还我一堆劈柴吧/我要回到亲人膝下的春天

又见截句一首，笔触细腻，挥洒之间，营造出恬静之美，有同工异曲之妙。

风在什么时候最美啊/是它撩起恋人的长发/是它掀起金色的麦浪/还是它转动向晚的风车？

"仁者爱山，智者乐水。"英国湖畔派诗人寄情山水，讴歌大自然，通过缅怀中古的淳朴静谧来否定城市文明的汹涌大潮。其中，华兹华斯的诗句"生活要朴素，情操要高尚"（plain living and high thinking）成了牛津大学基布尔学院的格言。有别于诗人们隐居的昆布兰湖区的是，我30年至交正国兄的故乡——安徽省太湖县花亭湖，除了是国家级风景名胜区之外，还是沐浴着佛光的圣土，有着"中国禅宗发祥地"之美誉。早在1996年6月，我和诗人就一起拜谒过断臂求法的慧可禅师建在狮子山上的二祖禅堂。"山光悦鸟性，潭影空人心。"倘若有那么一天，钟磬铮铮，梵音袅袅，当你伫立在西风禅寺院落的某处，朝碧波荡漾、云霞满天的花亭湖放眼望去时，一定会喟然长叹，并心生艳羡——想生息在太湖这片土地上，真是非大福报之人不可得也。

受"刹那即是永恒"禅学思想和"贤人尚志，圣人贵精"老庄哲学的影响，毫无疑问，王维、苏轼这类人物是正国诗歌创作的精神导师。《终南别业》咏曰："中岁颇好道，晚家南山陲。兴来每独往，胜事空自知。行到水穷处，坐看云起时。偶然值林叟，谈笑无还期。"名篇赏析大多是这样定义诗人的形象的：摩诘居士如同一位不食人间烟火的世外高人，他不问世事，独以山水田园为乐。他闲云野鹤，不刻意探幽寻胜，却能随时随处领略到大自然的美好。诗佛是一个精神自足且得大自在的人，他承继了魏晋遗风，飘飘然虽不像刘伶鹿车载酒之狂放，却欣欣然颇得陶潜田园归隐之清逸。他诗意地栖居在终南山的山脚下。在《坐看云起时》这部诗集里，与上述"天人一体，自在解脱"之境界如出一辙的代表作有《在山中》等。

在山中，我喜欢站在高处/眺望尘世的低与远/鹰从我头顶飞过/云朵的阴影落在我脚下/宛若莲花初绽……/在山中，我亲近草木多于人群/我倾听天籁多于人声/松鼠是我的近邻/萤火虫为我照亮回家的路/……/在山中，如果有一场大雪/我就会轻掩柴门/一坐就是一个下午/一睡就是一个冬天/一梦就是千年

正国爱诗，写诗，这是他与生俱来的天性。痴其艺者技必精。如今，观其半生行迹，诗人应该是偷喝了赫利孔山间的甘泉，早早就把缪斯的种子埋在了心间。究其原因嘛，一是故乡山水铸就了他的诗心，一是钢筋水泥的都市丛林激发了他的创作欲。于是，一个栖身闹市却心怀山湖的"独觉诗人"就这样育成了。一股清风，一阵大雨，一声惊雷，一道闪电……大凡自然赐予的东西，没有一样不能落入他的笔端。一丛杜鹃花，一株兰花草，一片火烧云，一天流星雨，无不让他"寂然凝虑，思接千载；悄然动容，视通万里"，那些带着魔力的诗行定然是他苦心孤诣的结晶。天因无情天不老，人缘有情情难绝。写诗对他来说如同抚琴，他借此打开千千心结；消解渐行渐远的故乡和童年留给自己的淡淡哀愁。

诗歌是文学皇冠上最古老最璀璨的明珠。愿诗人青春不老，心中常驻芳华！

我的"常回家看看"

——读《住惯了的村子》

　　世间有很多好书，多到读也读不完，于是只能挑拣有限的几本——因为是自己真正的所爱，所以会像宝典一样地收藏、品读和回味。我的枕边书并不多，但世磊兄的这本《住惯了的村子》，就好像是专门为我写的一样，睡前醒后，常常翻看几页，闲来无事，也会扫上几眼。

　　作家余世磊是安徽太湖县人，他于8年间零零星星写下的这本集子，共120篇，30万字，2008年春面世。《住惯了的村子》系作者第二本散文集，因内容丰富，文笔优雅，也是我品读得最多的一本。太湖和岳西山水相依、人文相近，如同打断骨头连着筋的一对孪生好姐妹，所以说，翻阅世磊30多岁时写的这本集子，就成了我的"常回家看看"。

世间教育如果只限于坐在教室里听老师讲课，那就真的太悲哀了。铸造一颗丰富灵魂的，如诗人的激情，画家的意境，音乐家的灵感，书法家的唯美，往往都源自山川草木、日月星辰这些纯大自然的东西。如若不然，世人怎能读到像"我仰望群山的苍老，它们不说一句话……"看似一杯白水，意境却优美到令人窒息的诗篇呢？拜伦《无径之林，自有清欢》一诗有云："我不是不爱人类，而是更爱大自然。"

翻开《住惯了的村子》，你会由衷赞叹作者对大自然细致的观察、入微的描写。《地气已动》《山中清凉》《腊月皇天》《停在电线上的鸟儿》《标在田野上的小逗号》《伞一样的南瓜花》，光是看一眼这些情趣盎然的文题，即令人欣然而往之。待翻看正文时，妙语绝词，俯拾皆是；乡间野趣，跃然纸上。正如应用科学家离不开实验室，你能让一位作家不拥抱大自然吗？歌德《自然与艺术》诗云："自然和艺术，像是互相藏躲，可是出乎意外，又遇在一起……只要我们用有限的光阴，投身艺术而全意全心，自然就活跃在我心里。"（冯至 译）世磊在《后记》中写道："我有整整17年是在家乡那个四面环山的小山窝里度过的。"所以说，今天能读到《住惯了的村子》，要拜为艺术而投身大自然的作家所赐。

让人心静的文学是高贵的文学。所谓心静自然凉，心远地自偏，借助高贵的文学，我们得以从躁动的俗世中暂时脱身，轻松一阵子。世磊的文字是随性的，是柔和的，更是安静的，符合传统散文形散神聚、文质兼美的标准。比如说，《辣椒树上挂红灯》第三段，颇有一番摄心的力量，像一股和煦的春风，放飞了读者的想象力，让我们紧跟着他的文笔往前走。

有多少盏红灯笼，照彻了小小菜园。那是怎样一种亮丽的光芒！仿佛涂上一种红颜料，通红，鲜艳，凸现出闪闪亮光。我在乡下做漆匠的表哥，手艺不错，但他绝对调不出这样的色调，也涂抹不到如此均匀、光滑。那是怎样一种奇异的光芒！狂风吹不灭，大雨浇不熄，且有着一种极其强大的穿透力，从菜园一直照到我家，照到未来的许多日子。

我尤爱世磊的语言。他擅用短句，常常三字一停，五字一顿，读起来韵味十足。他擅长粗笔勾勒，也精于工笔细描，灵动活泼的文风，偶尔还夹带着几分俏皮。所写人、事、物又是熟透了的山乡生活，所以他能如鱼得水，鹰击长空，练就了一身把死的说成活的、把土的说成洋的看家功夫。仅仅是《一湾清溪绕屋流》就有很多量词用法让人耳目一新，如：一蓬毛竹、一畈好田、一排跳石、一道石堰；还有准确的动词用法，如：（猫）拱开一道缝、沸水冲入茶杯；颇具创意的新词新语，如：溪床、蟹沫、簪花猫、一芽莲蕊、二芽旗枪、三芽雀舌；非常专业的用词，如：打碗花、败酱草、乌桕树菇、汆一遍；以及言人所未尝言，言人所不能言的可以申请专利的好句子，如："大小均匀的四条丝瓜，就是一首绝句。长短不齐的一把豇豆，就是一阕好词。"上乘的语言是成就一名作家的基本要素，世磊30岁时在这方面的天赋已有充分显露。国内很多二三流作家，之所以被沃尔夫冈·顾彬等汉学家所诟病，根本原因就是"语言差"这三个字。难怪世磊很多短小精悍的散文，常被选作现代文阅读的考题，出现在中学语文试卷上，如：《山月曾是旧时友》《村路怎能不弯呢》《我们村里的风》《坛坛罐罐》等等。

《住惯了的村子》是文学的一方净土，让人泛起无尽的乡愁。寒冬腊月，夜深人静，我常泡一杯红茶，展开折叠小桌，横架在被窝上，然后查看目录里爱读而未读的篇什。书中所述山川形胜、风土人情，岂非吾久别之故园乎？作家笔下一草一木、一言一语，唤醒了我的童年印记，怎叫人不"思往事，愁如织?"然而，如何解决"农村空心化""文化荒漠化"等诸多棘手的三农问题，已成为新时代的奋斗目标。所幸的是，作家余世磊兄未雨绸缪，捷足先登，他用他的一颗文心、一支文笔，在艺术的世界里为我们留住了炊烟，锁住了乡愁。我因此图懒省事，拿起《住惯了的村子》，就能常回家看看。

《生活启蒙：国际安徒生奖获奖作家导读》序

　　人一生中最富有感受力的时期，莫过于心地清纯的幼年和少年时代。

　　小时候的一次出门远行，一个陌生客人的到访；严冬那悬垂在屋檐下的冰溜子，盛夏那停歇在青石板上的红蜻蜓；还有小河水面上那波光粼粼的日辉，山洼树林里那暗香浮动的风吟，无不曾是我们心灵里最深长最质朴最纯净的记忆。孩子们享受着阳光和雨露，有如春日的飞燕、秋日的鸣蝉。豆蔻年少时的心啊，那真的是丝丝清凉，坦坦荡荡。造物主将至真、至善、至美、至纯的快乐和情感毫不吝啬地赏赐给了童年！

　　长大步入社会后，我们逐渐迷失在这个光怪陆离的人世间。酒精、尼古丁弥散在身体里，麻将、手机给双手戴上了镣铐。在残酷的生存竞争中，我们有意无意都在做些伤害"清净的自性"的事情，我们再找不回那纯净的持久的童年至乐了。

　　佛学中有"本我"这个术语。"本我"无贪无嗔亦无痴，我觉得这个词触及了儿童文学的价值内核：纯真、纯善、纯美。若论及儿童文学对儿童和成人的意义，我们只需要好好内省透视一下这个"本我"就好。"本我"去哪里找呢？禅定固然是高深莫测的方法之一；但对我们世俗大众来说，却另有一个方便的法门可循——那就是阅读经典的儿童文学著作。若常有真善美的那道圣洁的光芒照彻我们的内心，我们自然会反观灵魂当下的处境。

　　我们不难发现：真善美更多隐藏在大自然里，需要的只是一双明眸善睐的眼睛、一颗敏于觉察的心灵去发现它们而已。我在翻译奥地利女作家克里斯蒂娜·涅斯特林格的《矮个子先生》时，感受最深的还是原著中描写的日落景象和高山自然景观的那几段优美的德文。黄昏时分紫罗兰色的天空，壮丽的日落，不停变换的大自然的光与影，译者的心也紧随小说中那些徜徉于大自然中的角色们，一起置身于高山草场上的各种植物、砾石和小径之间。品味着那些对大自然细致而精彩的白描，油然而生的是一种对六根清净的儿童世界的向往，对澄澈无染的心灵的追寻之情。这何尝不是儿童文学作品不可思议的艺术感染力的体现呢？

　　经典儿童文学能让迷失的现代人很好地发现"本我"，拥抱"本我"，让人返璞归真，长养一种慈悲济世的情怀，体味纯净的心灵之乐。儿童文学是南极千里冰封的世界，是西伯利亚郁郁苍苍的大森林，它又是丽日下绽放的一朵小花，是暗夜寂寥的一颗星星……儿童文学是一个神奇而自足的世界，它独特的创作空间和艺术魅力是不可替代的。

新中国成立后本土作家对儿童文学的创作自然功不可没，但当我们置身于世界儿童文学的大花园后，祖国的儿童、青少年读者以及儿童文学作家们，就会面对一个更广阔更多彩的世界。

在此，我要特别感谢良师益友张公善兄，他对荣获国际安徒生奖的世界儿童文学读本做了精心的梳理、点评和推介工作。他的确是一个非常用心的人！我相信他精心编纂的这本导读书，会让读者朋友对儿童文学有更深一层的认识，对"看什么、怎么看"有更准确的把握。此外，对那些研究安徒生文学奖及获奖作品的专家们来说，这本导读无疑会成为他们的一份珍贵资料。

噫嘻，耕耘于儿童文学园地，善莫大焉！是为序。

赵建军

2014年国庆节，笔于上海洋文居

《生活图谱：国际安徒生奖获奖画家绘本鉴赏》序

美国画家惠斯勒有句名言：画幅是不能用田亩来丈量的。

我是在中学时代看过丰子恺先生的一幅漫画之后，才真正理解这句话的含义的。漫画上的题字：人散后，一钩新月天如水。记得当时我对着这幅小小的画作长时间地发呆；目睹新月如钩，夜色如水，我对景伤情，又浮想联翩。彼时的我，心变得那么柔软，那么多情，我体味着人走茶凉、世事无常的惆怅，又期待着江南落花，旧友重逢的温情……就是这幅寥寥数笔的小小画作，让我第一次体会到了画中珍品所蕴含的非凡魅力。

　　大家常把美好的东西比喻成琴棋书画诗酒花。这些往往都是正能量的代名词，于个人则可以怡情养性、净化心灵；于社会则能够敦睦教化、启蒙利导。以儿童为主体受众的图画书——低幼绘本也好，配插画的儿童文学作品也罢，如果其图文内容没有求真、向善、唯美的力量，没有开启心智、昌明正义的光芒，没有款款情深的人性，没有直指人心的艺术魅力的话，那么无论它出自谁的笔下，都会因为经不起历史的检验而最终遭人唾弃。大浪淘沙，真金火炼，我们会发现，真正具有不可思议的艺术表现力，恒久放射着奇异光辉的旷世之作，总是凤毛麟角，不可多得的。因此，多多阅读和借鉴世界一流作家和画家的文才与画笔，对图画书的版权引进、翻译出版、书评推介、亲子阅读、理论研究、新书创作等各环节都大有裨益。

　　在当前"唯竞争是从"的时代大环境下，我愿每一个孩子要珍藏好当下的这颗温柔多情的心，以期从毕生都保留这颗心的人们当中，能走出几位世界一流的插画家或儿童文学作家。山要青，水要绿，天要蓝，海要碧，你看，一切不得不回归到它本来的自然状态；而今天一个个灿烂如花的孩子们，除了科学知识的追求之外，更要通过文学艺术与传统文化的熏陶，培养成明天有平等心、同情心、羞耻心、忏悔心的新一代温柔敦厚的中国人。在此，我衷心祝愿或本土创作的或海外引进的高质量的图画书能广结善缘，广种福田，为中国和谐社会的早日实现，奉献它的一份力量。

　　在图画书的翻译出版、研究推介、图文原创等诸多领域，我特别推崇一种"工匠精神"。拙译《爆漫王》中的那些日本青年漫画家们，为画出世界一流漫画而表现出的那种孜孜以求的探索精神，与志在必得的豪迈气概一直深深地打动着我。大凡创造性的劳动，卓尔不凡的艺术，都是具备了匠人精神的优秀工作者才有望取得的。唯有甘愿牺牲个人利益，只为卓越而奋斗的一大批匠人们的出现，国产图画书才有望对祖国儿童以及世界儿童的成长做出它应有的贡献。

《生活启蒙：国际安徒生奖获奖作家导读》之姊妹篇即将付梓，公善兄及他的高足们劳苦功高，令我敬佩。愿此续作，与前书广为流通，言必饶益。承蒙贵兄抬举，令余作序，一时间诚惶诚恐；只好写些不知深浅的话，连缀成篇，聊以为序。

赵建军

2016年3月10日，笔于无锡洋文居

古典风情比幽兰，人书沁香两芬芳

——蒋华与他的《轻风花满檐》

2013年5月，诗人朱湘的故土——安徽太湖熏风习习，正值春归难觅的季节。为了参加在这里举办的首届朱湘学术研讨会，我从上海远道而来。让我没料到的是，这次太湖之旅，我将亲眼看见一位才华横溢、激情澎湃的仁兄——蒋华。

记得大会第一天当晚，同来参会的一位戴着眼镜、细瘦挺拔的老师忽然来到我和张公善兄的房间。还没闲聊几句，话题便切入了古典文学。不知不觉中，谈话的主导方便落在了这位仁兄身上。只见来者气场十足，如数家珍般地谈起中国古典诗坛的风流人物。他滔滔不绝的口才，慷慨激昂的气势，给人一种"古今多少事，丘壑尽藏胸"的感觉。我一时变得凝滞起来。但见眼前这位尚不熟悉的来客似乎把自己变成了舞台中央的一位诗歌朗诵者，他忘情地背诵着一首首古典诗词，整个人完全沉醉在自己的文学世界里。此刻的他，说是诗仙附体也不为过，我和公善兄都用十分赞赏的眼神看着他……腹有诗书气自华——这便是蒋华兄留给我的最初印象。

会后一别，五年多的光阴倏尔远逝，我和蒋华之间仅限一面之缘，平时的联系少得可怜，不过这个对文学如此痴迷的人的昔日印象却深深刻进了我的脑海。蒋华的心灵好像一直都沉浸在秦时明月汉时风的淡淡幽情里，他是我见过的在气质上最接近于诗人的一个人。事实也证明，在他发表的近千篇作品中，诗歌占了300余首。人到中年，对文学的挚爱却有增无减，这是难能可贵的一件事。无怪乎近日收到他的大作——《轻风花满檐》，文如其人，呈现在眼前的是一片原生态的茂林修竹，处处流露出一位文人雅士的志趣爱好，以及对文学没有丝毫矫揉造作的真性情。这几日，初冬的无锡的夜晚寒气逼人，我索性钻进被窝，拥衾而坐，就着床头散淡的灯光，把这本散发着浓郁的古典风情的佳作细细品读到深夜。以文会友，纸上再相逢，古典文学带来的快慰，在阅读中一点点地享受到了。

《轻风花满檐》何以在我的眼中有这么高的地位呢？我想从如下四点，谈一谈我的读后感。

首先，作者是农学出身，他本该承包土地，或栽种或养殖，赚它个盆满钵溢才是正道……然他却30年一心侍文，不为名利，只因对古典文学的一股子不灭的真性情而沉潜其中，这种治学精神无论如何是最折服我的地方。书中写他在一个叫贾桥的偏远小镇度过12个皑皑白雪的冬季，这一节尤为感人。孤守在那里的作者如同一个隐者。"严冬的傍晚，我裹紧围巾，踩着吱吱作响的冰雪，去站外小菜地摘几片白菜叶，回来在电炉里和着盐水煮……就着烈酒，……一口一口地慢慢将一个又一个漫长的冬夜啜暖在心头。"由此，他把自己当年的处境和林教头风雪山神庙的场景自然联系起来。草料场的老军……来接班的林冲……还有壁上挂的可以用来盛酒的大葫芦——酒虽为佛家戒物，然而在真正遁入空门之前，怎忍心让一个孤寂的诗人冬天不饮酒呢？……读到这样的文字，稍有人生阅历者，都会掀起"寄蜉蝣于天地"的凄怆的情感共鸣。

其次，从语言学的角度看其遣词造句基本功，蒋华兄实乃一悟性极高之人。书中难免偶有疏失错谬之处，但整体上看，瑕不掩瑜，其驾驭文字的功夫既有体现斐然文才的一面，也有在语言基础知识上练就的扎实功底的一面。蒋华的文字简约、灵动，行文中屡屡蹦出非常鲜活的用词，让人耳目一新，拍案叫绝。作者自谦非科班出身，然而科班中文系研究生毕业者多只是文凭显赫，真正百炼成钢、炉火纯青，能以文笔服人者百人中不过三五人众。我从不怀疑的事实之一便是：语言功力的养成，从来只和积累锤炼语言的时间成正比，和科班不科班并没有必然联系。科班只是一个假名安立，"科班者，既非科班，是名科班。"三十年专此一域，才是真正意义上的科班吧？一边是涵泳于古典文学的雄关漫道，一边是发表近千篇作品的坚实脚步，假科班的人对此只有汗颜的份儿才对。急功近利之徒多招摇撞骗，障人眼目，虽然在名利场中钻种种空子，但文学的王冠从来只垂青那些一盏青灯伴古佛的老老实实的修行者。

再次，蒋华在古典文学方面下的功夫显然不是泛泛阅读完百十本名著就画上句号的。为了写成一篇翔实的文章，我们不难看出他平时就养成了搜集和运用基本素材的习惯。对某一诗文作品或历史人物的相关材料，他精挑细选，集腋成裘，将诗词掌故融为一体，以史带论，为读者提供了广阔的阅读视野和丰富的知识内涵，这是作者的文章显得厚重与专业的原因。蒋华善于引用——他会打破时空局限，或魏晋民国，或塞北江南，相关例证信手拈来，采百家花，酿自家蜜，所以他的文章如百川归海，如花团锦簇。开卷之首的《张旭的墨香和酒香》一文写了八面，条理分明，知识性强，我们不但看出作者对张旭其人的掌故的熟悉程度，也仿佛看到他与张旭在各自的艺术之巅心有灵犀、心心相印的痕迹。难怪作家余世磊兄赞叹《轻风花满檐》是一部"非同一般，见真功底"的佳作。

最后，借此书评，解密暗藏在编纂过程中的一个秘密。《轻风花满檐》全书札记在编辑房国贵老师的精心策划下分成了五大部分，并分别引诗将书名藏于其首：轻寒细雨情何限（秦观）：诗人札记；风吹仙袂飘飘举（白居易）：诗词札记；花自飘零水自流（李清照）：名著札记；满目山河空念远（晏殊）：文化札记；檐流未滴梅花冻（郑板桥）：读书札记。另外，读书札记部分虽是篇幅不长的短章，但读起来也趣味盎然。《中年读书身满月》《望书止渴》《书卷多情似故人》《拥书听雨》等篇章，仅仅是题目就吊足了读者的阅读口味。蒋华是一个名副其实的读书人。在《望书止渴》中，作者自叹爱读书却买不起书，只能翻阅旧书，靠精研取胜，并举了怀素和尚在芭蕉叶上练字"池水尽墨"的例子，说明造诣之有无，主观努力远胜于客观外在条件的朴素真理，令人颔首称道不已。

"书生意气，挥斥方遒。"——这是我评价蒋华和他的大作《轻风花满檐》时最想说的一句结尾赞词。从他的治学精神和方法中我发现了自己的诸多不足，也愿这位良师益友此后会走入更多学人的视野，愿天下每一个挚爱古典文学的有缘人，都能从他的身上获得一些启发和教益！

偶遇一颗慈悲救世的柔软的心灵

——评纪实文学《让我陪你重返狼群》

　　记得在大学的美国文学史课堂上，我们学习过艾米丽·狄金森的一首诗——《假如我能弥合一颗破碎的心灵》。诗云：假如我能弥合一颗破碎的心灵，我就算没有虚度此生；假如我能为一个痛苦的生命带去抚慰，减轻他的伤痛，或让一只弱小的知更鸟，回到它的鸟巢，我就算没有虚度此生。

　　常言道，救人一命胜造七级浮屠。这个世界上不乏有着菩萨心肠的人。《让我陪你重返狼群》的作者——李微漪女士凭借一颗真真切切的众生平等的心，堪称是艾米丽·狄金森诗歌精神的实践者；在求真、向善、立美的人类精神文明的家园里，她的善心与善行新添了一个真实而动人的故事。这个故事概而述之就是：目睹濒死狼崽，救崽回家养大，促其野性发展，最终复归狼群。故事一开始，"狼妈"从死神手中夺回了一条生命，然而这条在常人眼中可生可死的生命一旦托付给李微漪之后，则绽放出一朵展现伟大母性的绚丽之花，读后令人为之动容。父母之爱子，则为之计深远。出于对一个生命的敬畏和挚爱，在几百个日日夜夜里，作者与狼同生共死，为了让这条生命神话般完美地回归自然，作者真可谓煞费苦心、九死不悔。这究竟是一种什么样的力量，才能使之成为一个真实自然、合情合理的故事呢？我给出的答案是：这是母性的力量，这是慈悲的力量！

纵观全书，《让我陪你重返狼群》给我留下如下几点深刻的印象。

一、作者以纪实手法，通过对一头狼从幼崽到成年的诸多细节描写，以及人狼之间诞生的真实感情的记述，再一次颠覆了我们对动物世界的传统认知。在中文语境中，"如狼似虎"这个成语基本上确定了狼和虎是绝对凶残的动物。我早年看过泰国曼谷寺庙里僧人饲养老虎，人虎和谐共处的报道，对世界上存在通人性的老虎一事半信半疑。现在看来，作者笔下"格林"这条特殊的狼，颠覆了"狼子野心"这个成语，那就是，慈悲的力量所及之处，干戈化作玉帛，狼子未必野心。赠人玫瑰，手留余香——"格林"的故事就是一个完美的注释。

二、"众生平等"是全书自始至终传递给我们的一个重要信息，值得地球人一番深思。近半个世纪以来，人类自掘坟墓、自毁长城，对环境的破坏达到了触目惊心、不寒而栗的地步。更为可怕的是，很多人因为司空见惯而变得麻木不仁。众所周知，恐龙曾统治这个地球长达1.7亿年之久，然而霍金预言人类必须在100年内搬离地球，否则将会面临灭顶之灾。在这颗蔚蓝色的星球上，我们应该如何让贪婪又傲慢的现代人懂得珍爱地球这个家园的一山一水、一草一木，谱写一首首生命的赞歌呢？《楞严经》云："……清净比丘，及诸菩萨，于歧路行，不踏生草，况以手拔？……"善待别人就是善待自己。立足经幡飘荡的川西诺尔盖草原，"格林"的故事也许会带给我们看待这个世界的另一个视角。

三、这是一本不同年龄层的读者都可以阅读的好书。10岁的大女儿在读这本书的时候，激动地向她妈妈转述有意思的细节，她记住的多半是有趣的情节；妻子在看完那些彩色插图后，一声惊叹，"天啊，花几百天时间，辗转千里……"我在看到这部长篇的最后一句时，折服于作者在历经人狼之间一番情感波澜之后的自在与解脱的境界——虽普度有情，却于心无挂，纤毫不染。"诺尔盖在一片素白中恢复了寂静，在这圣洁的草原上，仿佛什么也没有发生过。"这句看似平淡的结尾，掷地有声，实乃佛家的胸怀和气度，让人不禁联想起《金刚经》里反映"空性思想"的一句名言："如是灭度无量无数无边众生，实无众生得灭度者。"

四、对于这位80后的画家和作家李微漪，我想引用冰心《关于女人》一书里的话来赞许她救生与放生的善举："世界上若没有女人，这世界至少要失去十分之五的'真'，十分之六的'善'，十分之七的'美'。"又云："上帝创造女人，就是叫她来爱、来维持这个世界。她是上帝的化生工厂里一架'爱'的机器。"周国平也曾这样赞扬过女性，这些话也贴合李微漪留给我的印象："男人苦苦寻求着生命的家园；女人从不离开家园，她就是生命、土地、花、草、河流、炊烟。"又说："母性是女人天性中最坚韧的力量，这种力量一旦被唤醒，世上就没有她承受不了的苦难。"

作者笔下的诺尔盖草原是那么圣洁，草原上生息的每一头动物都是大自然的杰作。爱蓝天、爱草原，因此爱屋及乌，珍爱那里的动物当然就成了人之常情。然而，在如此美好的人间，却有着疯狂的盗猎者，他们无法欣赏动物们徜徉草原的优美，也毫不尊重它们享受那份天赋自由的权利。他们的眼中只有贪婪，只有动物们提供的皮毛和美食。《马太福音》："……他叫日头照好人，也照歹人；降雨给义人，也给不义的人。"诸佛菩萨开示云：众生一体、无二无别。值得一提的是，"上报四重恩"里面的一条就是报"众生恩"，我们一生吃了那么多的鸡鸭鱼肉，借靠其他的生命来延续自己的生命，对此若无惭愧心，少许的感恩之心总该有的吧？

欣逢一颗慈悲救世的柔软的心灵。我相信，《让我陪你重返狼群》一书折射的佛性光辉将让它位列文学佳作，言必饶益，利乐有情。

2018年9月23日发表于《出版商务周报》，有删节

《莫扎特》《爱因斯坦》读书札记

"莫扎特！莫扎特！莫扎特！"

"爱因斯坦！爱因斯坦！爱因斯坦！"

在他们各自的时代，多少人曾这样高呼着他们的名字，为之激动，为之疯狂！时至今日，这两个名字已是天才的代名词，更是演绎人间真情、宇宙真理的两面伟大的旗帜。

人类迈入 21 世纪后，再也没有这样掷地有声、响彻天宇的名字了。没有一位艺术家敢说，我就是当今的莫扎特；也没有一位科学家放言，我就是活着的爱因斯坦。虽略有厚古薄今之嫌，但君不见，当今时代已很难造就拥有相同高尚人格、凛然风骨、渗透人类道德精神的英雄人物了，岂止是在艺术或科学成就上逊色于人那么简单呢！

莫扎特一生专事音乐，为后人留下24部歌剧、17部弥撒曲和50多部交响乐，是贝多芬的音乐理论老师。爱因斯坦被美国《时代》周刊评选为"世纪伟人"（1999年），他开创了现代科学技术新纪元，被公认为是继伽利略、牛顿之后最伟大的物理学家。

匆忙的现代人"奴隶般地服从着社会分工"（马克思语），普通老百姓大都只能顾及自己的衣食住行，为了一家老小的生存而辛苦度日。高雅的古典艺术也好，深奥的前沿科学也罢，与夜空的星辰一样神秘而美丽。对普罗大众来说，它们不过像天堂的景象，都是遥不可及的。尽管如此，凡夫俗子仍然可以感受得到伟人散射的魅力的光芒。当我们偶尔停下忙碌的脚步时，当夜深人静却还没有睡意时，我们的眼睛常常会投向那深邃的夜空，试图寻找那些虽消失在历史的长河中却与永恒的星星同在的伟人们。

在意大利巡演时，莫扎特不过一个十几岁的小孩。"此曲只应天上有，人间能得几回闻？"人们不能相信如此美妙的乐音来自眼前这位少年的指间。"把戒指摘掉！把戒指摘掉！"观众认为是戴在孩子手指上的戒指施加了魔力。莫扎特取下戒指继续演奏，随之潮起的欢呼声、掌声早淹没了一切。

爱因斯坦的相对论因艰深难懂反倒让他成了一位明星。人们诧异于他的时空理论，惊为天人，于是包围了他的住宅，接着冲进院子，要他用最通俗的语言，解释相对论的含义。有一个失业工人，用多年的积蓄——几个镍币，买了一盒香烟，寄给爱因斯坦，作为他50岁的生日礼物。如此朴素的崇拜，与当今少男少女们追星的方式有着天壤之别。登峰造极的艺术也好，艰深晦涩的科学也好，它们异曲而同工，各自放射着奇异的光芒。普通民众虽然不能真正欣赏伟人的成就，但其散

发的热力与魅力，在穿越久远的时空之后，依然激荡着我们的内心
情感。

聪明才智加上勤学苦练铸就了伟人的根基。此外，我们也不难发
现，一切伟人都有着这样的品质：那就是面对人生逆旅，他们毫不例外
地都展现出顽强的生命力，真可谓："千磨万击还坚劲，任尔东西南北
风。"在野蛮和愚昧的势力面前，莫扎特和爱因斯坦遭受着凌辱和迫
害，他们反抗着，发出了那个时代呼唤自由、和平、友爱的最强音！

读完德文版人物传记《莫扎特》《爱因斯坦》，最让我感兴趣的是两
位伟人命运多舛的人生。虽然他们来到这个人世间前后相差了近一个世
纪，但在命运上却有着很多相同或相近之处。现撮其要者，略述如下。

一、两位大师都曾渴望一份稳定的工作而不可得，他们都有过在经
济上或长或短的困顿时期。命运对于莫扎特来说尤其不公。他在欧洲各
地漂泊，巡回演出，寄人篱下，希望有人收留，有一份稳定的工作，但
始终没能如愿。连在维也纳的一份工作，也因和大教主科洛雷多不合而
愤然辞职。才高八斗的爱因斯坦更是大学一毕业就失业了。向欧洲各大
学或研究机构投了一份又一份求职书，但都无人搭理。差不多辗转蹉跎
一年半之后才在朋友的帮助下谋得一份在瑞士专利局当差的工作，而且
一干就是七年。

二、他们都为事业、理想而漂泊辗转，尤其是莫扎特，差不多是居
无定所。莫扎特生于奥地利的萨尔茨堡，卒于维也纳的贫民窟。在此期
间，他的足迹遍布德国、法国、英国、意大利。两人竟然都和现在的捷
克共和国的首都——布拉格结缘，为了谋求生存与发展都在这个城市有
过羁旅生涯。爱因斯坦生于德国巴登符腾堡州乌尔姆，随后去了慕尼
黑，后去意大利找他的父亲，之后把国籍改为瑞士，后又因法西斯的谋
害而漂洋过海，并最终移民美国，并客死他乡，这是大家都比较熟悉的
掌故。

三、在爱情、婚姻和家庭生活上都曾遭遇不幸。莫扎特和康斯坦泽·韦伯结婚时，父亲强烈反对。爱因斯坦和米列娃·马利奇相爱并要结婚时父母同样都不支持。莫扎特痛失第一个孩子；爱因斯坦则和前妻离婚，并与两个孩子分居。不过爱氏在有了新欢之后仍没忘旧情，他把诺贝尔奖奖金寄给了远在瑞士的前妻和孩子。

四、在两位大师身上体现得淋漓尽致的是，他们都有着为挚爱的事业而献身的气质。莫扎特英年早逝与他几乎是一出生后就知道要投入工作，并长期超负荷的打拼息息相关。爱氏更是完全沉迷在思考、计算、撰写论文的世界里。两人几乎都是工作到生命的最后一息，没有玩一玩、歇一歇的概念。

五、他们都因太过卓越而不被人理解。莫扎特说自己的音乐难懂，他没有特意为迎合民众的口味而创作。而爱氏的《相对论》手稿寄到苏黎世大学时，教授也因看不懂而束之高阁。三年之后，才有人慢慢认识了他的理论。

六、他们都是不屈不挠的精神斗士。莫扎特被誉为奥地利追求"个人尊严，艺术自由"的第一人，与"不为五斗米折腰"的陶潜颇为类似。爱因斯坦也因美国制造并使用了原子弹而追悔。他最初之所以写信给罗斯福总统，只因为担心法西斯德国有能力率先制造核弹。但他是一个彻底的和平主义者，最积极的反战人士，发动战争和滥用行政权力在他的眼里是非常幼稚、荒唐的政治家的游戏。

斯人已去，与我们渐行渐远。但娑婆世界并未因为曾经有过如此经天纬地之才而变成人间天堂。美国在全球建了200多座病毒生物实验室，只为谋求全球霸权，满足一己之私。日本政府背信弃义，罔顾本国国际义务，坐视周边国家强烈反对，决定将核废水排入大海，给世界人民的生命健康带来严重威胁。战争和战争威胁依然存在，恐怖与暴力事件时有发生。人伦道德与公序良俗普遍性缺失，生命本身得不到该有的尊重。放眼全球，人类依然艰难地生活在一个强权胜于公理，缺少公正和良知的时代。

当身心俱疲的时候，我们喜爱遥望星空，希望那无尽的银河里会飘来《安魂曲》未完成的乐章，让天才的声音，神灵般的音乐，抚慰心灵的怆痛。热爱和平的东方人也希望还能遇到爱因斯坦，欢迎他再降临上海一次。这个和平的使者，这个智慧的大脑，这个毕生俭朴的人啊，他该有一个重生——他无须再去研究物理，也不必做一个拧螺丝钉的工人，就让他扛起"维护世界和平，促进共同发展"这面大旗，用道德和良心济世安民，让人的世界和宇宙星空一样充满秩序或规则。我们渴盼的是让音乐回归艺术福泽大众，而不是沦为少数音乐制作人追名逐利的工具；让科学为天下老百姓的福祉服务，而不是演变成一个被霸权国家操弄的可怕的撒旦。

莫扎特（1756年1月27日—1791年12月5日）终年35岁。死时家徒四壁，连下葬入土的钱都没有。

爱因斯坦（1879年3月14日—1955年4月18日）终年76岁。他的临终话语："至此，我已完成了我的使命。"

时代的步伐大步流星，莫扎特和爱因斯坦式的英雄人物也许将永不再有。他们的成就已经变成人类历史长河里的神话，或是一个遥远而美丽的传说。

附记：2010年4月28日，初稿于嘉定徐行，2015年被豆丁网收录，2022年春夏改定。

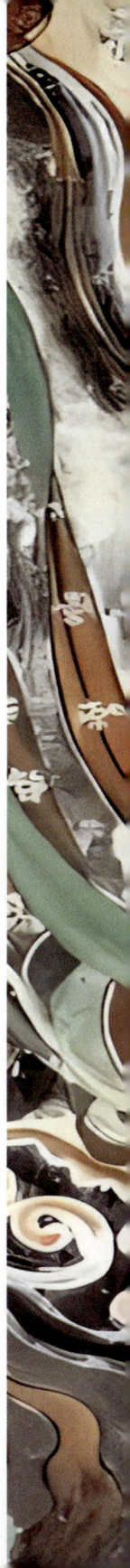

第五辑

语言育成篇

无望其速成

无诱于势利

论朱湘的外语治学、成就及其启示

朱湘逝世后，鲁迅先生尊他为"中国的济慈"，由此可见，朱湘的一生是"诗人"的一生。在朱湘短促的生命里，其在新诗创作上的成就大家有目共睹。在此，我想从另一个视角出发，粗略回顾一下诗人一生中外语治学的历程，对其在外语领域所取得的成就进行审慎地评述，分析探讨一下诗人朱湘学习和运用外语的"朱氏方法"，思考他的学风对于我们今人还有着怎样的启示。

朱湘生于1904年5月，卒于1933年12月，安徽太湖人。在朱湘短短29个春秋里，我们不能不赞叹他在外语治学上的雄图大略，并深深折服于他惊人的语言天赋。朱湘一生涉猎过英文、法文、拉丁文、德文、希腊文等外国语言文字。在这些外语当中，我个人认为他以英文见长，法德文次之，而拉丁与希腊文最下。他从事过英语教学，并留下英文文学作品方面的译著，有《路曼尼亚民歌一斑》（1924年）、《英国近代小说集》（1929年）、《番石榴集》（1936年）。其中《番石榴集》分上中下三卷，是五四新文学运动以来第一部世界性的译诗选集。

朱湘具备成为一位语言大师的基本素质。其表现之一，就是拥有过人的模仿能力。据章顺国、余世磊合著的《朱湘年谱》一书介绍，朱湘幼时"聪明伶俐，模仿力强"。语言学习之初，本质上就是模仿——所谓鹦鹉学舌、人云亦云。模仿力强者，往往灵秀通达，语言成长迅速；模仿力弱者，难免呆滞愚钝，语言成长缓慢。不过，超强的模仿力多半属于天赋，对此不可强求人人都有上天的这份恩赐。

1918年，朱湘开始学习英语时已经15岁了。这个时间点对评述朱湘一生的外语成就来说至关重要。因为朱湘有生之年不满30岁，所以在他致力于第一门外语的学习时，其人生历程其实已经过半。但朱湘又是幸运的。二嫂薛琪瑛是一位通晓英、法、拉丁文的翻译家，朱湘受到她的资助，被送往上海基督教青年会专攻英语，在语言学习上开始了从母语到外语的首次跨越。《朱湘年谱》里说，此时的朱湘有强烈的学好英语的欲望，以能读懂西方名著为目标，学习非常努力。据此可以判定，此时的朱湘虽只是一个翩翩少年，但气质上已成长为一位精神贵族。有着鸿鹄之志的他希望有朝一日能在外语的天宇凌云高飞。

1919年6月，朱湘考取清华留美预备学校；9月到北平清华学校报到入学。他从中等科三年级开始学习，及至1924年即将毕业被校方开除，朱湘在清华园涵养了近5年，离校时已达旧制大学一年级的水平。1926年9月，在浪迹社会两年半后，重返清华继续学业，并于1927年6月毕业。这里值得一提的是，在这两年半可称之为"社会实践期"的时间里，朱湘依然积极治学，英文水平一直在不断提高，令日后的同班同学望尘莫及，以至于教授他莎士比亚课程的楼光来先生很快发现朱湘对莎翁作品超常的熟悉程度和理解力，准许他免学此科。对此，我们不妨这样理解：朱湘在清华求学的时间跨度比较长，前后加起来一共有近8年之久。在今天看来，尽管他中间在外游学没来上课，但凭借其自身的才气和勤奋，大可视为一种脱离课堂教学模式下的富有成果的自学进修。而他先后两度求学的清华留美预备学校更是名师荟萃，管理森严，在"学制、课程、教材、教学法、体育、课外活动等等上面，全部照搬美国的学校"，"连学校的行政会议、布告、级刊、年刊等，大多采用英语"。如此看来，朱湘在去美国留学之前已具备的英文功底，与现今重点大学培养出来的英语专业研究生的水平相比，是有过之而无不及的。

毕业后的朱湘远渡重洋，留学美国的最初目的是想在三年内获得博士学位。但在留美的两年里，他辗转了三所大学。先入劳伦斯大学，除英古文外，还学习拉丁文和法文。继而转入芝加哥大学，学习德文和希腊文。"他想把全世界的原文诗都拿来读读，以期亲自从各国诗歌原有的语言中去领悟它们的真谛，为中国新诗的构建提供借鉴。"朱湘最后在美国俄亥俄大学就读英国文学等课程，在那里，他的学业水平又得到了进一步提高。

朱湘的外语成就主要体现在教学和翻译两个方面。婚后，朱湘先后在南京建邺大学、上海大学、北京适存中学教英语。回国后，朱湘执教安徽大学三年，担任外文系系主任和英语教学工作。他的讲课深受学生欢迎，课下拜访他的文学青年纷至沓来。他对每一个好学青年都悉心指导，诲人不倦。1986年5月，湖南人民出版社出版了《朱湘译诗集》一书。编者在该书《后记》里指出朱湘是一个"有魄力、艺术上成熟的诗人和翻译家"，我认为这是对他确切而中肯的评价。应该说，他的译作如同他的创作，同样是呕心沥血、千锤百炼的结晶，隶属新文学运动的重要成果。

在这里，我以朱湘对英国浪漫主义诗人、文艺批评家、湖畔派代表人物塞缪尔·泰勒·柯勒律治的《古舟子吟》（The Rime of Ancient Mariner）第二章第五个诗节的译文为例，管中窥豹，从翻译的高超技巧上，不难看出朱湘深厚的中英文功底。

原　　文

The fair breeze blew,　the white foam flew,
The furrow followed free;
We were the first that ever burst
Into that silent sea.

译　　文

浪花纷飞，拂拂风吹，
舟迹随　有如燕尾；
以往无人，唯有我们
第一次　航行此水

朱湘的译文无论是在神韵上还是在音律上都高度还原了原作的优美。在对头尾韵脚以及节奏的把握上，他都处理得恰到好处，让人读起来朗朗上口，韵味十足。这充分体现了朱湘对古代中国诗歌的谙熟程度以及近代英国诗歌的高深造诣。

朱湘学习和运用外语的历程留给了今人诸多启示，在此，我稍作总结，撮其要者，略加论述。

第一，在学习第一门外语之前，诗人对母语已经做到了游刃有余。现今的一个普遍现象是：母语还没有学得扎实的大学生们，个个都在埋头苦读英文，对中文却敬而远之，总不肯多下一番功夫。整个社会对汉语教学的重视程度已跌至低谷。在全国政协十二届一次会议讨论会上，全国政协委员、中国社会科学院信息情报研究院院长张树华认为：中国学生在学习英语的过程中剑走偏锋，忽视母语，深受其害，这样不但荒废了正常的学业，而且使整个中国的教育质量遭到毁灭性打击，汉语也遭遇前所未有的危机。对此，本人深以为然，完全赞同他的一系列观点，因为学习外语绝对不能以牺牲母语为代价。

第二，从学习外语的目的性上看，以朱湘为代表的前辈学人注重的是知识精神层面上的提升，而今人贪求的多是名闻利养上的满足。一直以来，人们学习外语的目的十有八九无非是为了应付名目繁多的各种考试、晋级，为就业、仕途、商业上的发展打开方便之门。出于这种功利性的读书，人们众口一词地宣称"学英语就是为了掌握一门工具"，简单化地把语言降级为一种谋求名利的实用工具。一门语言在这些人眼里，已不再是一个民族独特的思想、文化与艺术内涵的载体。人们通过它获益的已不再是对该语言文学作品原文字的审美，不再是对该语言出版的典籍文献的领悟，不再是对这门语言所涵盖的文化内蕴及精神文明的洞察。在这些人眼里，外语只不过是"赚到美金""入籍他国"时的一个便捷的工具而已。

第三，除英语之外，在美国留学期间朱湘还苦读法、德、拉丁和希腊文，这体现了一种远大的胸怀与深邃的目光，是见证一个语言天才的最有说服力的事实依据。让我深感震惊的是，朱湘生前在致友人的信中写道，"我想在已经学习的希腊文、拉丁文、法文、德文、英文之外，加学俄文、意大利文、梵文、波斯文、阿拉伯文……"天啊，这是何等的胸襟与气度！这是何等的胆识与天才！反观当今，多少人对英语之外的外语学习报着嗤之以鼻的态度。"英语已经成为世界普通话了，还学其他语言干什么？"这种狭隘思想、庸人加懒人的逻辑迎合了一部分人的胃口，为他们所奉行。在这些人的心目中，学外语即等于学英语的错误思想根深蒂固。

第四，诗人朱湘虽积极创作、翻译、教学，但命运一波三折，尤其是离开安徽大学后，颠沛流离，卖文为生，所得不足以养家糊口。朱湘选择了纵身一跳，让一切化为乌有。值得庆幸的是，当今华夏土地上，民族复兴的浪潮汹涌澎湃，适合青年人发展的道路有千百条，时代对人的需求也是千百样。文学青年万不可皈依"躺平"的"丧文化"生存哲学，我们不妨多多感受朱湘攀登语言高峰的胸怀和气度，找到一条能充分发挥自己的潜力，实现人生价值的道路才是上上之策。

第五，谁在关心我们诞生诗歌的土壤？它是正在一点点地酝酿累积，还是正在一点点地被消磨蚕食？中华民族伟大复兴的号角已经吹响，文学青年理应担当起此重任，念兹在兹，不负时代的使命和召唤。中华大地除了楼高车快的物质文明之外，我们更需要不折不扣的精神文明建设，让这个诗词国度，礼仪之邦，重新焕发昔日的荣光。

总而言之，努力做到让更多的人了解朱湘，让更多的人因他的治学胸襟和工作热情而饱受感染，并学习他毕生探求至真至美的诗歌艺术的伟大精神，才是我们对这位早殇诗人的最好纪念！

- -

附记：2013年5月21日，诗人朱湘的故乡安徽省太湖县举办了首届朱湘学术研讨会，本人有幸受邀参会发言。本文为提交该会的发言稿。

学好外语只差一个好习惯

有两种人比较容易掌握一门外语。第一种是为生存所迫的人。在北上广深讨生活的漂一族，或在国外工作的中国人，因常年面临激烈的职场生存竞争，这些人会想尽一切办法掌握一门外语。第二种是为获得某种精神满足而奋力拼搏的人。也许只是为了证明自己的能力，展现自己的才华，或是为了一种高雅的情趣，一种纯粹的快乐，那些朝朝暮暮、长年累月涵养于某一外语的人，心心念念的都是单词、语法、课文，那种始终如一的新鲜感、永不言弃的执着精神，都会对他们产生一种强大的助推力。

英日德三门外语，我之所以能纳为己有，并为我所用，是因为在过去长达30年漫漫求索的道路上（以社会教育和自我教育为主），将上述两种人获得的加持力集于一身。换个角度说，很多人之所以连一门外语都很难掌握，是因为他们既没有选择将自己置身于一个年复一年地面临着可怕的生存威胁，日复一日地需要面对外来生存压力的环境，也没有源自内心的对语言本身（而非语言带来的实际功利）单纯的挚爱，与耐得住寂寞十年如一日的韧劲。

行文至此，有人肯定要问：你说的那两种条件其实我都具备，可是在漫长的外语学习的征途上，为什么我仍然感到困难重重，制定的目标总显得遥不可及呢？接下来，就是临门一脚的关键所在，你要——提起强烈的意识心，经年累月长时间高质量地朗读。我敢说，一个人一旦养成了这个好习惯，那么外语学习道路上70%左右的障碍就被他扫除了。大家可能会有种种疑问：学外语为什么非得朗读，默读难道不行吗？读一阵子就口干舌燥了，长时间朗读岂不更加累人？非得经年累月地朗读不可吗？所谓"提起强烈的意识心"又指什么呢？下面我就从理论到实践，为"00后"一代学人一一解读。

有一句堪称至理名言的话希望大家能达成共识：一个好习惯胜过一打好方法。外语学习方法之多，不可计数也。但十之八九的学生只是流于形式，仅把方法当成身外之物，像是一件偶尔才从工具箱里拿出来用的工具。例如：被家长提醒的时候，或是被老师催逼的时候，才勉为其难地读上一会儿，或想起来了才读上半个小时——这是一种被动的、间歇式的朗读，虽然也起些作用，但是因为没有可持续性，实难获得大的利益。只有十之一二的学生会克服人的天生的惰性，硬是养成了"经年累月"朗读的习惯。他们会刻意地日复一日、年复一年地进行自我训练：在固定的时间，固定的场所，用适合自己的材料，不断强化这种好习惯，从而收获大利益，尝到大甜头。套用古人的话则是："一日不诵，便觉语言无味，面目可憎。"关键词"经年累月"背后体现的是坚持的力量：骐骥一跃，不能十步；驽马十驾，功在不舍。结论便是：当朗读从偶一为之的"方法"上升为经年累月的"习惯"时，你已经取得了革命性的进步。

还有一个似非而是的观点也希望大家取得共识：外语其实也是语文。学外语就是学与之相应的国家的语文。外语老师本质上就是语文老师。何以故？根据吕叔湘、叶圣陶两位先生对"语文"二字的解释：口头为"语"，指听与说的学习；笔下为"文"，指读与写的学习。学英语也好，学任何一种其他的外语也好，本质上都是为掌握该语言"听、说、读、写"这四个方面的能力。母语和外语只因掌握的熟练程度有天壤之别而显得泾渭分明，但若只从"听、说、读、写"四个下手处对语言展开学习这一点来看，母语和外语其实无二无别。我们因此不难理解：在学外语时，要恰当使用学习母语的方法。别忘了，我们在给母语打底子的小学阶段是怎么学习语文这门课程的——老师要求我们背诵和默写！这一招为什么特别灵验？答案就是：为了能默能背，你会发现靠默读是不奏效的，你不得不自觉自愿地朗诵。放学回到家，即便没有家长督促，没有老师的看管，都不得不老老实实地出声朗读，一遍又一遍，直到几十遍下来，才达到背与默的要求。能背能默几乎是语言输出训练上的最高要求，因为背诵代表着准确流利的口语，而默写代表着简洁传神的书面语。结论便是：若能长期坚持以能背能默为目标进行朗读训练的话，那么我们的外语学习将会收到意想不到的效果。

接下来，还得面对一个老生常谈的话题，那就是朗读的方法、作用或好处。答案写出来99%的人虽一看就懂，但真正引起重视的人却连1%都不到。王阳明《传习录》名句："知者行之始，行者知之成。"这句话告诉我们：没有落实到实践中的"知"不是真知。唯有做到知行合一，才是真知。下面，我根据教育心理学家业已达成的共识，并结合个人的心得体会，去枝蔓，立主干，简述一下朗读对学习外语的好处，以铭其功，以彰其利，忘读者诸君勿以冗言赘述而轻视之。

不同语种因发音之不同，初学时需要构建对应的口腔肌肉以形成完美的声学系统。该语种的口腔肌肉的建立健全需要靠发音练习和朗读训练一步步打下基础。否则，邯郸学步，不但外文发音不标准，说中文时也夹带外语腔，实在是不伦不类。既然是学习外语，在语音上就得做到洋腔洋调，要把一招一式与标准音分毫不差作为追求的目标。颇具特色的中式英文发音与朗读模式，会在很大程度上削减朗读的效果，万不可掉以轻心，不以为然。说上这一段，其实已经解释了何谓"高质量地朗读"。

当我们朗读外语的时候，要特别提起意识心。在实操过程中要刻意达成如下四个目标：

一、"摄耳谛听，无论出声还是默念，皆须念从心起，声从口出，音从耳入。"这句话原本是印光大师教人如何念佛的秘诀。但印祖所开示的方法完全可以引入外语的朗读中来。开嗓之前，要有一个非常明确的自我心理暗示。方法是：抬头挺胸，放松身心，闭目10~15秒；闭目期间，自我作意，令心警觉。

二、为了刻意培养语感，形成对语言敏锐的感悟力，要借每一次朗读，不断提高朗读技巧，此训练过程亦需坚持多年，方见后效。练习内容包括：不断完善发音技巧，努力模仿自己想学的标准音（推荐美音），尽可能提高相似度、匹配度；在理解的前提下，做到按逻辑准确断句；融入丰富感情、肢体语言等；通过语速的缓急、语气的轻重等等表现形式，做到声情并茂、抑扬顿挫地朗读。

　　三、通过朗读，把抽象的书写符号快速而准确地转化为丰富的语音信息，并把声音和对应的文意（尽可能转化为连续性的画面，同时要明确其内在的逻辑关系）直接关联起来。为了深入理解原文，可先口译一遍，打通上下文意，在完全理解之后，彻底抛开翻译，直接通过高质量的朗读——眼睛一边看，耳朵一边听，把语音表达系统和文字书写系统直接与文意一一对应起来。

　　四、用秒表进行朗读速度测试，看熟练程度是否达到预设目标。用录音机对自己历年的朗读做一份声效记录，自己当评委，看看在熟练程度、朗读效果、技巧运用等方面有没有自己期待的明显的变化。

　　每天长时间地朗读（我在猛攻德语期间，一天能出声朗读五六个小时），如此往复，日复一日，月复一月，年复一年。"一时的激情没有用，终身的激情很有用。"（马云）在一篇篇文章的诵读中，学英语最令人头疼的一件事——数量庞大的单词、词组的深刻记忆与灵活运用的难题，应该就迎刃而解了。如果仍然感到效果欠佳，我再转赠大家两句值得当成座右铭的话："没有记不住，只有没有足够的重复！通过朗读，彻底粉碎语法！"（"疯狂英语"创始人李阳）"念101遍肯定比念100遍要好。"（犹太法典《塔木德》）"北大醉侠"孔庆东老师曾说，即便是枯燥无味的九九乘法表，他也可以读出惊天地、泣鬼神的效果。我们真的应该好好学学这种追求极致的精神。

　　学外语之所以特别强调朗读，是因为仅靠朗读一法，就可以在很大程度上同时带动"听、说、读、写"四种能力的训练，有牵一发而动全身之效，所以我们决不可漫不经心，漠然处之。据我个人的经验，通过"提起强烈的意识心，经年累月长时间高质量地朗读"，新学一门外语——比如说日语，脱产专攻两三年之后，你就能进入靠自学续航的中级阶段，就能朗朗上口地念出中级难度的阅读材料了。德语的话，一边上班一边抽空自学，一般三四年即可迈入中级门槛。德语的朗读要比日语容易很多，但因语法（词法和句法）复杂，头一万单词也不是那么好记的缘故，想做到在完全理解原文的前提下开口朗读是颇需要些时间的。外语的中级漫游阶段需要持续二三十年，之后才有望迈入高级阶段的门槛，所以一般来说，不要奢望一定会达到那个境界。但一切因人而异，各人背后有着完全不同的主客观条件。

外语学习说到底是没有捷径可走的。手机广告里刷到的一波又一波××定律××大招，乍一听头头是道，但那仅仅只限于乍一听，经不起任何理性的分析。"双减"政策斩断了奥数竞赛与学科培训机构的利益链条。其中一帮高知们重打锣鼓另开张，在互联网"知识付费"的狂飙下粉墨登场，正在收割一茬又一茬的韭菜。这些人摇唇鼓舌、花言巧语，承诺的都是一张张空头支票——花最少的时间、最少的劳动，就能获得最多的知识；兜售的都是"只要你来报我的××课程，就一定能实现××梦想"近乎骗术的商业逻辑。这些广告层出不穷、来势汹汹，在资本的裹挟之下，玩的都是"高智商完虐低智商"的游戏。说来也不奇怪，这一切乱象都源于人的欲望——有人想发财，有人想偷懒。我们这个世界上的确有着太多太多想走捷径的人。星新一在《F博士的枕头》结尾处不无讽刺地写道："因为是在睡着时学会的本事，所以也只能在睡觉的时候才会展现出来。"

古罗马有一句谚语：绕道最远，归途最短。如果说学外语确有捷径可走的话，该捷径就是要对"慢工出细活"的道理深信不疑。滴水穿石、绳锯木断——这种最原始、最费力、最笨拙的方法就是最好的办法，舍此别无他途。曾国藩"尚诚尚拙"的核心思想：以天下之至诚，胜天下之至伪；以天下之至拙，胜天下之至巧。钱穆先生也曾说过类似的话："古往今来有大成就者，诀窍无他，都是能人肯下笨劲。"人文学科需要书本知识和人生经验的积淀才显得成熟厚重，而"经年累月长时间地朗读"，从某种意义上说，就是黄卷青灯伴书香，老老实实的一种苦行僧式的修行。古诗云："好事尽从难处得，少年无向易中轻。"又云："看似寻常最奇崛，成如容易却艰辛。"

感悟语言缘起性空

　　大凡拥有佛学常识的人，对"缘起性空"这四个字所包含的道理大概都不陌生。大小乘佛法从不同的层面都深入阐述了"因、缘、果、报"的思想。进入大乘佛法的修学阶段之后，更是要从"缘起如幻、空无自性"的正知正见，顿悟佛理，见性成佛。

　　《金刚经》有云："若以色见我，以音声求我，是人行邪道，不可见如来。""文字相"也是一种相。所谓"着相修行百千劫，离相修行刹那间"。末学因常年致力于语言的学习和研究，偶有所悟。我想从缘起性空的角度，谈谈我对某些语言现象的一些浅见，以期抛砖引玉，让更多的同参道友在及早看破、放下文字相的修行上多一个可靠的下手处。

要看破什么呢？当然是看破文字相背后的生住异灭的过程，生无常心和出离心。那又要放下什么呢？简言之，就是放下因文字与音声导致的各种贪嗔痴。

首先，文学青年要放下对佳词丽句的贪爱，不要沉迷于吟风弄月，附庸风雅，以免恃才傲物、自视甚高，活生生把自己变成一个"进得去，出不来"的痴男怨女。更不要去写去读撩拨五欲散乱六根的"坏文学"，那是让意根迷乱颠倒的"发物"，容易让一个修行人失去正知正见。关于这一点，建议大家认真阅读有关印光大师与张汝钊女士之间的故事：老僧呵斥女诗人，才女皈依入佛门。

其次，为官者或升学者，大约有因外语一科没考好或失去加官晋爵的机会，或名落孙山的吧？高离婚率的中西组合家庭，难免遭受语言歧视的海外侨胞，这些人会不会因为语言的障碍与隔阂就生起各种各样的嗔恨心呢？一个充满愤懑与恼恨之人，自然损己也不利人，离清净心相去甚远。

再次，对初入佛门者，道力尚浅，邪正不分的愚痴之人，不可一味迷信手中的经典。经典本身并没有错，错的只是迷惑颠倒的人而已。当自己尚处在无修亦无证的阶段，一味照本宣科、望文生义的话，很可能误入歧途，断送法身慧命。我们要多多听经闻法，多多亲近有正知正见的善知识，而不要试图通过自己有限的读解力，单一借靠文字般若，就想楔入第一义谛大空。

语言貌似是我们再也熟悉不过的一样东西。每天醒来自然是要开口说话，与人交流；甚至在梦中都会出现使用语言的情形。但是人类语言的前世今生，您真的"如实知""如实见"了吗？您是否"照见"它同样缘起如幻，空无自性呢？您透视过它的过去、现在和未来吗？

从禽言兽语一词我们知道飞禽走兽也有属于它们的语言。专门研究非洲象的动物学家们惊讶地发现，非洲象可以用低频声波，虽相隔数公里之远，彼此却可以准确无误地传递水源位置、安全与否之类的信息。而作为万物之灵的人类的语言则是宇宙中的一朵奇葩。这朵饱蘸人类思想与情感的艳丽之花，同样是因缘和合的东西，它逃不出缘聚而生、缘散而灭的规律。

考古学的重大发现，让最古老的智人提前了约10万年。人类的祖先在30万年前就遍布于整个非洲大陆了。但是复杂的语言的出现，肯定要大大晚于这个时间。原始人在从事集体劳动时会发出一些最简单的元音。我想大约就是类似"a——"、"i——"、"u——"、"e——"、"o——"之类的声音吧。简单的辅音依次诞生。人类的语音从单音节到多音节，语句从短句到长句。根据德国出版的《语言学及语言交际工具问题手册》一书，确切记载的人类语言数量有5561种，在这之外，已经有很多种语言文字在世界上消失了。我们不妨设想一下，数千甚至近万种不同的语言在不同地域、不同时期先后萌芽、发展、融合、消亡，这是多么复杂可怕、不可思议的一件事情。距今五六千年前出现了世界上最古老的文字——埃及的楔形文字。我国最早的象形文字是殷墟出土的3000多年前的甲骨文。古印度人发明了包括"零"在内的十个数字符号，后历经数百年的辗转、衍生，形成阿拉伯数字，并最终出现了今天的书写模样。人类的任何一种语言，都是在生产劳动中以极其缓慢而蹒跚的步伐，一点点成长起来的。若说语言是在历史长河中自然而然形成的也不尽然。当欧洲工业文明兴起之后，世界各国之间的语言交流依然是坚不可摧的壁垒。于是就有好事者——波兰籍犹太人柴门霍夫博士，于1888年在印欧语系基础上创立了一种新的语言——世界语。近代自然科学的发展，又旁生出重要的语言的变种，那就是计算机程序。您几乎不得不承认它完全有资格成为人类最新的而且也是最为重要的语言之一。

当我们还陶醉在可以赏读两千多年前的《诗经》的时候，普通的英国人已经很难看懂600多年前乔叟用古英语写下的作品。仅就我国新文化运动以来的百年风云来说吧，汉语出现了千年未见的沧海桑田之巨变，使用了两千多年的古汉语的领地，一夜之间龟缩到了故纸堆里，它只在人文学科、中医等少数领域还占有一席之地。当前，自然科学、商业和法律等诸多领域，清一色使用标准的现代汉语，这早已是大家因司空见惯而毫不称奇的事情了。不过呢，如果唐宋八大家从坟墓里翻身坐起，想必肯定会感叹世事无常、白云苍狗般的诡秘之变吧！全唐诗尽管有48900多首，那些曾是呕心沥血之作，精品中的精品，中华儿女如今已不再把它视为唯一的精神家园，现代人向往的是那颗橙红色的星球，是高端人工智能和量子计算机的普及——总之一句话，世易时移，"认祖归宗"似乎变成不足挂齿的陈谷子烂芝麻了。真不知道，这究竟是时代的进步呢，还是集体的堕落。

我辈"70后"可谓是在月光下成长起来的一代人。我依然记得在"无故寻愁觅恨"的年轻时代，自己沉醉的无非是"今宵酒醒何处、杨柳岸、晓风残月"之类的词曲歌赋。入世间欲海沉沦里的佳词丽句，我且名之为语言境界的第一层天。年岁渐长之后，虽未闻佛法，但也颇感生死无常，悲苦的人生让我对白居易的《悲歌》为代表的一批作品产生了强烈共鸣。"白头新洗镜新磨，老逼身来不奈何。耳里频闻故人死，眼前唯觉少年多。塞鸿遇暖犹回翅，江水因潮亦反波。独有衰颜留不得，醉来无计但悲歌。"在这首诗中，香山居士显然没有为我们提供排忧解难的解决方案。不过呢，能感悟无常背后的悲苦，并诉诸诗文，上下求索，我谓之为语言境界的第二层天。顺便补充一下，免生误解。若说白居易的诗文只停留在第二层天是完全错误的。白诗现存千余首，涉及佛教的有400余首，他晚年遍阅佛经，曾自言"栖心释氏，通学大中小乘法"。据我所知，白居易的诗因通俗易懂，入佛知见，使他成了一代代日本人追捧的明星，拥有成千上万与之心心相印的狂热"粉丝"。

听经闻法之后，末学转而欣赏颇似"中观行者"的东坡居士超然物外的洒脱境界。且看苏大学士的巅峰之作！

定 风 波

三月七日，沙湖道中遇雨。雨具先去，同行皆狼狈，余独不觉。已而遂晴，故作此。

莫听穿林打叶声，何妨吟啸且徐行。竹杖芒鞋轻胜马，谁怕？一蓑烟雨任平生。

料峭春风吹酒醒，微冷。山头斜照却相迎。回首向来萧瑟处，归去，也无风雨也无晴。

苏轼的这阕词，若只从文采的角度对其称颂一番怕是有失公允的。苏大才子的诗词从来都是禅意高远，佛理无懈可击的。例如："人生到处知何似？应似飞鸿踏雪泥。泥上偶然留指爪，鸿飞那复计东西。"这首诗完全达到了"应无所住而生其心"的境界。《定风波》充分展现了"止观"的修行思想。诗中"莫听"二字写出外物不足萦怀，这不就是在收摄耳根吗？"吟啸且徐行"让人联想到"经行"，一边独自行走，一边正知正念，观察无常与生灭现象。东坡用他高妙的文字功夫，把一个类似在阿兰诺处修行者悟道后如如不动的境界活脱脱地展现在读者眼前。一蓑烟雨任平生的"任"字，与"八风吹不动，端坐紫金莲"里所呈现的境界有异曲同工之妙。"归去"二字当然不只是指回到自己的家，更是回到一个让心灵安住的场所。一个怎样的场所，才是心灵的皈依处呢？当然是《金刚经》所说的那句名言："不应住色生心，不应住声、香、味、触、法生心，应无所住而生其心"，所以很自然就有"也无风雨也无晴"这样一句神来之笔。总之，《定风波》极具艺术性地勾画出一个独一静处的居士"不生不灭、不垢不净、不增不减"，不起分别心，没有二元对立的宁静解脱的内心世界。苏诗文辞华美，楔入佛境中道，显然达到了语言境界上的第三层天。

世间好话佛说尽，天下名山僧占多。古德云："自从一读楞严后，不看人间糟粕书。"诵读、抄写、参悟佛学经典是语言境界上的第四层天。"一切有为法，如梦幻泡影，如露亦如电，应作如是观。"如此振聋发聩的法语，岂止是因为其文采精妙乎？它和$E=mc^2$一样，以最为质朴的表现形式，因一针见血地道出了宇宙人生的真相而显得何其伟大！莫言曾说，他愿拿自己的全部作品换鲁迅先生的一篇《阿Q正传》。鲁迅先生生前曾读经印经，并称赞佛语之高妙，想必他老人家也愿意拿他的全部作品，换这句"如露亦如电"吧？然而佛却在同一部经典中又告诫我们说，"法尚应舍，何况非法。"文字般若本身如果没有让我们破迷开悟、得度彼岸，相反却成为文字相上的一种执着和挂碍，那这个"如露亦如电"又有何用呢？岭南"獦獠"慧能大师不识字，所以他要请人才能把他的那首《菩提偈》写在墙上。"本来无一物"，这句偈真可谓是一针见血，是我们破除文字相的最好的下手处。难怪《西游记》里如来先赐予唐僧师徒"无字真经"，不立文字之相者才是最究竟的上乘佛法，不枉取经僧万里迢迢求法的辛苦和虔诚。很显然，诸佛菩萨要我们破有为法而立无为法，要我们把此前的四层天统统看破放下，"虚空粉碎、大地平沉"，入自在解脱的一真法界。说到一真法界，此时已经言语道断、心行处灭了。而无为法亦是生灭意识心，觅之了不可得，唯有体悟一颗佛心，才能让文字、音声相泯灭得彻底。

然而，颇为吊诡的是，越是有才之人越难以放下他的可恃之才。东坡虽文才过人，然而在好友佛印那里却吃过好几回哑巴亏。其中就有大家熟知的"放屁"一则公案，它告诉我们修行是实证的功夫；文人雅士多华而不实，"我慢高山、法水难入"，想彻底断除舞文弄墨的习气委实不易，这真是一个千古难觅的好例证。为断除对锦绣诗文的爱染心，且看莲池大师在其著名的《七笔勾》里的一股英雄之气吧："学海长流，文阵光芒射斗牛。百艺丛中走，斗酒诗千首。嗟！锦绣满胸头，何须夸口？生死跟前，半字难相救。因此把盖世文章一笔勾。"震旦之地，多上根利智之人，很容易对空性智慧产生兴趣。然而，若没有正确的修行次第，不打好小乘佛法里的修行根基，当烦恼习气现前，则会手忙脚乱，轻则失去定力，变成五欲六尘里的凡夫；重则意乱神迷，沦为魔王波旬的子民。

每个民族都把自己的母语当成是长养智慧的最伟大的母亲，但是歌德冷不丁却冒出了这么一句话："不懂外语的人，其实也不懂自己的母语。"这位高智商的大诗人难道要冒天下之大不韪，想得罪我们这些并不精通外语的人吗？他到底想说什么呢？这个问题其实困扰过我很多年。最近，通过"无分别智"的修学才若有所悟。又看到这样一则报道：中国有130多种语言，大部分即将消失，有些语言仅有100个老人会讲。原来如此！能、所二取皆空，"诸法空相"啊，即便是我们深爱的母语，在宇宙长河中一样旋生旋灭，只因众生越是执着于斯，越是起颠倒见，越不能彻悟罢了。

佛家修行最强调的是长养平等心与慈悲心。范大学士云："不以物喜，不以己悲。"我常常想，我们如果不真正学习一种少数民族语言，如何真正体会操弱势语言者所遭受的屈辱的文化强暴的痛苦呢？一生一世如果只沉浸在自己的强势语言当中，会因此不知不觉滋长出一种骄慢心，且认贼作父，死执不放，这如何谈得上是真正信奉"是法平等、无有高下"的真理呢？释迦牟尼在成佛之前曾拜师求学，此时他已懂得几十种语言，弄得老师不知从何下手。（详见钱文忠《人间佛陀　释迦牟尼》）正如佛不总是坐在同一棵树下修行一样，他总是用各种各样不同的语言来教化众生。佛要示现给我们看的就是"无住生心、法性平等"的道理。"众生平等"不只体现在佛性上或是空性思想上，在现实世界当中，当目睹人与人、地区与地区、国与国之间连语言都不平等的世间百态时，修行人均该喟然长叹，生发出一种怜悯众生的大悲心来才是。

当窥见千百种语言生生灭灭的真相，以及强势语言从"住"走向"异"的迁流的时候，我们毫不怀疑它们和已经灭亡的弱势语言一样，终归走向全面消亡的必然过程。当了知大乘佛法含义更深的"无我、无我所"之空慧思想后，自然也就明白一个道理：您不能简单地认为汉语"天然"就是我的母语。汉语实乃万种语言中的一种，然而并不因此就改口说是一种偶然。一个人操某种或某几种语言或方言，实乃"别业与共业"共同作用的结果。业力会导致各人的出生地、出生时代不同，从而哪一种语言都可能是您的母语，不是吗？说汉文的康熙皇帝会说，是啊，您可要记得朕的母语是满文哦，不过呢，为了治国理政，朕还得学习蒙古语和拉丁文。一个生在罗马尼亚的人，多半会说罗马尼亚语。一个生于印度的人，那情况就复杂、可怕多了——据说，印度共有1652种语言和方言。上一辈乃至N辈的太湖佬说太湖话（岳西佬、潜山佬等同），年轻一辈的才一边说太湖话一边又不得不说普通话；年老木讷后，终有一天人还活着呢，躺在床上却什么话都说不出来了。在这一刻，请问诸位，这哪里有实在意义上的永恒不变的"我"和"我所"呢？

综上所述，无论从个人所操方言之微观还是人类语言之宏观，语言之千姿百态、迁流不息，都是按其各自的因缘果报这张天罗地网而生住异灭的，这种共业所感的东西绝非你我他可以改变其万一。观想自己深陷失语之痛，不幸沦为我国两千万左右阿尔茨海默病患者中的一人——

这种"无缘大慈、同体大悲"的设想和观想会让人变得异常冷静，从而会更深一层地体悟个体生命与语言现象之间的微妙关系。数量庞大的失语症患者的存在固然是个人和社会的极大悲哀，但若从华严的思想去理解，法法本如，我们即便悲心无限，也无力从根本上改变这些不幸者背后千丝万缕的因果关系。

从体、相、用上分析，语言是"有为法"，当体即空，了不可得的一样东西；它以文字相和音声相示人，属于无中生有；但它有种种妙用，是人类赖以生存的一种工具，是一种方便。我们一方面努力提高语言文字的修养，以便能更深地参悟文字般若；另一方面也要彻悟，即便是文字般若，亦不可贪执知见——因为一切万法空无自性，法无定法。我们借此突破了"文字与音声"之牢笼，心无挂碍，真可谓是佛在心中，功德无量啊！

勤于动笔著文章，挥洒才情谱新曲

文题落笔之际，我其实感到非常惭愧，也非常心虚。很显然——勤于动笔著文章，不过是一句策顽磨钝、自我勉励的话罢了。

年轻时候的我，虽偶有技痒之时，但真正需要拿起笔来写文章的情境却少之又少。就算写成，也绝不是一挥而就那么简单。往往得搭上几天工夫，才能勉强凑出两三千字的豆腐块，而且还免不了日后修修改改。如此毫无章法、混混沌沌地过日子，蹉跎了不少光景。时至今日，当我在翻译领域略有小成之际，却猛然发现在写作上面不过一张白纸。于是，翻阅整理旧文，原以为可以凑出一厚本，却发现多是应景之作，或早年青涩篇什。能让自己满意的少得可怜，实在是捉襟见肘。因字数不足以成册，还得临时写些急就章，非抱抱佛脚不可。

其实，在写作方面，除慵懒怠惰之外，我还是另有隐情的。我在小看自己的时候，会因为没有折服人的才情笔力而深感自卑；自负轻狂高估自己的时候，又不知深浅地仿效莲池大师"把盖世文章一笔勾"，于是乎——"还是不写为好"的想法最终占据了统治地位。尤其是随着中外文阅读视野的逐渐展开，在群星闪耀的世界文学的天空之下，更是映出了自己的渺小。我于是越发不敢下笔，也不愿下笔了。唯一聊以自慰的，是自己还不算一个糊涂人。被商业大潮裹挟至今，我尚未沦为那些纯粹制造文字垃圾的职业写手中的一分子。

尽管做了上述客观分析，作为一名普通的文字工作者，我还是喊出了"勤于动笔著文章"这句口号。除鞭策自己之外，也有为同道中人摇旗呐喊，一起加油之意。这并非空穴来风，细究背后原因，至少有四。

首先，写作是一种高品质的精神生活，是文化人在吸纳古今中外一切精神财富的同时，展现属于自己独立存在的不可替代的生存方式，是人生实实在在的富贵与自由。一旦养成了写作的好习惯，生命中最绚丽的智慧与情操便以最稳妥的方式得以保留，起到敦睦当今、福泽后世的作用——正所谓"文章千古事"，其浩大功德，不可估量。

其次，写作是一个译者自我再造，迈向更高艺术造诣的必由之路。所谓"操千曲而后晓声，观千剑而后识器"，假以时日，写作与翻译，两者日后必定会构建起相辅相成、相得益彰的关系。俗话说，艺多不压身，艺高人胆大。翻译本身让一个人的写作能力潜滋暗长；勤于写作既填补了没有翻译时的空白，又颐养了性情，原创发表则会增加人脉，带来更多潜在的翻译机会。

再次，行进在文学翻译这条坎坷的道路上，年深日久之后，自然会遇到各种让人始料未及的奇葩事。还是余光中先生的话来得一针见血：

"书译好了，大家就称赞原作者；译坏了呢，就回头来骂译者。"又说，"译者绞尽脑汁，捧出来的译文，发表之后，所遭受的待遇是：稿酬比较低，名气大不了，书评家绝少青睐，读者们记不住名字。"那么，余先生自己是如何做到一苇渡江，风吹仙袂飘飘举的呢？他的答案是："诗、散文、批评、翻译，是我写作生命的四度空间。我非狡兔，却营四窟。"名家之言，乃他山之石，可以攻玉也。

最后，政府倡导建立创新型国家，出台了扶持本土原创文学出版等积极政策，精神文明建设大环境日渐趋好。俗人不免俗事。下面，我就用事实说话，从笔者翻译生涯中见多不怪的一段插曲说起。

几个月前，某出版社一编辑约稿，要我翻译一部曾荣获各项大奖的美国作家的小说。双方一开始谈得都不错，眼看快要签约了，对方却突然提出一个让我倍感屈辱的条件，说什么需要试译。我对编辑坦白说：试译是一件吃力不讨好的事（要知道，国内试译多半是不会主动提及付酬的；而且为了区区数千字的译文，你不得不大动干戈，把前几章甚至整本书都翻看一遍）。从实操层面上看，试译多半是自欺欺人的鬼把戏，并不能真实反映译者的潜在实力（在我的翻译实践中，小说第一章第一稿时的译文与最终提交时的译文相比，相去甚远的时候多不胜数）。另外，我是出道十余年的老译者了，岂可等闲视之？更何况原作行文浅易，并不比无锡英语中考模拟卷阅读理解的D篇难到哪儿去。你究竟是担心我吃不透原作呢，还是担心我的中文表达火候不到？为什么不先去了解一下我翻译的《迷路的骡车》原著第一章的难度，再看看译文文笔——有没有必要试译，不就一目了然了吗？也许是我没有照顾对方的情面吧，一切好似鸡同鸭说，两人话不投机，最终不欢而散。

您瞧瞧，文学翻译从来不是一条平坦的大道。光有千里马还不行，还非得有慧眼识珠的伯乐不可。然而，人生百年不过三万多天，总不能等着天上掉馅饼吧。套一句老美的话，我们译者要"从实力的地位出发"主动出击，去征服那个藏在暗处的伯乐！你如果连一部原创都拿不出来，还不如干干脆脆把嘴闭上。要知道编辑老爷自有他们自己的考量，凭什么非得听你在那里说三道四？扪心自问，你真的就是"错过这个村，就没这家店"的不二人选吗？

常言道：同行是冤家。但近邻也可能是冤家，总之叫文人相轻，他们可不受佛门"随喜功德"的约束。心高气傲的二流作家往往不但不学外语，而且骨子里还瞧不起从不写作的翻译家，好像天底下只有他能耍笔杆子似的。自命不凡的二流翻译家则认为：我就是一篇文章不写，只要能把世界级鸿儒大雅的原创搞定给你看，自然也就是作家……同样是谁也不买谁的账，谁也说服不了谁。

哎呀呀，真是俗人写俗事，在这里我无须故作高雅。也许有人会感叹，原来著书都为稻粱谋——写作的动机里也夹带了不少私心啊。不过，有意思的是，伟人也不能免俗。鲁迅先生曾告诫青年："第一，便是生活。人必活着，爱才有所附丽。"就我个人来说，想在翻译的道路上行稳致远，是时候将原创这一部分提上日程了。所谓百闻不如一见，我必须拿自己的作品说话！关键时刻，只需"哪"的一声，甩出自己的作品，就不必在编辑老爷面前一遍又一遍地自我介绍，婆婆妈妈说上一千又道上一万。内卷时代，僧多粥少啊！与其怨天尤人，不如反躬自省。打铁还需自身硬，从零到一是难的，但无论如何，我得迈过这道门槛！

然而，我的问题真的来了——我缺少专业的阅读写作训练，欠了祖国文字的一课又一课。之前的习作多是一时兴起，爱好使然，只能算是练笔。这一练可不得了，我发现了一个令人沮丧的问题：由于古文功底不扎实，下笔时拖泥带水、铁板一块的时候多之又多，而凝练传神、摇曳生姿的时候少之又少。虽然很想不落窠臼地遣词造句，但是除了那些陈词滥调之外，文白相间、亦庄亦谐的表达方式去哪儿了？四两拨千斤、腐朽化神奇的行文技巧去哪儿了？它们全都去了爪哇国，像是故意躲着我似的。四大文学体裁，我虽选择了比较适合我的散文，可我却连老祖宗——唐宋八大家的文集都没有好好拜上一拜。为何偏偏是我做不到百炼成钢？为何偏偏是我做不到纤柔绕指？我想，这和我既没背下几百篇散文精品，也没用文言文写过一篇文章有很大的关系。虽说这是外文系毕业生的老毛病，但我不得不痛改前非，好好补上这一课才行！

"勤于动笔著文章"，要把这句口号落到实处，"力行近乎仁"。陆游《冬夜读书示子聿》里的谆谆告诫言犹在耳："纸上得来终觉浅，绝知此事要躬行。"朱光潜在《给青年的十二封信》中谈作文时则说得更直白：研究文学只阅读绝不够，必须练习写作，世间有许多人终身在看戏、念诗、读小说，却始终不动笔写一出戏、一首诗或是一篇小说。自视太低者以为……自视过高者以为……这两种人阅读愈多，对于写作就愈懒惰……

"书籍是人类进步的阶梯。"人类正在创造两种文明：一是物质文明，一是精神文明。如果您是从事自然科学研究的，大可根据您所取得的前沿科技成果著书立说，无论是理论发现也好，还是技术应用也好，都可以用推陈出新的方式改造、升级当今的物质世界。如果您是人文社科类的从业者，更应该用浸润着睿智、情怀的原创作品，美化丰富人类的精神世界。仅从文学领域来看，要是老祖宗没有给我们留下类似唐诗宋词、明清小说之类的美好家园，当代人的精神世界将会何等贫瘠啊！这个世界若没有诗人、作家、翻译家以及从事各行各业的文字工作者，那么纵有发达的物质文明，也不过是生活在文化沙漠中。总而言之，从世间法上说，著书立说因其是推动人类文明的创造性劳动，的确是难能可贵的。

在古代，"立言"，即提出具有真知灼见的言论，是大丈夫所为。《离骚》《史记》虽久不废，流芳百世。古代文豪之所以万人敬仰，是因为他们下笔之前做足了修身、养性、笃学、慎思的功课。然而，时至今日，一切似乎都变了味。"资本来到人世间，从头到脚每个毛孔都滴着血和肮脏的东西。"可以肯定的是，现在看来，马克思的话至少说对了一半。我家有一口一米八的铁皮文件柜，满满当当装的都是孩子们看的文学读物。我常常随意抽出其中一本，国内的原创不堪卒读的时候甚多，能与《小王子》《父与子》比肩的一流原创童书难觅影踪。身为一名文字工作者，当看到这些粗制滥造的童书时，脑海里浮现的便是都市高层楼宇里某某大作家的个人工作室，几组用屏风隔断的办公桌，和加班加点、忙忙碌碌的一群年轻人……一眼看穿的只剩这几个字——"资本的力量"以及资本运作者"鳄鱼般的贪婪"。周国平老师说过一句很解气的话："许多书只是外表像书罢了。不过，你不必愤慨，倘若你想到这一点：许多人也只是外表像人罢了。"君不见：过去的文人大多靠一两本、至多三五本文集基本就奉献了毕生精华。而现在的文人呢？十之八九都是貂不足，狗尾续；米不够，水来凑。大多数职业作家的可悲之处在于：除靠卖文为生，没有其他可靠的活命的技能，即便有，也抹不开面子或弯不下腰去从事他眼中卑微的职业。

放眼中外诸世纪，在文学创作上既有质又有量，空前绝后的世界文坛巨匠并不多见。与乾隆、嘉庆、道光同时代的歌德，这个将精神触角伸向人类知识的各个领域的天才是一个罕见的例外。且不提歌德作为科学家的成就，仅仅是语言学，他通晓的外语就有法语、英语、意大利语、拉丁语和希腊语。据上海外国语大学（德语系）网站消息：3000万字的《歌德全集》汉译本（2015年国家社科基金重大项目）涉及：诗歌、戏剧、小说、自传、游记、日记、书信、谈话、美学论著、自然科学研究论著、文牍和歌德完成的翻译文字。

我对歌德的喜爱源自中学时代看过的一本巴掌大的诗集——《野蔷薇》（人民文学出版社，1987年）。其中，《游子夜歌》：群峰/一片沉寂/树梢/微风敛迹/林中/栖鸟缄默/稍待/你也安息（钱春绮 译）寥寥数行，胜过千言万语。当年在看这首诗的时候我哪里想到，日后还有用德语原文沉吟它的一天，并把原文刻在心上的一天。在谈及《少年维特之烦恼》的创作体验时，歌德说："我像鹍鹏一样，是用自己的心血把那部作品哺育出来的。其中有大量出自我自己心中的东西，大量的感情和思想，足够写一部比此书长十倍的长篇小说。"歌德的作品，尤其是德文原著，一个人若不是硬着头皮，花费巨大的耐心和巨量的时间，是根本不可能做到深入其中，且"尽窥其妙"地赏读的。文坛大家向来惜墨如金。张继一生写了不足50首诗，《枫桥夜泊》仅凭28个字让他名垂千古。张若虚只凭一首《春江花月夜》，赢得"孤篇盖全唐"的美誉。没有品质的数量只是垃圾。要知道，时至今日，读者的鉴赏水平获得空前提高。想创作流传后世的精品，除七分天才之外，那三分的个人努力还包括：深深扎根文史哲的土壤，饱吸优秀传统文化的乳汁，除博古通今，学贯中西之外，你还得完成万里之行，去了解社情民意、去饱览祖国山河。

《论语·季氏》有云："生而知之者，上也；学而知之者，次也；困而学之，又其次也；困而不学，民斯为下矣。"孔老夫子把人的资质分为四等。接下来，我姑且只从写作的角度，剖析一下前三种人与写作之间的关系。

"生而知之者"，世外高人也，其以出世间的思维慈航普度。这种人因宿世善根，可以做到一闻千悟，如六祖慧能。然而，真正的大师却是不立文字的。《六祖坛经》是慧能所说，弟子法海（非民间传说《白蛇传》水漫金山寺中的法海）集录的禅宗经典。佛经第一次结集时，阿难尊者诵出经藏，优婆离尊者诵出律藏，经摩诃迦叶为首的五百阿罗汉验证无误后流通世间的。即便是属于世间法的《论语》，也是由孔子的弟子及其再传弟子编撰而成的。真正的修行人当破对文字的爱染与执着。"用臭鞋底掌嘴"出自《清凉山志·妙峰大师传》，是净土宗大德印光大师对女诗僧张汝钊的开示：锦绣文章不过生死业习。女诗僧一度爱舞文弄墨，因与入佛知见的修行道路相违，所以遭到大师呵斥："然以文字习气太深，虽自知而实不能痛改，则毕生终是一诗文匠。其佛法真实利益，皆由此习气隔之远之。故佛以世智辩聪，列于八难，其警之也深矣。"

"学而知之者"应该当仁不让，扛起时代的大旗，引领我们向前去。且拿写诗举例。爱国诗人中从屈原到陆游，从杜甫到辛弃疾，他们的诗歌创作为爱国主义的内涵提供了最鲜活的注解。文天祥"人生自古谁无死？留取丹心照汗青"，谭嗣同"我自横刀向天笑，去留肝胆两昆仑"——无论哪一句，都是一句顶一万句，它诠释了我们这个国家的民族精神，思想境界达到了响遏行云的高度。知识学问可以通过教学、应试等方法求取，然而艺术的东西，我认为七分天注定，三分在人为。诗人的学习与众不同，他们直接与自然对话，在这本无字的天书里参禅悟道，找到灵感。在南欧海滨山谷之间辗转漂泊了十年的尼采，是继海涅之后、盖奥尔格和里尔克之前最有成就的德语诗人。尼采的哲理诗（格言）千锤百炼，正如他自己所说："我的野心是用十句话说出别人用一本书说出的东西，说出别人用一本书没有说出的东西。"

一个人不管在诗歌上能否取得成就，能以一颗诗心立身处世总是难能可贵的。我在中学时代也偷偷写诗，而且时间跨度很长，写了一首又一首。然而，以现在冷静的眼光回顾自己的青春期，那都是些见光死的混混沌沌的文学胚胎，几乎没有什么价值可言。当时的我，只不过是借诗纾解了一下郁闷的心情，至多磨炼了一下迟钝的文思。跨入大学门槛之后，作诗的癖好竟然一夜之间神奇地消失了，一生几乎再不作诗。就我个人来说，诗情和诗心如水中花、镜中月，是可遇而不可求的影子。大自然的馈赠不可能毫无目的，它只青睐于情之所钟的才子佳人。正如唱高音，纵有后天种种训练方法，但天然不具备声乐条件的人，那种刺耳的狼嚎式的声音绝无悦耳之感，和天才高音歌手们的水准相比差了十万八千里。为了打下写作的基础，我借助中、英、日、德文读了不少诗词歌赋，辨得清谁是真诗人，谁是假诗人，谁是半真半假的诗人。也因此，为了少一个滥竽充数、于"世"无补的诗人，我努力克制着偶尔爆发的情感，不敢越雷池一步。

浑浑噩噩如我辈，充其量只能算是"困而学之者"，学问虽远未通达，但勉强还算有志于学。"古人学问无遗力，少壮工夫老始成。"在做学问的道路上，我们要脚踏实地，广泛阅读，勤于习作。初始阶段，内功不够，需蓄势待发，静待花开。文章写好后整理存档，时时翻阅，时机未到，绝不发表。等因缘具足，所著文章对读者大众足以构成灵性滋养的一天，再伺机成书，利乐有情。

文学的魅力在于，它能安抚生活中充满贫困、疾病、落魄、失意、或终身未娶或终身未嫁的文学青年，并在某一天的梦境中，有白胡子老人翩然现前，赠与他神笔一支，让他们在精神上栖息于理想国，并收获笔下圆满的一生。文学的魅力还在于，它能通过直达人心的一股暖流："为天地立心，为生民立命，为往圣继绝学，为万世开太平。"

勤于动笔著文章，挥洒才情谱新曲。在乱吸一通洋墨水之后，我忽然发现，在饱吸华夏母亲的乳汁之后，能用洒脱的中文纵笔驰骋，这足以羡煞2500万正在努力学习中文的那些老外们啊！

来吧，来吧，那些曾几何时也忘情于文学天地的朋友们，请拿起你们的纸和笔吧，让我们一起投入中华民族伟大复兴的新征程里去吧，切莫忘了：天下兴亡，匹夫有责！让我们讴歌长江的壮阔，长城的伟岸，黄河的不屈，黄山的奇秀！让我们把握时代脉搏，心怀天下，为国尽责，为民谋利！让我们在短促的百年人生中，开出属于自己的那朵绚丽的小花！

余生攻略：强化德语，回归母语

Art is long， life is short. 这句颇为流传又让人有些伤感的英谚，有人将它译为"人生朝露，艺业千秋"。我觉得这句译文不但非常妥帖、工整，而且还带着几分神韵！

说到"人生朝露"，三十岁时是似有若无的一点肤浅体验，四十时则会大大加深一层，有道是："壮年听雨客舟中。江阔云低、断雁叫西风。"等迈入"耳里频闻故人死，眼前唯觉少年多"的五十门槛，则心境迥异，默然无语，也就是我眼下的境况："而今听雨僧庐下，鬓已星星也。"人生就算过足百年，亦不过是"宿昔朱颜成暮齿"，这种梦境般恍惚迷离的不真实感，轻可让人黯然销魂，重则叫人怆然涕下。释迦佛八十涅槃示寂，拿八十减去我现在的年龄，大约是我尚可期待的余生吧？

说到"艺业千秋"，昔有诗人徐志摩喟然长叹：虽负笈西游，但"在知识道上，采得几茎花草？在真理山中，爬上几个峰腰？"多年以来，我常常不得不面对一个很让人尴尬的提问。我必须回答很多人提出的同一个问题，那就是："你学过英语、日语和德语，那么，在这么多的语言当中，你到底精通哪一门呢？"是啊，这个问题不但问得尖锐，也问得实在——我吃着碗里看着锅里，到底精通哪一门呢？

我觉得此前的自己，在外语学习的野径上一路狂奔，绕了很大很大一个圆圈，而今的确到了归乡还家的时候了。寿命只有那么长，舞台只有那么大，年轻时尽管汪洋恣肆，中晚年则要约束收敛。余生短短三十年，去除很难委以重任的残年十载，还可以让我任意挥洒的其实不过区区二十年的光阴罢了。寻求出世解脱的话，古有庄子谆谆告诫："吾生也有涯，而知也无涯。以有涯随无涯，殆已。"渴望入世追求的话，今有伟人诗词耳提面命："多少事，从来急；天地转，光阴迫。一万年太久，只争朝夕。"

行文至此，上文提问若勉强作答，大约只能做如下表述：除了英语、日语和德语之外，亲爱的朋友们，千万别忘了，在下还学过中文呢。汉语作为母语，无论过去、现在，还是将来，都如影随形，不离寸步。尽管如此，世界上似乎还没有一个人会大言不惭地宣称已把母语学精学透。人类文明各领域的典籍浩如烟海，不但已经刊印的看不完，即将出版的也看不完。这是一个所谓"三日不读书，智商不如猪"的时代——科技文明日新月异，新词新语层出不穷。更何况随着年龄增加，大脑逐渐萎缩，人的记忆力、语言创造力也随之衰减，这些客观事实万不可视而不见。母语的境况尚且如此不乐观，遑论外国语言乎？

我深深体悟"梧鼠之技"的寓意，也明白日本谚语里"器用贫乏"之所指（即身通百艺，而潦倒一生）。很早以前，我就萌发过一个念头——暂缓英、日语的进修，转而专攻德语，让德语听说读写四种能力全面开花。为了找到一条切实可行的"百年树人"的自我教育之路，为了成就一个功德圆满、不留遗憾的自己，时至今日，我的余生攻略便是：强化德语，回归母语。之所以要选择一边强化德语，一边回归母语，是因为我想更多更好地译出德语语言区的经典名著，也不枉耗费在这门语言上的巨量心血；与此同时，进一步夯实中文功底，用一支挥洒自如的文笔，写好每一篇或言之有物，或情真意切，有阅读价值的文章。

余生三十年里，在所学三门外语中，我单单选择了德语进行强化，这当中并没有嫌弃英、日语的意思。英语、日语是我赖以生存的"老革命根据地"，在过去的语言实践当中，听说读写译都得到了较为均衡的发展，由它们构筑起来的精神世界是我的人生视野的重要组成部分。这两种语言的壮大，只能根据日后的福德因缘，能走多远是多远。德语虽然专攻得晚，但却是我情之所钟，"虽千万里吾念矣"。除了在天然情感上比较容易接受这门语言之外，我对它另有一番又一番深耕细作的计划与决心。究其原因，主要还是由这门语言自身的特色所决定的。

先拿英语做个比较。英语学习存在非常明显的"边际递减效应"——单词学习的投入产出比逐步递减。据柯林斯语料库的统计，常见的14600词占文本的95%。换言之，如果你的阅读词汇量达到了这个数，文本中每100个新出单词大约有5个不认识。如果你想清剿余寇，即使词汇量跃升至3万，百词当中仍有一二词意不明。这是有志于精通英语的同胞都得面对的一个头疼的问题。德语在这方面要省力得多，也可爱得多，它是一门非常智慧的符合"荷花定律"的语言。学德语只需熬过前期长达十年左右的"黑障区"（从理性到情感上彻底接纳它的繁杂的语法体系），后面迎来的便是一条鲜花满地的康庄大道，它将把你一路引领到又高又远的云端。

德语在语种上大大优于英、日语的地方是：强大的德语构词法可以让任何一个学习者在付出等量劳动的情况下，收获2～3倍于英语的词汇量。德语是标准的拼音文字，这极大地简化了书写的难度。同时，德语还是一门可以"听着学"的语言——你只要有一双敏锐的耳朵，在5G移动通信的加持下，你会发现，无比丰富的德语视听世界将为你打开通向语言之巅的方便之门，不要钱的德语老师无处不在，无时不在。

在现有的德语基础上，在取之不尽的德语多媒体资源的加持下，我只需再埋头15～20年的工夫，方方面面再精雕细刻一番，多下一些死记硬背的笨功夫，"贪多不精"的魔咒最终会被打破，"只有广度，没有深度"的诟病自然不复存在。荷花定律对德语学习尤显重要：荷花池内第一天荷花开放少许，第二天开放的数量是第一天的两倍，之后每一天，荷花都以前一天两倍的数量开放。第30天时开满荷塘，试问：何时开满半个池塘？答案：第29天。

根据欧洲语言教学与测试标准（CEF），代表外国人掌握德语的最高水准的C2语言证书对词汇量的要求是3万，但这与接受母语教育的德国人的实际词汇量相比仍有巨大差距。在德语学习的道路上所谓的"荷花定律"并非无凭无据。德国之声节目组采访科隆大学社会语言学家Aria Adli，他曾表示：一个人的母语从生到死都在进步。比方说，（德国）小学一年级学生的词汇量还只停留在0.8万～1.4万，但等到十六七岁时（相当于接受义务教育后），词汇量却可高达8万上下。一个人步入社会或置身某种文化辐射圈之后，自然而然会对语言的发展产生显著的影响。

1999年11月，联合国教科文组织宣布：从2000年起，每年的2月21日为国际母语日。该决定旨在帮助人们了解世界各民族母语文化现状，推动语言及文化的多元发展，在理解、宽容与对话的基础上帮助人们进一步加深对语言传统及文化传统的认识。近些年来，"得语文者得天下"成了家长朋友茶余饭后的热门话题。这也从侧面反映出决策层将"强化母语教育"上升为国家意志，并通过改革语文学科的教育体制，提高全民母语素养，为增强民族自信心和民族凝聚力，实现中国梦开天辟地。

我之所以要选择回归母语，大而言之，是出于国际交往时文化自信的需要，以及在强势的英语面前让中文崛起的需要。面对中华上下五千年悠久灿烂的历史文明，我虽欠了祖国语文的一课又一课，但唯有回归自幼研习的中文，才有脚跟着地的感觉，才能找到立身之根本。即使从事文学翻译，目的语言也仅仅只限中文。我可以用不同的语言写作，但唯有在中文的语境下，才有妙笔生花、文思泉涌的可能性。我之所以要选择回归母语，小而言之，也是内卷时代个人谋求发展的需要。翻译之外尚能提笔写作，尚能对中学阶段多语种教育理论展开研究等等，这种一专多能的多重身份，是体制外人士"反脆弱性"的必要手段。立足母语，并展开翻译、写作、外语教育、多语种教育理论研究工作，我的人生价值才会最大化，才能以应有的贡献——其实也是微薄之力，回馈养育我的这片神奇的土地。

引领美国的中国文学研究的夏志清先生的人生轨迹对我颇有启发。早在耶鲁博士学位到手之前，夏先生就开始找工作。顾钧老师在《夏志清华丽转身的三个机遇》里写道：他向美国国务院投了简历，但因为不是美国公民被拒绝；他申请到美国知名大学去教英美文学，但毕竟是外国人，在语言上没有优势，毫无结果，去小学倒有机会，但他又心有不甘。夏先生最终选择了回归中文。唯有发挥中文优势，唯有《中国现代小说史》和《中国古典小说导论》的出版，才能让一个日后执教哥伦比亚大学的华人学者的文化底蕴彻底表现出来。

识时务者为俊杰。人生的智慧体现在审时度势上。强化德语，回归母语——作为余生攻略，绝非笔者心血来潮时的奇思妙想，而是在立足国内外历史潮流的大形势下做出的选择。位卑未敢忘忧国。日本佛学大师松原泰道有云："人生是从50岁开始的，这之前的我们在打基础；之后才是自我实现、创造自我最有价值的阶段。"看来，奋力践行"洋为中用"，努力传播中华文化，正得其势，正当其时！

"人生朝露，艺业千秋。"祝愿天下每一位学人，都能将个人价值最大化！让我们响应祖国的呼唤，顺应时代的潮流，在各自的岗位上撸起袖子加油干！

第六辑

格局情怀篇

时人不识凌云木
直待凌云始道高

当回忆的花田铺满我们的成长故事

——致《爆漫王》读者朋友们的一封公开信

您好！亲爱的漫迷：

2011年7月，祖国大陆第一批读者翻开了由安徽少年儿童出版社引进出版的《爆漫王》（1～4册），当当网评论区很快炸开了锅，大家交口称赞，说这是一部散着墨香的"良心之作"。在后续近2年的发行期内，5～20册单行本也分批登场。多年来，该图书深得读者认可和喜爱，一版再版，取得了超百万册的畅销佳绩。

据日本公信榜数据，2011年《爆漫王》原作以439万册的销量排名第7，2012年以321万册的销量位列第10，连续两年雄踞TOP10之列。迄今为止，《爆漫王》是日本唯一的一部以漫画的形式讲述漫画家成长故事的漫画。随后推出的75集电视动画和真人电影等衍生作品，以及腾讯动漫平台电子版单行本上线，让该漫画的国际影响力又上了一个大台阶。

我很荣幸被安徽少年儿童出版社遴选为大陆地区这部励志日漫的译者。我也因此意外开启了我的人生的崭新的篇章。弹指十二载一晃而过，当年那个意气风发的我已从中青年迈入了中老年。掐指算来，最早一批读者（以"90后"为主），如果是在激情满怀的中学时代开始阅读这部作品的话，那么他（或她）现在已是拥有数年工作经验的社会青年了。然而，倾听社情民意，年轻人的日子似乎并不好过：一线城市核心地段房价动辄几万一平，就业压力大，结婚、育儿成本高居不下。徒唤奈何之后，选择躺平者大有人在。我衷心祈愿读者朋友们在各自的人生道路上一帆风顺。但现实毕竟非常残酷，无论哪一行哪一业，想取得一点成就绝不是一件简简单单的事情。

亲爱的漫迷朋友！如果您愿意跟着我一起回顾一下《爆漫王》这部以"逐梦"为主旋律的热血作品的话，也许您会发现，青春时代才有的那种单纯的理想和热情，与现在的您又悄然拉近了距离。在这里，我不妨先和大家聊一聊这部作品中译者本人品读得最多的两个角色。

让我笑得最多的，并不是平丸一也（尽管也非常非常喜欢），而是那个爱吃比萨饼的胖脸大叔——中井巧朗，一个从秋田到东京谋生的漂一族。其实，中井这类性格的人物设定在当今社会很有代表性。他没有掂量清楚自己的颜值，一厢情愿地爱上了苍树红。因一心想交一个女朋友，中井和女人之间的故事自然而然就演绎成了癞蛤蟆想吃天鹅肉的剧情。为了保持漫画的人气度，不能不说，大场鸫老师真的是煞费苦心，熬白了不少头发。

　　最初，这个傻得可爱的痴心汉，连续三天在漫天飞雪的日子里为心上人露天作画，最后整个人差点儿冻成了一支棒棒冰。这个35岁却从未赢得过女性好感的大叔，在画技上怎么说也是一流高手，连真城都要拜他为师。可后来，就是这样一个能人也有受挫的时候。他对自己的职业绝望了，于是打算回乡，躺倒不干了。他对前来阻止自己离职的真城说道："我的家乡在秋田，盛产稻米和苹果。我会寄很多苹果给你的。"乡下人朴实而柔情的一面跃然纸上，让人感动。回乡后的中井在老家过上了躺平的日子。妈妈骂道："你这个不争气的东西，不工作也不成家，你要到什么时候才考虑这些事情！"很快，机会又来了，中井再次去东京就职，辞别母亲时，他说："下次我会带老婆回来的……"让我泪目的，是中井妈妈说的那句再普通不过的话："我等着那一天！"这大概也是大卜所有养了儿子的母亲们的心愿吧？再后来，中井和情敌平丸打架，虽然打赢了，但打到最后，大叔却忽然想开了，对平丸说了一句让剧情反转也让读者笑喷的话："也许可以把苍树托付给你这样的人。"

　　另一个让人难忘的角色是真城的叔父——真城信弘。与中井完全相反，他是一个非常理性、懂得自我克制的人。"上初中时，我喜欢班上一个女生。我几乎没跟她说过话，就毕业了。""大四时，我的作品终于在月刊上连载。我想痛下决心向她表白，于是首次往她家打电话。"瞧，这是多么熟悉的你我他的人生故事！信弘觉得自己不成功，配不上人家姑娘，所以话到嘴边还是咽了下去。后来，尽管他的作品动画化了，可是对他也有好感的亚豆美雪已为人妇。信弘是一个带着浓厚悲剧色彩的被命运捉弄的人物，是芸芸众生中一个颇有代表性的缩影，读后令人唏嘘扼腕。虽然他只是主线之外的一个衍生角色，但管中窥豹，日本动漫产业界从业人员在现实中的生存状况可从中略见一斑：功成名就的凤毛麟角；过度劳累，像信弘一样，在美好的年华便郁郁而终的却大有人在。信弘的故事告诉我们：爱情因缺位而天长地久，所以说——爱一个人，爱而不痴迷，爱而不占有，只会让自己的精神世界更为富足而坚强。用他的话说便是："我认为我能一直这样努力下来，是因为有她。至今我仍不放弃创作漫画，也是觉得她还在某个地方看着我。"

《爆漫王》的核心价值体现在一种积极的人生态度上：青年人当以一种百折不挠的精神超越自我！书中最常见的一句话：请不要放弃梦想！尽管作者声明是虚拟的故事，但我更多地认为这其实也是作者本人的成长经历，或者日本动漫产业从业人员自我奋斗的人生轨迹的描述。在英语专业毕业生当中，出了一个世纪风云人物，他有一句名言："傻傻地信，傻傻地干，傻傻地挣了数百万！精明地算，精明地干，最后成了穷光蛋！"《爆漫王》里的很多新人画手都有着这股子傻劲，如岩濑爱子、白鸟旬、高滨升阳。马云虽然谈的是经商，但这句富有哲理的话，对于任何一个想在学业上、事业上取得成就的人来说，都有启迪心智的作用。

《爆漫王》的翻译工程旷日持久。我常常每天工作到凌晨左右，甚至熬到2点多才跌跌撞撞爬到床上躺下。在此期间，口腔溃疡隔三岔五地周期性发作，每次都要愁眉苦脸地煎熬一个多礼拜。为了给自己足够的精神动力，我一边翻译一边还看2008年央视热播剧《李小龙传奇》。至今不忘的，是李小龙对他的徒弟们说的一句话："我是近视眼，又是扁平足，体重和身高都没有优势，所以你有比我学习武术的更好的条件。"2009年9月8日，奥巴马在弗吉尼亚州阿林顿郡韦克菲尔德高中做演讲。他提到《哈利·波特》的作者被出版社先后拒绝了12次，飞人迈克尔·乔丹高中时曾被学校篮球队刷下来，在他的职业生涯里，他输了几百场比赛，几千次投篮无一命中。乔丹说："我一生不断地失败，失败，再失败，这就是我成功的原因。"深更半夜，每当打不起精神的时候，我常想到：雄鹰搏兔，尚用全力，何况我等燕雀之辈乎！于是乎又翻开原作，绞尽脑汁地想把每一个句子译得再妥帖一些。

　　亲爱的漫迷朋友，愿你历尽千帆，归来仍是少年！让我们以"活到老，学到老"的寻梦情怀贯彻整个人生，在情之所钟的事业上不断淬炼与提升，直至力所能及的最高点！不忘初心，方得始终；日拱一卒，功不唐捐。等到我们老了的那一天，当回忆的花田铺满自己的成长故事的时候，一定会问心无愧，无怨无悔！最后，请允许我借维塔斯《星星》里的几句歌词，和诸位共勉，让我们一起加油！

　　　　　　　我会稍作等待，
　　　　　　　然后开始上路。
　　　　　　　跟随着希望与梦想。
　　　　　　　不要熄灭，我的星星，
　　　　　　　请等我！

　　顺颂，春祺！

　　　　　　　　　　　　　　　　赵建军　拜上
　　　　　　　　　　　　　　2023年3月8日，于无锡

自我决策与自然生长

　　作为一个从办学条件大大落后的大别山革命老区走出来的人，我想结合我个人过去半个世纪的成长经历，与"00后"一代以及他们的家长，分享一下我所倡导的"自我决策与自然生长"的教育理念。

　　完整的教育由四大部分构成：家庭教育、学校教育、社会教育、自我教育。我想说的是：当你在家庭教育和学校教育这两方面天然不具备竞争优势的前提下，要刻意充分发挥社会教育与自我教育的作用，借此完成对人生的重塑。

　　关于家庭教育和学校教育，我认为这两大教育是七分天注定、三分靠人为。唯有社会教育和自我教育是反过来的，基本上是三分天注定、七分靠人为。重要的观点我用不同的措辞再强调一遍：大凡先天没有家庭优势的人，一定要发挥后天优势，要在社会教育和自我教育这两大块上做足文章，以深挖自身潜力，以百年树人的决心，等待时运机遇的到来。

1996年7月的我，是一名普通得不能再普通的三年制英语专业毕业生。离校前夕，我曾兴致勃勃、不知天高地厚地和几位同学一起跑到杭州人才市场找工作。这开启我人生中的第一次求职经历，可哪里找得到工作！不但专业对口的岗位少而又少，即便有，也是清一色要杭州户口、本科以上学历等等一系列和我不沾边的条件。幸好，我是最后一届国家包分配的毕业生。我只需把人事档案和户籍转到宿州人才市场，然后再寻一乡村中学，老老实实当一名初中教师，就可以名正言顺入体制内。后来，市内一民办学校的校长求贤若渴，开出了大大高于体制内的月薪（500元），让我去教高一英语，说教材马上亲自送到我家……但我还是心有不甘，感到前路茫茫。

体制内还是体制外，这真的是一个问题。这曾是我一度纠结的人生难题。这之前的寒假，一位同届两年制英语专业的校友大老远跑来看我，说已经通过自考英语本科，而且刚刚参加了研究生入学考试，我向他投去几许羡慕的目光。我需要像他一样靠拼命刷题，不断提高学历吗？我需要绑定编制，与体制内联姻吗？我的直觉和激情告诉我——NO！编制与高学历，这些充满诱惑的玩法，也许是适合大多数人的生存之道，但对当时的我来说，却提不起丝毫的兴趣。现在，我终于明白了，我志不在此是有原因的：这条多数人选择的人生捷径并不符合我的教育理念——自我决策与自然生长。

我于是彻底放弃了编制，这在当时算是把自己一生的命运都押上了。我彻底放弃了通过进一步提高学历改变命运的想法，独自坐上两天一夜的长途客车，南下深圳找食吃去了。说得悲观点，这是"族望留原籍，家贫走他乡"。说得乐观点，这叫"笼鸡有食汤刀近，野鹤无粮天地宽"。我要下海，自求多福，我要找到一条适合自己的道路，开创与众不同的人生——这便是我做出的第一次人生重大决策的缘由。

深圳是一座非常友好的城市，让我见了世面，给了我想要的东西。当看到仅仅因为能说一口流利的日语，导游们就能日进斗金的一幕幕时，我是真的眼红了。临渊羡鱼，不如退而结网。我决定非拿下日文不可！一年后，我将厚厚一沓 15000 元现金绑在腰间，乘京九线返回，为接下来整整两年的日语深造打下了坚实的经济基础。25 岁时果断辞去深圳的工作，重返母校（后入山东大学）获取第二专业的实力，是我人生的第二次重大决策。这在当时又是关乎前途命运的惊险一跳，因为我失去的是一份接近父亲三倍工资的工作，而日语进修究竟能否得偿所愿也不是稳操胜券。但是，用今天的眼光回过头来看，正是这个及时、果断、明智的决策让我受益终身。事后也证明，待我操一口流利的英日语重返深圳，再闯江湖的时候，我最初的心愿实现了：我发现大把的日语就业机会等着我。

我第一次尝到了"自我教育"的甜头。学什么，怎么学，一切由我自己说了算。近日，我无意中发现，李开复先生用英文写给女儿的信所表达的教育理念，和我选择的道路的背后的逻辑不谋而合。李先生语重心长地告诫道：不要担心你将从事什么样的工作，也不要太急功近利。如果你喜欢日语或韩语，那你就去学吧，即使你爸爸觉得学它没有什么用。拾起你的兴趣点，确保有朝一日你将唤醒你的使命感，并把那些兴趣点连成一条优美的曲线。唯一重要的是你确有所学。你应该采用的唯一衡量是非对错的标准是你亲自尝试过。成绩单上的 A$^+$、B$^-$ 不过是愚蠢的字母罢了。那是自负者自我吹嘘的东西，也是懒惰者心生恐惧的东西。而你如此优秀，不可能沦为两者之中的任何一方。

在接受继续教育方面，我的人生的第三次重大决策是在2003年7月做出的。当时我已31岁，还未成家。迫于职场危机，说白了，也就是想在人才济济的魔都上海继续混下去，想突破就业市场所谓的35岁年龄门槛的话，没有真正过硬的实力是很难继续爬升的。没有创业资本、没有人脉关系的我，如同一个外来化缘的和尚，一度茫茫然不知下一步该怎么走。

我再一次聆听了发自内心的呼唤，并凭借直觉和激情发下宏誓大愿——哪怕再花二十、三十年的业余时间，我也要拿下德语！古训云："人有一技之长以自养，不求人以取辱，便是大丈夫。"我要靠四种语言的综合实力彻底扭转非得靠某单位或某老板恩赐一份工作的命运！！……不成功，便成仁。这无疑是一条极其艰难且曲折漫长的道路，不过同时也是一条安全可靠、节省成本的可行之路。我因深信而提前预见了这个规划的最终结局：凡一切操之在我的追求，不可控的外部风险被降至最低点，应该迟早都会有或大或小的收获。

过去农村有"人过三十不学艺"的说法，但这是有时代局限性的。在我待在上海的余下十二年间，我先后数十次从上海书城买回一堆又一堆的德语书，我首先要补习差不多遗忘殆尽的二外德语（其实是我的三外），然后碉堡式推进，逐级提升，直到最终达成在听说读写译上的完全自由。所谓学成德语，小而言之，就是有人愿意为你的这种能力买单转账；大而言之，就是获得学问上的实实在在的积累。但这绝对不是一蹴而就那么简单，因为实力之外，你还得等待时节因缘，抓住机会才行！鉴于年龄、工作等一系列条件的限制，这一次我不可能再走完全脱产，专攻数年的老路了。这次是非打一场旷日持久的硬仗不可——我不得不完全靠自学，彻底拿下这门语言！

学过德语的人都知道马克·吐温写过一篇题为《可怕的德语》的文

章。他调侃说："作为一个语言天才，能用30个钟头学会英语（拼写和语音除外），30天学会法语，30年才学会德语！"很多专业学习德语的同学都抱怨说，自从踏上德语学习这条不归路之后，差不多每一天都在怀疑人生！不过呢，又见非常激励人的一句话：德语是很烦人，但是学成德语后你就不是凡人！

在这里，我要阐述一下我主张的"自然生长"的治学理念。这个理念其实并不是我的发明创造。韩愈《答李翊书》中写得明明白白："……无望其速成，无诱于势利，养其根而俟其实，加其膏而希其光。"这句话非常精准地表达了我所说的"自然生长"这个概念的内涵。也许是迫于生存的压力，也许是不甘于庸庸碌碌白过一生，从2003年7月至今的20多年间，虽然我的德语学习既有突飞猛进的时期，也有停滞徘徊的岁月，但我始终抱诚守拙、践行不辍，基本上算是做到了绵绵用力、久久为功。我像一个勤勉的园丁，只要有空，总会拿起剪刀、铲子、喷壶之类的工具，兴趣盎然地在德语这片花园里修枝剪叶，静待花开。

在自学德语六年之后，我在沪创办了一家翻译公司，真正走上了靠四种语言吃饭的道路。虽然没有聘用员工，但靠给各大企业做一些商务口笔译，勉勉强强可以养家糊口。又过了两年，我这一生的"战点"（日语词汇，指千载难逢的重大机运）时刻到来了。我华丽转身，再次做出了完美的自我决策：暂停公司一切商务翻译业务，全副精力投入20卷日漫《爆漫王》和我情之所钟的其他文学作品的翻译中去。再后来，在我自学完40多册德语教材之际，我终于迎来一次德文小说的试译机会，随后顺利完成了我的第一本德译中作品——《矮个子先生》的翻译。次年，该书入选2015年原国家新闻出版广电总局（第十二届）"向全国青少年推荐百种优秀图书"。据阮征老师的编后记，《矮个子先生》上市一年后，该书销量在整个系列图书中率先突破10万册。截至2018

年4月，《矮个子先生》重印23次之多。

"政治是短期的，经济是长久的，唯文化是永恒的。"如龙养珠心不忘，如鸡抱卵气不绝。我在文学翻译的道路上一走就是十余年，一本本原著在我的笔下化成了祖国的文字。在此期间，我最大的收获不是随之而来的名与利，而是在"自我教育"的实践中，又向前迈出了坚实的一大步。之所以这么说，是因为我非常惊讶地发现：通过三四百万字外译中真枪实弹的演练，我遣词造句的能力与日俱增，中文写作水平潜滋暗长，这的的确确是一个始料未及的意外收获。大家都知道，在翻译过程中，你不得不绞尽脑汁，整天去琢磨那些原本是看不懂的句子；同时，你又不得不挖空心思，想方设法将原本是写不出来的句子融于笔下——这不正是孟子所说的"增益其所不能"的磨炼过程吗？俗谚云："经不住烟熏，成不了佛。"《荀子》载："道阻且长，行则将至，行而不辍，未来可期。"《法华经》有言："功不唐捐，玉汝于成。"……在我一生当中，极少有来自父亲正面肯定的时候。近日，在与年近八旬的爸爸（1967届合肥师范学院中文系本科毕业生）交谈时，他却不吝赞词："吾儿今日才略，非复吴下阿蒙。"

回首我的德语学习，在贯彻"自然生长"这一方法过程中，偶尔是可以见缝插针，来几波"大跃进运动"的。比如每次失业在家的那几个月，我常常连续每天十数小时地用功。借鲁迅先生的话说便是："纠缠如毒蛇，执着如怨鬼，二六时中，没有已时者有望。"

我至今尚未通览《鲁迅全集》，不过呢，只要是网上找得到的有关鲁迅先生学习德语的逸闻趣事，哪怕是只言片语，我都一一细细品读过。正因为亲自体验过学习德语的滋味，对鲁迅先生的治学精神，在摒弃教科书灌输的刻板印象的同时，我获得了属于我自己的认知与体会。在这里，且只从"自我决策和自然生长"的角度，来看看文化巨匠学德语带给我们普通人什么样的启示吧。

首先，从自我决策的层面看，鲁迅先生学德语的出发点要比我们常人高大上得多。什么学历证书、学位、职称啦，或通过办外语培训班捞油水啦等等，这些显然不在他的考虑之列。他学德语完全是出于学术研究，为了译介国外文学作品和文艺理论书籍。《论语》告诉了我们同样的道理："取乎其上，得乎其中；取乎其中，得乎其下；取乎其下，则无所得矣。"也就是说，自我决策初发心时其品质的优劣，决定了日后获得的成果的丰寡。

其次，从自然生长的层面看，鲁迅先生学习德语的时间跨度可谓旷日持久。鲁迅学德语最早可追溯到1899年在南京江南陆师学堂附设矿路学堂的求学时期。在仙台医学专门学校读书时，德语是学校里的必修课。据周作人回忆，告别藤野先生后来到东京的鲁迅，经常在旧书店购买德文书报作为阅读材料。1927年鲁迅定居上海之后，为强化德文，又下过一番工夫。许广平在回忆录里写道："……他很想到德国去，自己在预备，每天自修，读文法，读书。那时他已经五十岁了，还是孜孜不倦像个小学生。"

文末，想起当年我大学毕业时一度的举棋不定，我愿用唐代诗人杜荀鹤的《小松》，与那些不甘平庸的"00后"共勉：

自小刺头深草里，而今渐觉出蓬蒿。

时人不识凌云木，直待凌云始道高。

守得云开见月明

　　元末明初文学家施耐庵的几句充满儒家思想情怀的话一直是我的座右铭。"莫语常言道知足，万事至终总是空。理想现实一线隔，心无旁骛脚踏实。谁无暴风劲雨时，守得云开见月明。花开复见却飘零，残憾莫使今生留。"寥寥数语，却道明了人生的两个深刻的道理：一、人活一世，不可消极无为，自然之花随它飘零，理想之花终身绽放；二、若要理想成为现实，既要心无旁骛，有所不为而后有所为，又要守得初心，静待花开，直到云破月出、银辉满天的那一刻。

　　最近，网上有句很流行的话也表达了同样的意思："低级的欲望靠放纵，高级的欲望靠自律，顶级的欲望靠煎熬。""守得云开见月明"中一个"守"字，道尽了为远大理想而长期煎熬的状态。陈忠实的《白鹿原》有一句话，可谓英雄所见略同："……熬过去挣过去就会开始一个重要的转折，开始一个新的辉煌历程。"白鹿原这片热土，我多少耳闻目睹过，所以不难想象当年因高考落榜而午夜惊魂的那位关中汉子，在其日后文学成长的漫长的道路上，翻过了多少难爬的坡，越过了多少难跨的坎，熬过了多少不为人知的寂寞的光阴啊！

在我学习德语起起伏伏、曲曲折折的道路上，有两个偶像级翻译大神，他们的人生故事激励着我，是我心目中对"守得云开见月明"的最好的诠释。

2016年10月，厚达1320页的《西游记》首个德文全译本面世。这是一个叫林小发的瑞士人耗时17年完成的。为了译好这部古典名著，她去浙江大学拜楼含松教授为师，攻读中国古代文学硕士。在翻译过程中，又名林观殊的这位中国通，大量阅读儒释道典籍，遍地寻访寺庙、道观，向专业修行人请教原著中的奥义，又从歌德等人的诗歌中感悟修辞技巧。这个在杭州生活了25年的译者出生于1968年，曾是中国美术学院版画系的学生和老师，她的传奇故事和愚公移山的精神，让胸无大志、得少为足的我辈深感汗颜。

四大名著中，我早年用中英两种语言通读过《水浒传》数遍，正当我想找来德文版的过过书瘾时，库恩的名字出现在我的世界里。于是翻阅张欣女士的——《库恩及其〈水浒传〉德语译本研究》，现撮其要者，将库恩"守得云开见月明"的一面，概述及引用如下：

翻译家弗朗茨·库恩（1884—1961）在40多年的时间里一共翻译了中国长篇小说13部，中短篇小说50余部。其代表作之一《梁山伯的强盗》是德语区第一部以一百二十回《水浒传》为底本的编译本。"库恩一生穷苦潦倒，没有妻子儿女，也没有房子和汽车……纵观库恩曲折的一生，他是一个勇于追求梦想、坚守信念、特立独行的人……出于对自由生活的向往和对中国文学的热爱，库恩毅然走上了中国文学翻译这条前途未卜、荆棘遍布的道路。他淡泊名利，任凭战乱、生活窘迫等各种困难接二连三地袭来，他从不后悔脱离了正常的学术轨道，依靠坚韧不拔的毅力将自己的追求坚持到底。……库恩为中国文化在世界的传播奋斗半生，他的名字将永载中德文化交流史册。"

世出世间，想有一番作为，都需要为了目标而拒绝大大小小的诱惑。为了体验时空之隔，林小发最初是坐着火车穿越欧亚大陆来到中国的，她拒绝了最便捷的交通工具。库恩拒绝了成为一名优秀律师或汉学教授的职业，将体面的工作和完美的家庭抛之脑后。拒绝本身折射出坚守的本质，它们是一体两面的东西。释氏门中，以戒为师，戒律是修行者在佛陀灭度之后的指路明灯。唯持戒守规，一尘不染，定慧二学，方能增益。

环视国内译坛，除了成绩斐然的很多老翻译家之外，映入眼帘的常常还有中青年译者的另一道风景：比如孙仲旭、金晓宇——这些人的努力与才华，独一无二的人生故事，让我肃然起敬，高手毕竟在民间。是啊，谁无暴风劲雨时，守得云开见月明！——让心怀梦想的我们守护着风雨中微明的烛光，让它照亮你我各自的朝圣之路！让理想之花在心中常开，那是你我青春不老的生命之泉，借助一种纯粹的信念，一边夯实方方面面的基础，一边守候人生的战点时刻，一步接一步地迈向生命完美的终点！

假如这就是我的人生的休止符

　　这是《逆旅飞鸿》最后一辑的最后一篇。我自然联想到个体生命的无常与迟早要来的末日。俗话说："黄泉路上无老少。"又说，"今晚脱了鞋和袜，不知明早穿不穿。"几次突如其来的危如累卵的生命事故，尤其是中晚年后"耳里频闻故人死"的人生体验都告诉我，虽感念和平年代之福泽，但仍有身居火宅之不安，自己还能活到今天，只能看作是一种命不该绝的侥幸。

　　国家卫健委 2022 年 7 月 5 日新闻发布会称，我国目前人均预期寿命已达 77.93 岁。这里要厘清一个概念：不是 2022 年活着的人平均能活到 77.93 岁，而是本年度出生的婴儿预计能活到这个年龄。为了开示无常法，慧律法师告诫四众弟子，生命上限只能以八十为期——佛陀八十示寂，修行人总不能贪求比世尊活得还要久远。据《柳叶刀》一篇论文称，2017 年中国人的前 5 大死因是中风、缺血性心脏病、肺癌、慢性阻塞性肺病、肝癌。道路交通伤害带来的死亡紧随其后。活在共业所感的这个世间，不可预知的是，哪一种死法随时都可能提前来到自己的生命中。假如这就是我的人生的休止符，我还有怎样的一番心灵的独白呢？

和佛陀同时代的苏格拉底有句名言：我唯一知道的就是自己一无所知。孔子和老子也说过类似的话。这其实是在警示像我这样的自以为是的人——在历史的长河中，自己执着的那点小聪明实际上也是毫无价值的。借文学笔译与散文原创，我虽然创造了个人的生命价值，但对我来说，它们几乎又都不构成一种可以谋生的职业；对于社会受众来说，文学产生的实际作用也很难量化，无法转化为肉眼看得见的实实在在的一个什么东西。

因为晕轮效应，有人只见译者光鲜一面，所以我怕我"成事不足，败事有余"。会不会有情怀高于面包的热血青年，在看了我的人生故事之后，因一时糊涂，立志要学三门外语的呢？千万不要啊！我只是一个好运连连的命运的宠儿罢了，我可不能误导了你们！此时此地，"英日德翻译哥"建议大家多多聆听考研指导老师张雪峰是怎么分析英语这个专业的，包括选择了小语种又如何如何。稍有常识的人，都知道重理轻文、重工轻农的社会现象是绝不可能在短时间内发生根本性改变的。王德峰教授也曾告诫青年人说，大学毕业后首先要做的就是"捧好自己的饭碗"——这也是我从心底里想对"00 后"一代青年说的话。说到情怀与面包，让我想起一个古代的笑话。

一位草莽庸医，因学艺不精，有一次把人治死了。病患家属将其五花大绑，送到衙门发落。结果，此江湖郎中夜里挣脱绳索，泅渡过河，方才脱身。回到家后，喘息未定，却又发现儿子正在挑灯夜读，埋头看的是一本厚厚的医书。于是，他语重心长地说："儿啊，读书的事可以缓一缓，还是先学会游泳更重要。"姜还是老的辣啊。欲知上山路，须问下山人——轻重缓急、孰是孰非，人是不能一厢情愿的。

半百人生，困苦艰难。我终以一个独立学人的身份，过上了不媚世风、逍遥自在的生活，和自己的生命意志达成了较为完美的和谐。天意从来高难测。翻译、写作虽不是一种可以发家致富的理想的职业，却又是像我这样的人实现自我救赎、安顿灵魂的一种入世的手段。银行存款只是物质财富，适可而止才是金钱的主人。从亚伯拉罕·马斯洛定义的需求的五个层次上看，数十年间，我一直都遨游在被称为"增长需求"的最高层级里——自我实现。然而，又不能不说，我的这点所谓的卑微的成功，只是人生不期然而然的一种附丽；或者说，只是一种偶然，一种侥幸罢了。

"朝闻道，夕死可矣。"这是儒家的境界。"我生已尽，梵行已立，所作已作，自知不受后有。"这是佛家的豪迈。传统的中国哲学无不启示着我，未经省察的人生不值得一过。在本文集中，我虽然写了《勤于动笔著文章，挥洒才情谱新曲》《余生攻略：强化德语，回归母语》等篇章，然每念及人生之短促，世事之无常，我就害怕人算不如天算，到头来，落得个"万般将不去，唯有业随身"的下场。

"饶汝千般快乐，无常终是到来。"假如这就是我的人生的休止符，我愿一人前往阿兰若处，盘腿而坐，回归一念心性。我将无悲无喜，无贪无嗔，在静定中解脱生死，"却来观世间，犹如梦中事。"若天假以年，暂住娑婆，则当以出世心境，做入世事业，上报与下济，得以圆成，方能说上一句非常潇洒的话：世间终得两全法，不负如来不负卿！

后

记

　　这是一位"70后"大叔在他过去20多年里零敲碎打写下的颇为不堪的文字。回首向来萧瑟处，书名中"跛行漫记"四个字，佐证了笔者1996年大学毕业时恩师许嘉庆先生赠言的惊人的预见性：

　　"今后的你，每迈出一步，都将几经周折，做起事来要比别人多费几倍的力气；但是呢，在你身上有一种特殊的东西，它会一直激励着你前进，从而最终还是会迎来属于你的成功的。"

虽说是"跛行",但我并不真跛,只是自幼就有一双扁平足,想徒步远行是非常困难的。然而,漫长人生路,就像一条坑坑洼洼、曲曲折折的羊肠小道,你需要的绝对不是一双平脚板。回首半百人生,且不提求职创业之艰辛,仅仅是为了求学受教育,获得与"出生就在罗马的人"可以一拼的知识技能,我的的确确是以一种近似"跛行"的方式,一路摸爬滚打过来的。

辞别守着岳西纱帽尖脚下一亩三分地的母亲,6岁时的我跟父亲出门在外读书。开笔破蒙于寺前小学,读的是所谓的"复式班"(该历史名词指的是,在同一间教室里有不同年级的学生,老师一节课依次给各年级讲一二十分钟)。三年级转长岭周冲小学,每天沿一坡脊上上下下来回三四里地。四五年级转菖蒲小学,每天沿七弯八拐的菖蒲河北岸来回地走四五里。初一在父亲执教的菖蒲中学读完一学期后,学校迁至撞钟,于是又置身一个全新的环境,在煤油灯下读完初一下。所幸的是,此时的母亲已弃农事,一家得以团聚。是年暑假,又随父亲举家迁至天堂镇。待我入岳西中学读初二时,掐指一算,这已是我念过的第六所学校了。我终于走完了兜兜转转的第一段求学之路。

我的第二段跛行经历尤为惨烈。和"小镇做题家们"比起来,念初二时候的我,童心稚气未消,文化课基础更是落后别人一大截子。更可怕的是,我虽生于穷乡僻壤,但对"黄汗淌、黑汗流"的庄稼汉的疾苦无法感同身受,一直不明白山里娃为什么需要靠拼命读书改变命运。于是,当别人都坐在教室里听课时,我常常一个人逃到校外,在花果山(校北一山丘名)、衙前河一带游游荡荡,昏昏然如同一个尚未从童年中苏醒过来的梦游症患者。整个中学阶段,除偶尔几次作文被老师当范文朗读的一点荣光之外,几乎都是一个学渣人物。也因此,正常的六年制中学,我前前后后却读了十年,直到快满21岁才勉强考入省城一所三年制专科学校。然而,祸福相倚,阴阳有道,世上并无绝对的坏事。中学时代于我至高无上的馈赠，就是让我早早死了一条心——考研，考编，学历，职称，于我何加焉?!

　　我的人生的第三段跛行，是二外日语与三外德语磕磕绊绊漫长的学习经历。说到底，这一番造作，仍只是为了偿还因高考失利而就业困难的那笔烂账。至于细节，《恩师难忘》《从大上海到小上海》里写得分明，读者诸君不妨翻来细看。在治学上，跛行是从始至终的常态，因为我面临的困难无处不在。犹记得大一时因觊觎日语，被同寝室该专业的同学冷嘲热讽过。有一次，我厚着脸皮去他们班蹭课，可等了半天，从校外聘来的那位女老师就是不讲课。前排同学扭过头来悄悄捎话给我，说外班同学要是不走，他们的老师是不会开讲的。我于是低下头，像一个被当场擒拿的窃贼，在众目睽睽之下起身溜走了。大二开德语，我虽一度暗暗发誓，非学好这门语言不可，但种种原因，三次考试就有两次没有通过。因不好意思交白卷，为了遮遮眼睛，我于是在空白处，把完全看不懂的试题一字不差地抄了一遍交上去。德语真像一块又冷又硬的铁板——它无情地啪啪打着我的脸，那个疼痛，那个耻辱，真真叫人椎心顿足，连死的心都有。

　　在更高层面的求知道路上，自然还有第四段，乃至第五段足以构成小说情节的跛行故事，因篇幅所限，此处按下不表。人生路上为了能够行稳致远，我时常允许自己歇一歇，甚至偶尔也躺平一段时间。上大学之后，不期然而然的，是井喷式爆发的求知欲，以及与之俱来的坚忍的品质。两相加持，让我"跛着也要成长"——我以一种近乎决绝又悲情的方式擘画了、践行了自己无怨无悔的人生路，从而也赋予这个世界少许的意义。"人生代代无穷已……不知江月待何人?"立足半百人生，我时常深情回眸——我断然是江上明月所期许的、所等待的那个人。

　　文末，感恩尚健在的父母、勤俭持家的妻子、两个宝贝女儿佳佳和欣欣。当我漫不经心编织着自己的成长故事时，猛然间却看见你们的面容或背影——于是，想对你们道出千言万语，却又见人静语默，一切尽在不言中。感谢大学时代的班主任——知性、优雅的夏莉老师，是她在我入学之初就指定我为班长，这无形中赋予了我敦睦窗友的责任，也考验了我做人处事的能力。感谢计算机老师程效锋先生，您的睿智和气质，您的从容与周密，20年来给了我太多的影响和启迪。感谢母校合肥联合大学，您的影子虽已消失在历史的长河中，但四年的校园生活让我终生难忘。感谢每一位或有恩或有情于我的老师，同学，编辑，读者，学生，莲友，以及胜友二三。致敬本书出版单位，责任编辑疏利民先生，特邀编辑潘荣妹女士，精心撰写编后记的苏长兵先生，封面设计师陈耀，赐序的两位亦师亦友的博士，构思并确立书名的何正国兄，以及提炼出全书主题并赠我墨宝的已故乡贤余传明老先生。

《逆旅飞鸿》若能给人少许心灵的慰藉或智慧的启迪的话，便是我写下这些文字的意义所在。成书之初衷，一如《献词》所云：谨以此书致敬"京漂""沪漂""深漂"等"漂一族"，并把它献给千千万万生于困厄、长于逆旅、擘画生命彩虹的有志青年！

2024年6月8日

书写属于自己的人生传奇

苏长兵

打开疏利民老师寄来的书稿包裹，看到赵建军先生的文集《逆旅飞鸿——一位翻译哥的跛行漫记》时，我真的以为作者腿脚不便。我花了整整一周时间，认认真真地看完书稿才真正明白，原来他不但不"跛"，而且比谁都能"闯"。这本书并非只是讲述一个普通人的励志故事，我认为它更是一本书写人生传奇的思想文集。

我与建军兄未曾谋面，从他的文字里可知，他只比我年长少许，但其人生经历却比我丰富得多。无论是读书阶段的求学波折，还是工作后的南征北战，以及由此历练出来的生活感悟、生命体验与人生思考，都让我自叹不如、佩服不已。他为他的文集取名《逆旅飞鸿》便可见一斑。刚看到书名时，我便想到东坡居士的两句诗："人生如逆旅，我亦是行人。""人生到处知何似，应似飞鸿踏雪泥。"当时心想，该是怎样的人生经历，才会有如此这般的感悟呢？这也大大激起了我阅读这本文集的兴趣。

这本文集内容非常丰富，分为饮水思源、鸿飞东西、听雨僧庐、序跋书评、语言育成、格局情怀等六辑，每辑数篇，篇篇言之有物，精彩纷呈。在这个节奏快、压力大的发展时代，每个人都是自己生命旅途中的行者，背负着梦想与责任，在逆风中翱翔，于无数的不确定中寻觅着属于自己的人生方向。我想建军兄正是基于对人生旅途深刻洞察与温情关怀的创作初衷，汇聚了众多成长故事与情感，从而为读者搭建了一座心灵的避风港，让身心得以休憩，也让梦想能够继续飞翔。所以，他在扉页献词里深情地写道："谨以此书致敬'京漂''沪漂''深漂'等'漂一族'，并把它献给千千万万生于困厄、长于逆旅、擘画生命彩虹的有志青年。"

改革开放以来，数以亿计的中国人为了生活，背井离乡，风尘仆仆，踏上远行的列车，奔向霓虹灯下光彩夺目的城市。他们从农村或者小城镇里出来，长期在城市里打拼却居无定所，经常因生计而变换工作。城市的各种魅力如同磁石，强烈地吸引着他们离开熟悉的土地，离开至亲的人，去往陌生的异乡，尽管这些地方并非他们的归宿，但他们依然坚持在这里"淘金"。他们从青年漂到壮年，又从壮年漂到老年，成了"老漂族"，随着家庭一起漂流的"小候鸟"也为数不少。"漂"几乎成了国民生活的常态，"乡土中国"已经悄然进入了"迁徙中国"。

这样的生活就像一条巨流，裹挟着那些曾经安土重迁的中国人纷纷从乡村流向城市、从小镇流向大都市。这浩荡的生活之流和漂泊的人群，催生出一个无可回避的大众话题："大城市容不下身体，老家容不下灵魂。"建军兄俨然是"漂一族"的典型代表。他与原有熟悉的生活环境、人际关系渐行渐远，一方面承受着陌生环境中融入艰难、缺少重新建立亲密关系的途径、精神上孤独等困境；一方面又具有极强的韧性和斗志，以超越一般人的坚韧品质极力地适应着频繁的流动与漂泊，快速地在新的城市和家园里获得心灵上的归属感。建军兄感悟很深，说得很形象："跛着也要成长。"我常常也有类似的感受和决心，在遇到生活的困境时，也曾从心底发出"爬也要爬过去"的呐喊，这是一种不愿向生命低头的生活态度。

建军兄将20多年来的人生经历与思考写成文字，汇编成集，六辑内容各异，可圈可点。作为一个同是"70后"的人，我认为，最触动人的是饮水思源与鸿飞东西这两辑，如《最后的握手》《恩师难忘》《山窝窝里的童年》《从大上海到小上海》等；最具思想性的是听雨僧庐、序跋书评与格局情怀这三辑，如《莫叹红尘知音少》《划痕人生里的哲学》《偶遇一颗慈悲救世的柔软的心灵》等；最有知识性的是语言育成这一辑，如《学好外语只差一个好习惯》等。如果先选择一部分看的话，我选择的是最有思想性的那部分，其次是最触动人心的那部分，因为思想与情感是一个人最为宝贵的东西。

思想是智慧的火花，是创造力的源泉，而情感则是内心世界的丰富色彩，它让我们的生活充满了温暖、激情、喜悦和悲伤。思想与情感的结合，是人类精神世界的精髓所在，养成了我们独特的人格魅力和精神风貌。它们深刻地塑造着我们的内心世界，影响着我们的行为方式，以及我们与世界的互动。一个拥有深邃思想和丰富情感的人，往往能以更加宽广的视野看待世界，以更加深刻的洞察力理解生命，从而成为一个有思想、有情感、有温度的人，活出更加精彩、更加有意义的人生。这应该是这本《逆旅飞鸿》给予我们的最有意义的启示，也是这本文集的最大价值所在。建军兄完成了一场心灵的旅行，也完成了一次对生命深度的探索。他在语言学习与翻译实践上的拼搏、钻研与执着，他在生命旅途中的挣扎、成长与蜕变，能让我们在共鸣中找到力量，看见自己的影子，从而更加勇敢地面对自己的生命旅程。

最后要特别说明一下的是，作者在这本文集里运用了不少与佛学密切相关的词句，如"诸行无常""诸法空相""对境修心""性相一如""闻思修证""究竟解脱""即心即佛""四大假合""毕竟空寂"等等，这需要读者具有一些佛学知识和体验，否则可能会影响理解。但这恰恰是一路"漂"过来的建军兄，对生命的深度思考而折射出来的熠熠光芒。常常会被人误解的佛法，其实是一种必需的自我修行和内在觉醒，以此认识到自己的生命本质和宇宙人生的真相，从而获得内心的平静、喜悦、安心和自在。建军兄正在做这样的努力，我们也必须如此，目标都是人生的觉悟和奉献，前者靠智慧，后者靠慈悲。

每一个生命都是一个传奇，人人生来就在书写属于自己的传奇人生。我期待这本文集能够成为一盏明灯，照亮那些在人生旅途中迷茫前行的旅人；成为一股暖流，抚慰那些在逆境中挣扎的心灵。同时，我也希望它能够激发更多人对生活的持久热爱与对梦想的不懈追求，让每一个生命都能在自己的旅途中，勇敢而坚毅地飞翔，成为那只逆旅中自由的飞鸿。

2024年秋分于合肥知鱼工作室

编后记作者简介

苏长兵，原名疏长兵，安徽枞阳人，现居合肥。高级讲师，省级教坛之星，安徽省作家协会会员，安徽省散文随笔学会常务副秘书长。著有随笔集《正说成语》、散文集《人间节气》《故乡风月》《尘世一隅》等。

作者50岁生日照

附　录

附录一　作者译著年表

（2011年7月—2024年12月）

1.《爆漫王·梦想与现实》

漫画　日译中　约40千字

安徽少年儿童出版社　2011年7月

小畑健　大场鸫/日本

2.《爆漫王·巧克力与赤丸》

漫画　日译中　约40千字

安徽少年儿童出版社　2011年7月

小畑健　大场鸫/日本

3.《爆漫王·出道与心焦》

漫画　日译中　约40千字

安徽少年儿童出版社　2011年7月

小畑健　大场鸫/日本

4.《爆漫王·电话与前夜》

漫画　日译中　约40千字

安徽少年儿童出版社　2011年7月

小畑健　大场鸫/日本

5.《爆漫王·文集与写真集》

漫画　日译中　约40千字

安徽少年儿童出版社　2011年10月

小畑健　大场鸫/日本

6.《爆漫王·冒进与坚持》

漫画　日译中　约40千字

安徽少年儿童出版社　2011年10月

小畑健　大场鸫/日本

7.《爆漫王·搞笑与严肃》

漫画　日译中　约40千字

安徽少年儿童出版社　2011年10月

小畑健　大场鸫/日本

8.《爆漫王·露内裤与救世主》

漫画　日译中　约40千字

安徽少年儿童出版社　2012年2月

小畑健　大场鸫/日本

9.《爆漫王·才能与自尊》

漫画　日译中　约40千字

安徽少年儿童出版社　2012年2月

小畑健　大场鸫/日本

10.《爆漫王·表现力与想象力》

漫画　日译中　约40千字

安徽少年儿童出版社　2012年2月

小畑健　大场鸫/日本

11.《爆漫王·作品名称与人物塑造》

漫画　日译中　约40千字

安徽少年儿童出版社　2012年3月

小畑健　大场鸫/日本

12.《爆漫王·画家与漫画家》

漫画　日译中　约40千字

安徽少年儿童出版社　2012年3月

小畑健　大场鸫/日本

13.《爆漫王·爱读者奖与一见钟情》

漫画　日译中　约40千字

安徽少年儿童出版社　2012年10月

小畑健　大场鸫/日本

14.《爆漫王·心理战斗与决战台词》

漫画　日译中　约40千字

安徽少年儿童出版社　2012年10月

小畑健　大场鸫/日本

15.《爆漫王·鼓励与信念》

漫画　日译中　约40千字

安徽少年儿童出版社　2012年10月

小畑健　大场鸫/日本

16.《爆漫王·新人作家与资深作家》

漫画　日译中　约40千字

安徽少年儿童出版社　2012年10月

小畑健　大场鸫/日本

17.《爆漫王·一战决胜与一话完结》

漫画　日译中　约40千字

安徽少年儿童出版社　2012年10月

小畑健　大场鸫/日本

18.《爆漫王·时之裕与修罗场》

漫画　日译中　约40千字

安徽少年儿童出版社　2013年3月

小畑健　大场鸫/日本

19.《爆漫王·决定与欢喜》

漫画　日译中　约40千字

安徽少年儿童出版社　2013年3月

小畑健　大场鸫/日本

20.《爆漫王·梦想与现实》

漫画　日译中　约40千字

安徽少年儿童出版社　2013年3月

小畑健　大场鸫/日本

21.《矮个子先生》（德译中代表作）

儿童小说　德译中　120千字

安徽少年儿童出版社　2014年5月

克里斯蒂娜·涅斯特林格/奥地利

22. 《给妈妈找男朋友》

儿童小说　德译中　125千字

安徽少年儿童出版社　2014年5月

克里斯蒂娜·涅斯特林格/奥地利

23. 《父女之间88个精彩活动》

家庭教育　英译中　90千字

安徽少年儿童出版社　2015年3月

罗布·泰根　乔安娜·泰根/美国

24. 《破译滑铁卢》

学科知识型小说　英译中　108千字

安徽少年儿童出版社　2016年1月

瑞吉娜·贡萨尔维斯/葡萄牙

25. 《王朝启示录》

学科知识型小说　英译中　121千字

安徽少年儿童出版社　2016年1月

瑞吉娜·贡萨尔维斯/葡萄牙

26. 《布丁·保利破案记之贼影无踪》

儿童小说　德译中　92千字

安徽少年儿童出版社　2016年3月

克里斯蒂娜·涅斯特林格/奥地利

27. 《尤莉亚的日记》(德译中代表作)

儿童小说　德译中　140千字

安徽少年儿童出版社　2016年3月

克里斯蒂娜·涅斯特林格/奥地利

28. 《阿妮卡的多幕剧》

儿童小说　德译中　120千字

安徽少年儿童出版社 2016年3月

克里斯蒂娜·涅斯特林格/奥地利

29.《德国专注力养成大画册·糖果屋》

儿童绘本 德译中 12千字

安徽少年儿童出版社 2016年4月

慕尼黑康帕特出版社/德国

30.《德国专注力养成大画册·白雪公主》

儿童绘本 德译中 12千字

安徽少年儿童出版社 2016年4月

慕尼黑康帕特出版社/德国

31.《德国专注力养成大画册·找形状》

儿童绘本 德译中 1千字

安徽少年儿童出版社 2016年4月

慕尼黑康帕特出版社/德国

32.《德国专注力养成大画册·找数字》

儿童绘本 德译中 1千字

安徽少年儿童出版社 2016年4月

慕尼黑康帕特出版社/德国

33.《德国专注力养成大画册·找颜色》

儿童绘本 德译中 1千字

安徽少年儿童出版社 2016年4月

慕尼黑康帕特出版社/德国

34.《德国专注力养成大画册·找字母》

儿童绘本 德译中 1千字

安徽少年儿童出版社 2016年4月

慕尼黑康帕特出版社/德国

35.《巨人兄弟》

儿童小说　德译中　90千字

安徽少年儿童出版社　2018年5月

克里斯蒂娜·涅斯特林格/奥地利

36.《冒傻气的傻丫头》

儿童小说　德译中　130千字

安徽少年儿童出版社　2018年5月

克里斯蒂娜·涅斯特林格/奥地利

37.《布丁·保利破案记之小贼成精》

儿童小说　德译中　95千字

安徽少年儿童出版社　2018年5月

克里斯蒂娜·涅斯特林格/奥地利

38.《布丁·保利破案记之盗女行侠》

儿童小说　德译中　95千字

安徽少年儿童出版社　2018年5月

克里斯蒂娜·涅斯特林格/奥地利

39.《臭爸爸，香爸爸》

儿童小说　德译中　130千字

安徽少年儿童出版社　2018年5月

克里斯蒂娜·涅斯特林格/奥地利

40.《寻找野马谷》

儿童绘本　德译中　7千字

阳光出版社　2018年11月

埃格蒙特图书出版社/德国

41.《新冰激凌店》

儿童绘本　德译中　7千字

阳光出版社　2018年11月

埃格蒙特图书出版社/德国

42.《茫茫荒原之沙漠狂野》（英译中代表作）

青年小说　英译中　130千字

安徽少年儿童出版社　2021年2月

亨利克·显克维奇/波兰

43.《茫茫荒原之勇敢的心》（英译中代表作）

青年小说　英译中　140千字

安徽少年儿童出版社　2021年2月

亨利克·显克维奇/波兰

44.《茫茫荒原之惊险归程》（英译中代表作）

青年小说　英译中　148千字

安徽少年儿童出版社　2021年2月

亨利克·显克维奇/波兰

45.《人造美人》（日译中代表作）

科幻小说　日译中　150千字

译林出版社　2021年5月

星新一/日本

46.《神犬阿飙》

动物小说　英译中　100千字

安徽少年儿童出版社　2021年12月

吉姆·凯尔高/美国

47.《迷路的骡车之荒野征途》（英译中代表作）

青年小说　英译中　148千字

安徽少年儿童出版社　2021年12月

吉姆·凯尔高/美国

48.《迷路的骡车之异乡不异客》（英译中代表作）

青年小说　英译中　150千字

安徽少年儿童出版社　2021年12月

吉姆·凯尔高/美国

49.《复活之日》（日译中代表作）

科幻小说　日译中　320千字

译林　2022年7月

小松左京/日本

50.《荒漠脱险》

青年小说　英译中　115千字

安徽少年儿童出版社　2022年12月

亨利克·显克维奇/波兰

51.《峡谷求生》

青年小说　英译中　115千字

安徽少年儿童出版社　2022年12月

亨利克·显克维奇/波兰

52.《海上归途》

青年小说　英译中　118千字

安徽少年儿童出版社　2022年12月

亨利克·显克维奇/波兰

53.《儿童情绪管理绘本·我和我的情绪》

儿童绘本　德译中　0.5千字

安徽少年儿童出版社　2023年2月

霍尔德·科勒尔/德国　达格玛·盖斯勒/德国

54.《儿童情绪管理绘本·不许欺负我》

儿童绘本　德译中　0.5千字

安徽少年儿童出版社　2023年2月

达格玛·盖斯勒/德国

55.《儿童情绪管理绘本·弟弟来了》

儿童绘本　德译中　0.5千字

安徽少年儿童出版社　2023年2月

达格玛·盖斯勒/德国

56.《儿童情绪管理绘本·我很难过》

儿童绘本　德译中　0.5千字

安徽少年儿童出版社　2023年2月

达格玛·盖斯勒/德国

57.《儿童情绪管理绘本·我很愤怒》

儿童绘本　德译中　0.5千字

安徽少年儿童出版社　2023年2月

达格玛·盖斯勒/德国

58.《儿童情绪管理绘本·我真勇敢》

儿童绘本　德译中　0.5千字

安徽少年儿童出版社　2023年2月

霍尔德·科勒尔/德国　达格玛·盖斯勒/德国

59.《儿童情绪管理绘本·分不开的爱》

儿童绘本　德译中　0.5千字

安徽少年儿童出版社　2023年2月

达格玛·盖斯勒/德国

60.《臭爸爸　香爸爸》

美绘典藏版　德译中　120千字

安徽少年儿童出版社　2024年12月

61.《矮个子先生》

美绘典藏版 德译中 125千字

安徽少年儿童出版社 2024年12月

62.《尤莉亚的日记》

美绘典藏版 德译中 139千字

安徽少年儿童出版社 2024年12月

附录二　精品工程

——《尤莉亚的日记》图书亮点

1. 入选2016深圳读书月"年度十大童书"。

2. 入选《中国教育报》2016年度教师推荐十大童书。

3. 入选2016年百道好书榜年榜·少儿类TOP100。

4. 入选2016年度"大众喜爱的50种图书"。

5. 入选2017第二届"德译中童书翻译奖"（长名单）。

6. 入选CCTV-14央视少儿频道《新闻袋袋裤》图书推荐（2016年12月8日）。

7. 在国家广播电视总局、全民阅读网等官媒平台上永久展示。

8. 是安徽少年儿童出版社的畅销书和长销书，2016—2017年度国内部分中小学指定的课外阅读书目。浙江传媒学院等单位曾制作过图书推荐视频短片。